Rita Falk
Dampfnudelblues

Gerade läuft's für den Eberhofer mit der Susi recht fesch, sein heimischer Saustall ist so gut wie fertig eingerichtet, da überschlagen sich die Ereignisse in Niederkaltenkirchen: Realschullehrer Höpfl liegt tot auf den Gleisen! Gut, der Höpfl war immer schon ein Arsch. Aber muss er deshalb erst verschwinden und sich dann auch noch auf die Gleise legen? War's überhaupt Selbstmord? Oder Mord? Mal wieder Stress pur für den Franz …

Rita Falk wurde 1964 in Oberammergau geboren. Ihrer bayrischen Heimat ist sie bis heute treu geblieben. Mit ihren Provinzkrimis um den Dorfpolizisten Franz Eberhofer und ihren Romanen ›Hannes‹ und ›Funkenflieger‹ hat sie sich in die Herzen ihrer Leserinnen und Leser geschrieben – weit über die Grenzen Bayerns hinaus. 2023 erhielt Rita Falk den Bayrischen Verdienstorden.
Mehr unter: www.franz-eberhofer.de und www.rita-falk.de

Rita Falk

Dampfnudelblues

Ein Provinzkrimi

dtv

Von Rita Falk ist im dtv großdruck
außerdem erschienen:
Winterkartoffelknödel
Schweinskopf al dente
Grießnockerlaffäre
Sauerkrautkoma
Zwetschgendatschikomplott
Leberkäsjunkie
Hannes

Dieses Buch ist bei dtv auch im Normaldruck lieferbar.

Mit Glossar und
den Originalrezepten von der Oma

MIX
Papier aus verantwortungsvollen Quellen
FSC® C019821

Ungekürzte Ausgabe 2018
4. Auflage 2024

Umschlaggestaltung: Lisa Höfner unter
Verwendung von Fotos von
Plainpicture gettyimages und bridgemanart.com
Gesetzt aus der Stempel Garamond 12,5/16'
Gesamtherstellung: Druckerei C.H.Beck, Nördlingen
Printed in Germany · ISBN 978-3-423-25401-4

Kapitel 1

Stirb, du Sau!, steht auf dem Höpfl seiner Hauswand.

Ärgerlich. Und nicht nur für den Höpfl.

Weil, wenn am Montag in aller Herrgottsfrüh das verdammte Telefon läutet, noch dazu das dienstliche, dann ist das halt scheiße. Erst recht vor dem Frühstück.

Dran ist eben der Höpfl. Der Höpfl wohnt hier am Dorfrand, ist Rektor in der Realschule und er will jetzt, dass ich komm.

Sofort.

Weil es natürlich meine Aufgabe ist, bin ich quasi schon unterwegs.

Zwei Marmeladensemmeln und die Eier mit Speck, die mir die Oma brät, müssen dann leider reichen. Für den Früchtequark bleibt keine Zeit.

»Was ist jetzt mit dem Quark?«, schreit mir die Oma hinterher, grad wie ich zur Tür raus will. Weil sie schon seit Jahren nichts mehr hört, deut ich bloß auf die Uhr und meine Waffe und sie kapiert's.

Wie ich dann mit dem Streifenwagen die kleine Anhöhe zu seinem Haus hinauffahr, kann ich es schon lesen:

STIRB, DU SAU!, steht da also in riesigen Buchstaben an seiner Rauputzwand. Groß und rot, und Farbnasen verlaufen nach unten wie Tränen über eine Backe. Der Höpfl rennt mir schon entgegen und deutet auf die Botschaft, als könnt ich die nicht selber finden.

»Da, schauen Sie her, Eberhofer!«

Er ist schweißgebadet und nervös, und offensichtlich hat sich sein gesamtes Blut in seinem Schädel versammelt. Er streicht eine irrsinnig lange Haarsträhne quer über die hohe Stirn und der Schweiß fixiert sie dort. Außer dem Geschwitze ist aber alles tipptopp. Hemd tipptopp, Hose tipptopp, Schuhe tipptopp. Nur das blöde Geschwitze macht natürlich das Gesamtbild zunichte, ganz klar. Da kannst du daherkommen wie ein Lagerfeld, wenn du schwitzt wie ein Schwein, ist alles dahin.

Aus der Hosentasche fummelt er eine Handvoll loser Tabletten und schmeißt sie sich in den Rachen. Mit einem routinierten Kopfschwung und komplett ohne Wasser versenkt er sie dann in der Gurgel.

»Baldrian«, murmelt er und grabscht erneut in seine Vorratstasche. Er hält mir die verschwitzten Pillen auffordernd unter die Nase, aber ich schüttele den Kopf. Mir graust es.

»Was wollen die denn von mir?«, sagt er, fingert ein Taschentuch hervor und tupft sich übers Gesicht.

»Wer genau sind *die*?«

»Ja, das weiß ich doch nicht! Die das halt geschrieben haben.«

»Vielleicht sind ja Sie gar nicht gemeint?«

»Jetzt machen Sie aber mal einen Punkt. Schließlich steht's auf meiner Mauer. Wen bitte sollten sie denn sonst wohl meinen, wenn nicht mich?«

Keine Ahnung. Vermutlich hat er recht.

»Irgendjemand mag Sie wohl nicht«, überleg ich jetzt so und mach ein erstklassiges Foto von dem Schriftzug.

Er seufzt.

»Stellen Sie sich doch kurz davor, Herr Höpfl«, sag ich und er platziert sich genau vor der Wand.

Erstklassiges Foto. »Und jetzt noch mal ein bisschen freundlicher, wenn's keine Umstände macht«, sag ich und er lächelt.

Wunderbar.

»Haben Sie denn irgendeinen Verdacht?«

Er schüttelt den Kopf.

»Einer von Ihren Schülern vielleicht? Weil, sagen wir einmal so, Rektor ist jetzt auch nicht unbedingt der beliebteste Job. Grad so bei den Schülern.«

»Ja, aber als Polizist hat man doch auch nicht nur Freunde, oder?«

»Aber an meiner Hauswand steht halt jetzt nicht: STIRB, DU SAU!«

Er nickt.

»Und, was werden Sie jetzt unternehmen?«, will er wissen.

»Ja, nix.«

»Wie: nix?«

»Ja, soll ich vielleicht jetzt eine Großfahndung einleiten nach einem mutmaßlichen Wandbeschmierer? Womöglich noch mit SEK und Hubschrauberstaffel?« Ich muss lachen und geh zurück zum Auto. »Ich muss jedenfalls weiter. Schließlich sind Sie auch nicht der Einzige, der wo die Polizei benötigt, gell.«

Jetzt hab ich natürlich ein bisschen übertrieben, was meine polizeilichen Einsätze angeht. Weil, seien wir einmal ehrlich, so unbedingt der Teufel ist nicht los, hier bei uns in Niederkaltenkirchen. Da kann so eine Wandschmiererei schon gut der Höhepunkt einer ganzen Dienstwoche sein.

Natürlich ist das nicht immer so. Einmal hatten wir hier sogar einen hammermäßigen Vierfachmord. Erstklassige Sache. Eine ganze Familie wurde da niedergemetzelt. Und das alles nur wegen einem Grundstück! Völlig dubios das Ganze. Aber freilich hab ich den Fall geklärt. Na gut, nicht ich alleine direkt. Der Birkenberger Rudi war mit von der Partie. Großartige Teamarbeit, wirklich. Aber andererseits kann man ja bei einem Dorf von knapp tausend Einwohnern nicht ständig einen Vierfachmord erwarten. Ja, wie lang gäb's uns denn dann wohl noch? Wenn man bedenkt, dass immer vier sterben und mindestens einer in den Knast muss. Und darum sollte man dann auch mit so unspektakulären Einsätzen wie bei einer Wandschmiererei zufrieden sein, gell.

Wie ich mittags daheim zur Tür reinkomm: ein Albtraum allererster Klasse. Kein würziger Essensduft im Hausgang, kein zischendes Brutzeln in den Pfannen, kein Geschirrklappern.

Gar nichts.

Stattdessen ein scharfbeißender Gestank nach Desinfektionsmittel und zwei Menschen in Ganzkörperschutzanzügen. Die Oma und der Papa, beide in geblümten Schürzen über den Overalls, Kopftücher im Nacken gebunden und Gummihandschuhe bis hinter zum Ellbogen.

»Um Gottes willen! Was ist denn passiert?«, frag ich jetzt, weil mir gleich ein Atomunfall im nahen KKI Ohu durchs Hirn schießt.

»Der Leopold kommt doch am Wochenende«, hör ich den Papa durch eine Sagrotanwolke frohlocken.

»Ja, und?«

»Und er bringt die Mädchen mit!«

Jetzt muss ich vielleicht kurz erklären, dass der Leopold erstens mein Bruder (worauf ich wirklich nicht stolz bin) und zweitens grad Vater geworden ist. Und wenn der Papa von den Mädchen redet, so ist das nicht ganz verkehrt. Weil nämlich die zukünftige Frau vom Leopold, übrigens dann seine dritte, die ist gerade erst volljährig geworden und schaut auch noch viel jünger aus. Wie er sie das erste Mal mitgebracht hat, hab ich ihn direkt gefragt, ob sie denn schon zur Schule geht. Sie ist übrigens Thailänderin und praktisch ein Souvenir aus seinem letzten Urlaub.

Das zweite Mädchen ist die gemeinsame Tochter der beiden, gerade mal zehn Wochen alt und ständig in Unmengen Tücher gewickelt. Sie heißt Uschi, nach ihrer Großmutter. Weil das aber der Name von meiner verstorbenen Mama ist, nenn ich sie lieber Sushi. Sushi passt ganz einwandfrei, weil es sich hierbei auch um ein kleines, asiatisches Röllchen handelt. Also, noch mal: Der Papa sagt, dass der Leopold die Mädchen mitbringt.

»Und deshalb macht ihr jetzt hier alles keimfrei, oder was?«

»Ja, freilich! Ja, was meinst denn du, wie empfindlich so ein kleines Kind überhaupt ist. Besonders so ein Mischling. Da weiß doch das Immunsystem noch gar nicht, auf was es jetzt reagieren soll. Auf asiatische oder europäische Keime. Brandgefährlich, sag ich dir.«

Ich geh zum Ofen und schau in die Töpfe. Leer.

»Ja, Franz, heut gibt's nix zum Essen«, sagt die Oma, zieht mit den Zähnen einen der Gummihandschuhe aus und kramt dann in ihrer Schurztasche. Fingert einen Fünfer hervor und drückt ihn mir in die Hand.

»Da, schau her. Gehst rüber zum Simmerl und kaufst dir ein paar schöne Leberkässemmeln. Weißt, wir müssen da jetzt weitermachen. Weil, was glaubst denn du, wie empfindlich so ein Kleinkind ist. Besonders, wenn es ein Mischling ist!«

Vielleicht sollten wir die Sache mit dem Hörgerät für die Oma doch noch mal in Angriff nehmen.

»Aha«, sag ich und hol erst mal den Ludwig, der wie verreckt im Hof rumliegt, ganz benebelt vor lauter Sagrotan. Wie er mich sieht, wedelt er mit dem Schwanz und wir machen uns auf den Weg.

»Ein paar Warme gibst mir«, sag ich gleich, wie ich zur Metzgerei reinkomm und mein damit die Leberkässemmeln. Der Simmerl weiß genau, was ich will.

»Drei oder vier?«, fragt er und öffnet die heiße Vitrine.

»Zwei«, sag ich und greif körpermittig nach dem Winterspeck, der sich dort in den letzten Wochen angesammelt hat. Die Leberkäswolke findet auf Anhieb den Weg direkt in meine Nasenlöcher. Mir trieft der Zahn.

»Vier«, sag ich. »Mach vier, Simmerl!«

Der Metzger schneidet vier dicke Scheiben ab und legt sie jeweils zwischen die halbierten Semmeln.

Senf drauf – Händlmaier – fertig.

»Du sag einmal, Simmerl, den Höpfl, den kennst du doch auch? Dein Max geht doch zu dem in die Schule, oder?«, frag ich genau zwischen der ersten und zweiten Semmel.

»Den Höpfl-Arsch? Ja, den kenn ich schon. Ziemlich gut sogar, würd ich meinen. Wir haben so eine Art Standleitung direkt in sein Büro«, sagt der Simmerl.

Interessant.

»Eine Standleitung? Wie meinst du jetzt das?«

»Ja, weil wir halt ständig in Kontakt sind, der Höpfl und ich.«

»So speziell seid's ihr mitnander?«

»Speziell könnte man es auch nennen«, sagt der Simmerl und dann schweigt er. Dass man dem jetzt ein jedes Wort aus der Nase ziehen muss!

»Herrschaft, dass man dir jetzt ein jedes Wort aus der Nase ziehen muss«, sag ich. Ich könnt niederknien vor dem Simmerl seinem Leberkäs.

»Er ist halt ein unglaubliches Arschloch, der Höpfl. Beschwert sich praktisch über alles, wirklich alles, was der Max tut. Oder nicht tut.«

»So ein Hund ist dein Max also? Ja, der Apfel fällt nicht weit vom Stamm.«

Der Simmerl war seinerzeit auch ausgesprochen beliebt bei den Lehrern. Wir müssen grinsen.

»Ja, wegen was beschwert er sich denn so alles, der Höpfl?«, frag ich ziemlich exakt zwischen der zweiten und dritten Warmen.

»Ja, wegen nix halt. Wegen lauter Schmarrn. Hausaufgabe vergessen zum Beispiel. Mitschülerin an den Haaren gezogen. An den Haaren gezogen, verstehst!«

Der Simmerl schüttelt dramatisch den Kopf und hat so ein hämisches Lachen drauf.

»So was halt, was kein Schwein interessiert. Bei uns damals hätt's einen gescheiten Anschiss gegeben oder eine auf den Hinterkopf und aus. Aber heutzutage haben diese mordswichtigen Pädagogen ein Mitteilungsbedürfnis, das ist einfach unglaublich.«

»Unglaublich«, sag ich und wackel kooperativ auch mit dem Kopf.

»Am Anfang hat er ja noch bei mir eingekauft, der Höpfl-Arsch. Ein Pfund Tartar meistens. Wie sich dann diese Ärgernisse angehäuft haben, hab ich ihm immer in das Fleisch reingespuckt. Das hat der gar nicht gemerkt, weil ich's hinten im Schlachthaus frisch durchgelassen hab. Jetzt kauft er beim Niederer in Landshut. Mit dem hab ich seinerzeit die Meisterprüfung gemacht. Und der spuckt ihm jetzt auch ins Tatar. Stellvertretend sozusagen. Ja, wir Metzgermeister müssen schon zusammenhalten.«

Er wischt mit einem Tuch über den Tresen und schaut mich an. »Wegen was fragst jetzt du ausgerechnet nach dem Höpfl?«

»Stirb, du Sau!, steht auf dem Höpfl seiner Hauswand. Direkt auf dem wunderbaren Rauputz.«

Der Simmerl grinst. Zufrieden. Sehr zufrieden sogar.

»Da hat sich aber mal einer was getraut. Respekt!«, sagt er noch.

Kapitel 2

Ein paar Tage später rollt wie angekündigt die Kleinfamilie vom Leopold an. Die Oma hat gekocht, grad so, als käm eine ganze Kompanie direkt aus russischer Kriegsgefangenschaft zurück. Der Papa ist ganz aufgeregt und hängt ständig am Fenster, damit er die Ankunft der Hochherrschaft auch ja nicht verpasst. Dann schreiten sie einher in unsere alte Wohnküche, in Glanz und Gloria. Der Leopold schiebt vornweg sein winziges Weib durch die Tür, er selbst mit dem Balg auf dem Arm dahinter.

Brust raus – stolzstrotzend.

Wenn man bedenkt, dass er im Grunde nur ein popeliger Buchhändler ist, dem ständig seine Weiber abhauen, wirkt das natürlich lächerlich. Aber wenn es darum geht, den Papa zu beeindrucken, ist ihm jedes Mittel recht. Eine panzerbreite Schleimspur geht vom Leopold aus direkt auf den Papa zu.

Schon immer. Und jetzt erst recht, mit dem Kind – Treffer Ziel Mitte, würd ich mal sagen.

Logischerweise müssen wir dann alle das junge Familienglück umkreisen und bestaunen. Das erwartet der Leopold. Das erwartet auch der Papa, immerhin ist er mindestens genauso stolz. Um die junge Mutter nicht ganz auszuschließen, die ja kein Wort Deutsch beherrscht, findet das alles auf Englisch statt. Na gut, alles ist jetzt vielleicht ein bisschen übertrieben.

»Very nice«, sagt der Papa.

»It is a very nice baby«, sag ich.

Die Mutter freut sich darüber und darüber freut sich wiederum der Leopold. Die Oma sagt, das Essen ist fertig und der junge Vater gibt sein Bündel großzügig an die Mutter weiter. Er ist als Erster am Esstisch und beginnt gleich seinen gierigen Schlund zu stopfen.

»Schmeckt gut, gell? Tastes good, Panida?«, sagt er.

Da schau her, der Leopold praktisch bilingual. Panida heißt übrigens seine zukünftige Ehefrau. Sie nickt.

»Bist du jetzt eigentlich von der Roxana schon geschieden?«, frag ich so. Roxana heißt seine noch amtierende Ehefrau.

»Nein«, sagt er und häuft sich noch ein paar Scheibchen Rindfleisch auf den Teller.

»Und wann wollt ihr zwei Hübschen dann heiraten?«, will ich jetzt wissen.

»Sobald ich geschieden bin.«

Das leuchtet ein.

Das Kind fängt an zu plärren. Es hat Hunger. Die Panida legt die Gabel beiseite und knöpft ihre Bluse auf. Entblättert die jugendliche Brust und legt das Kind an. Das fängt an zu schmatzen und dem Papa haut's die Augen raus. Mir eigentlich auch, bloß weil ich seh, wie dämlich das beim Papa ausschaut, reiß ich mich zusammen. Reiß mich zusammen und konzentrier mich außerordentlich auf meinen Teller.

»Das Kohlrabigemüse ist wunderbar«, sag ich. Der Papa wendet langsam seinen Kopf zu mir rüber und nickt geistesabwesend.

»Kohlrabigemüse kann die Panida gar nicht essen, gell, Panida? Weil sie da nämlich Blähungen kriegt. Und dann kriegt die Uschi nämlich auch Blähungen«, sagt der Leopold und wirft einen mitfühlenden Blick auf die beiden, bevor er sich einen Mordshaufen Gemüse in den Rachen schmeißt.

Die Oma steht auf und holt ein Kissen. Das legt sie dann der Stillenden unter den Ellbogen. So geht es gleich besser. Die Oma erntet dankbare Blicke. Auch vom Leopold. Und der Papa weiß überhaupt nicht, wo er eigentlich hinschauen soll.

Später beim Kaffee gibt's einen erstklassigen Erdbeerkuchen von der Oma und unvermeidlicherweise die Beatles. Den ganzen Vormittag lang hat der Papa seine alten Platten poliert und den Plattenspieler abgepustet. Wenn man bedenkt, dass er alle Beatles-Songs vorwärts und rückwärts und aus dem Effeff kennt, ist so was wie »very nice« natürlich erbärmlich. Aber gut.

»Ah, herrlich, Papa. Kaffee und Kuchen und die Beatles«, sagt der Leopold, die alte Schleimsau, und lehnt sich behaglich zurück. »Das hab ich ja schon lang nicht mehr gehabt.«

Der Papa lächelt selig.

Der Leopold lächelt selig.

Und ich muss gleich kotzen.

»Obwohl ich jetzt schon sagen muss, dass die Panida auch gut backen kann«, sagt er weiter und nimmt eine Gabel voll Kuchen. Er redet mit vollem Mund, was unappetitlich ist. »Kochen übrigens auch. Sie ist überhaupt eine ganz tolle Hausfrau geworden, seit sie hier in Deutschland da ist, ganz toll, ehrlich.«

»Ja, sie ist ja noch jung. Da kann man sie schon noch prima dressieren«, sag ich so.

Der Papa hebt eine Augenbraue und schaut mich an. Vorsicht!

»Nein«, sagt der Leopold und schmeißt seinen Erdbeerbatz von einer Backe in die andere. »Nein, überhaupt. Ihr könnt euch das gar nicht vorstellen, wie das so ist mit der Panida. Die Thaifrauen … die Thaifrauen sind halt wirklich ganz anders. Viel anschmiegsamer und so. Und bescheidener halt. Keine so Emanzenweiber. Ein Traum.«

Er legt den Arm um die Traumfrau und faselt ein paar englische Brocken.

»Ich weiß jetzt eigentlich nicht direkt viel über Thailänderinnen«, sag ich so. »Das Einzige, was ich noch im Kopf hab, ist, dass vor ein paar Jahren eine Thailänderin mitten in der Nacht ihrem Gatten den Schwanz abgebissen hat. Ohne jede Vorwarnung. Oder war das eine Vietnamesin …?«

Das musste ich loswerden. Auch wenn der Leopold jetzt das Husten kriegt und sein Erdbeerbatz stückerlweise auf den Teller zurück fliegt.

»Franz!«, schreit der Papa.

Das mit der Augenbraue lässt er aber bleiben, weil's eh nix bringt.

Ich steh auf.

»Wunderbar«, sag ich zur Oma. Beug mich hinunter und geb ihr ein Bussi auf die Backe. »Dein Essen war wunderbar, Oma.«

Sie freut sich.

Dann geh ich in meinen Saustall rüber und hol den Ludwig. Das sind die zwei Dinge in meinem Leben, auf die ich um gar keinen Preis verzichten möchte: Mein umgebauter Saustall, mein Refugium, mein Königreich, meine Oase völliger Ruhe oder heißer Sexorgien. Na gut, vielleicht keine Orgien. Aber so ab und zu geht schon mal die Post ab, mein lieber Schwan! Es war aber auch eine Menge Arbeit, das kann man kaum glauben. Nachdem der Papa aus alterstechnischen Gründen seine Schweinezucht aufgegeben hat und ich aus disziplinarischen Gründen von München in die Heimat zurückversetzt wurde, hab ich mit dem Umbau angefangen. Hab den alten Saustall zu einem Wohnhaus umgebaut. Fertig bin ich noch immer nicht ganz. Aber so weit kann man gut drin leben. Und es erspart mir die ständige Gegenwart der Familie. Und die der Beatles. Und das allein ist es schon wert.

Das zweite unverzichtbare Etwas in meinem mickrigen Dasein ist der Ludwig. Mein bester Freund. Mein treuer Begleiter. Und mein Fitnesstrainer. Jeden Tag eine Tour von über einer Stunde. Das hält fit. Da gibt's nix zu deuteln. Also schnapp ich mir jetzt den Ludwig und wir wandern los. Wir brauchen eins-achtzehn dafür, was absoluter Durchschnitt ist. Unsere persönliche Bestzeit ist eins-sechzehn, allerdings war das nur ein einziges Mal.

Wie ich heimkomm, ist der Leopold schon weg, mitsamt seiner Asia-Perle. Aber das Kind ist noch hier.

Der Papa macht ein finsteres Gesicht wegen zuvor, und trotzdem muss ich ihn fragen: »Du, sag einmal, kann das sein, dass die das Kind vergessen haben?«

»Die zwei müssen mal raus. Und die Uschi bleibt heut ein bisserl bei uns, gell, Uschi«, sagt der Papa.

»Für wie lang genau?«, frag ich nach.

»Was geht jetzt dich das eigentlich an? Sie ist doch da bei mir herüben. Und nicht etwa bei dir.«

»Das würd auch grad noch fehlen«, sag ich so.

Dann geh ich zum Stubenwagen, wo das kleine Bündel drin liegt und rausschaut. Die Schlitzaugen sind nicht mehr ganz so schlitzig wie bei ihrer Geburt. Mehr mandelförmig. Das ist schön. Die Haut ist dunkel und hat auch nicht den komischen Gelbstich wie die von ihrer Mutter. Eine Farbe wie Milchkaffee eher. Sehr schön. Aber die Nase! Die Nase, muss man sagen, hat so gar nichts asiatisch-stupsiges. Mehr so der typische Eberhofer-Zinken. Vielleicht nicht gar so schlimm wie beim Leopold oder bei mir, aber immerhin.

»Schön ist sie gell, unsere Uschi«, sagt der Papa, jetzt schon sehr viel versöhnlicher.

»Eigentlich schon«, sag ich.

»Ja, gut, die Nase halt. Ein richtiger Eberhofer-Zinken, oder?«, grinst er stolz.

»Wer Zinken sät, wird Zinken ernten. Das müsste sogar der Leopold wissen. Und wann, sagst du, kommen die zwei zurück?«

»Das kann nicht so spät werden. Schließlich braucht ja die Uschi ihre Brust«, sagt der Papa und schaut mit seinem Dutzi-Dutzi-Dutzi-Blick runter auf die Enkelin.

»Freust dich, dass sie den Namen von der Mama gekriegt hat?«, frag ich so.

»Ja. Eine größere Freude hätte mir der Leopold gar nicht machen können«, sagt der Papa leise.

Ja, das war klar.

Dann klopft es kurz an der Tür und herein stürmt die Mooshammer Liesl. Sie schiebt den Papa mit einem »Servus, Eberhofer« zur Seite und wetzt durch das Zimmer. Schmeißt mir ein »Servus, Franz« herüber und versinkt dann mit dem ganzen Oberkörper im Stubenwagen.

»Ist das etwa der neue Eberhofer?«, will sie wissen.

»Eberhoferin, wenn schon«, sagt der Papa.

»Ein Mäderl? Ist nicht so schlimm. Hauptsache gesund, sag ich immer«, sagt die Liesl. Dann erzählt sie, dass sie grad den Leopold samt Panida im Dorf getroffen und so von der Anwesenheit der dazugehörigen Brut hier am Hof erfahren hat. Und das muss sie sich natürlich gleich anschauen. Denn was die Neugier angeht, da ist die Liesl von allen Dorfratschn quasi ungeschlagen auf Platz eins.

»Und, was gibt's sonst so Neues?«, frag ich die Liesl und schieb unauffällig einen Socken unter die Couch.

»Sonst? Mei, nix. Höchstens, dass auf dem Höpfl seiner Hauswand STIRB, DU SAU! steht. Hast du das schon gesehen, Franz?«

»Du, das sind dienstliche Ermittlungen, da kann ich dir absolut nichts sagen«, sag ich und tu so, als ob ich eilig wegmuss. »Ich muss auch schon weg. Mir pressiert's.«

»Dienstliche Ermittlungen? Ja, was ermittelst du denn da so alles?«, hör ich sie grad noch, aber ich bin auch schon im Hausgang. Tür zu und weg.

Draußen treff ich den Leopold samt Weib und er holt Gott sei Dank sein Kind wieder ab. Alles wird im Auto verstaut und es beginnt ein Mordsgewinke.

»Bye-bye!«, rufen alle durcheinander und der Papa läuft ein paar Schritte neben dem

Wagen her. Er humpelt ein bisschen. Seit seiner scharfen Auseinandersetzung mit einer Sense im letzten Sommer ist er einbeinig dreizehig. Das war ein Gezeter damals, das kann man gar nicht erzählen. Er säbelt sich also zwei Zehen ab und ich soll sie dann in der Wiese suchen, damit sie wieder angenäht werden. Hat aber leider nicht geklappt. Und natürlich bin ich seitdem schuld an seinen blöden Verstümmelungen. Auch jetzt krieg ich wieder seinen berühmten Schau-mal-wie-ich-hinke-Blick. So watschelt er in seiner abgewetzten Jeans dem abfahrenden Auto noch ein paar Schritte hinterher und winkt.

»Bye-bye!«, ruft er.

»Bye-bye, wir telefonieren!«, ruft der Leopold.

»Don't call us, we call you«, ruf ich und winke auch. Dann sind sie weg und es kehrt endlich wieder Ruhe ein. Wenigstens für ein paar Minuten. Dann läutet mein Diensttelefon.

Ein Nachbarschaftsstreit ganz in der Nähe. Trotz vorgerückter Stunde und einem Wahnsinnsdurst raff ich mich auf und fahr hin.

Dienst ist Dienst. Im Notfall auch am Sonntag. Vor Ort steht ein Zweifamilienhaus und auf dem Balkon im ersten Stock steht offensichtlich und mit beiden Armen rudernd der Anrufer von soeben im Schiesser-Feinripp. Dann erfahr ich, dass ein Thermometer der Apfel des Zankes ist.

Unglaublich.

Der Mieter vom Erdgeschoss hat besagtes Thermometer am Eingang über den Klingeln befestigt, um eben über die hiesigen Wärmeverhältnisse auf dem Laufenden zu sein. Was den Mieter vom ersten Stock aber ständig dazu nötigt, auf genau dieses Thermometer auch den einen oder anderen Blick zu werfen. Ebenfalls aus wärmetechnischen Gründen. Das wiederum kann der Besitzer des Gradmessers glasklar durch sein Klofenster sehen. Und das stört ihn. Weil er halt von seinem hartverdienten Geld das Teil gekauft hat und es beim besten Willen nicht einsieht, dass nun ein anderer ebenfalls in den Genuss davon kommt. Soll er sich doch gefälligst sein eigenes Thermometer kaufen!

So geht das angeblich nun schon seit Wochen. Und heute … heute hat dann der

Schiesser-Feinripp wieder völlig unverfroren draufgestarrt. Ziemlich lange sogar. Provokant halt, sagt der Erdgeschossler. Und dann hat's ihm gereicht, sagt er. Und wenn der Arsch jetzt auch nur noch ein einziges Mal die fremden Grade abliest, wird er ihn abstechen. Das waren seine Worte.

Daraufhin hat sein Widersacher zum Telefonhörer gegriffen und mir meinen heiligen Sonntag versemmelt. Und jetzt stehen wir hier. Vor dem Eingang des Zweifamilienhauses. Wir drei. Das heißt, die Frau vom Erdgeschossler ist auch noch dabei und möchte ihren Senf dazugeben. Ihr Gatte aber lässt sie nicht. Verdammt sie zum Schweigen. Hat sie offenbar gut im Griff.

»Was genau wollen Sie jetzt von mir«, muss ich dann fragen.

»Ja, dass der halt nicht mehr auf mein Thermometer schaut.«

Klare Aussage.

»Würden Sie bitte nicht mehr auf sein Thermometer schauen«, sag ich zu dem Fremdgaffer.

»Nein«, sagt der.

Aha.

»Ich habe ihm angeboten, die Hälfte von dem Teil zu bezahlen, aber das hat er nicht haben wollen.«

»Fünfzig Cent! Das wär ja noch schöner! Das Ding hat einen lächerlichen Euro gekostet. Dabei geht's doch gar nicht um den materiellen Wert. Vielmehr um den ideellen. Aber das kapiert der Schwachkopf ja nicht!«, schreit mir der andere jetzt her.

»Ich finde das schon fair. Wenn jeder die Hälfte bezahlt, kann doch auch jeder draufschauen«, sag ich und hoffe inständig auf Einsicht.

Nix. Kein Verständnis. Kein Einsehen. Kein Garnix. Zwei bockige Rechthaber mit verschränkten Armen.

Und das am Sonntag!

Ich ziehe die Waffe und erlöse das Thermometer von seinen Pflichten. Aus dem Einschussloch rieselt der Staub. Keiner wagt es jetzt noch, etwas zu sagen. Ich setz mich in den Streifenwagen und fahr meinem wohlverdienten Feierabend entgegen. Eigentlich dürfte ich so was ja gar nicht herumposaunen. Das mit dem Schießen, mein ich. Sonst ist gleich wieder der Teufel los. Meine Vorgesetzten sind nämlich sowieso der Meinung, dass ich meinen Finger zu schnell am Abzug hab. Das hat mir auch die Versetzung in die Heimat eingebracht. Weil sie geglaubt haben, ich würde in der wunderbaren Landeshauptstadt versehentlich irgendjemand niedermähen. Womöglich noch den Falschen. Nein, das geht natürlich nicht. Dann doch lieber in Niederkaltenkirchen, gell. Ja. Nein, was ich eigentlich sagen wollte, manche Dinge kann man nur bewaffnet lösen. So wie heute. Was wär die Alternative gewesen? Eine Selbsthilfegruppe für Thermometerspanner?

Kapitel 3

Hinterher geh ich zum Wolfi und bestell mir ein Bier. Drüben am Ecktisch sitzen eine Handvoll Frauen über einem Stapel Reisekataloge. Mittendrin die Susi von der Gemeindeverwaltung und die Simmerl Gisela. Ich frag mich, wer von ihnen denn einen Urlaub plant, und tipp auf die Gisela. Plötzlich steht die Susi neben mir und sagt: »Du Schatz, ich fahr nach Italien. Was sagst du dazu?«,

»Nach Italien?«, sag ich. »Mit wem genau?«

»Ja, mit ein paar Mädels halt. Also?«

Jetzt bin ich zugegebenermaßen ziemlich platt. Weil, die Susi und ich, wir haben da manchmal was am laufen. Nix Ernstes. So mehr aus Gewohnheit. Und natürlich kann ein jeder von uns in den Urlaub fahren, wann immer er will. Und freilich auch mit wem er will. Aber das tun wir nicht. Ich eher, weil ich sowieso nirgends hin will. Weil's halt daheim am schönsten ist. Und die Susi mehr, weil ich nicht mitfahr. Und allein hat sie dann auch keine Lust.

Normalerweise.

Aber anscheinend hat sie jetzt ihre Einstellung geändert und kurzerhand einen passablen Ersatz für mich gefunden. Besser gesagt, sie hat mich noch nicht einmal gefragt, ob ich mit will. Das letzte Mal, wo sie gefragt hat, ist schon lang her. Genau genommen über ein Jahr. Ich hab damals natürlich nein gesagt, was auch sonst. Weil ich halt sowieso nirgends hin will. Generell nicht. Und dann bin ich ein paar Wochen später mit dem Birkenberger Rudi nach Mallorca geflogen. Aber das war mehr dienstlich. Und das zählt ganz klar nicht. Trotzdem ereilt mich jetzt das Gefühl, als wär das hier nun die Revanche. Die Revanche für Mallorca. Sie fährt quasi mit ein paar blöden Weibern nach Italien, nur um mir meinen Birkenberger-Urlaub heimzuzahlen.

»Wunderbar«, sag ich. »Italien, einwandfreie Sache. Schickst mir dann eine schöne Karte, gell.«

»Eine Karte? Ja, freilich kriegst du eine

Karte. Vielleicht bring ich dir ja auch noch was mit«, trällert sie mir her und wendet sich dann wieder ihren Zofen zu.

»Nach Italien«, sag ich so zum Wolfi und schau in mein Bierglas.

»Das stinkt dir jetzt, gell?«, sagt der blöde Wirt gläserpolierenderweise.

»Mir? Nein, gar nicht. Wieso? Was genau soll mir da jetzt stinken?«

»Ja, dass die Susi halt ohne dich in den Urlaub fährt. Dass sie praktisch einen Spaß hat ohne den großartigen Eberhofer-Macho.«

Weil mir das jetzt zu blöd wird, trink ich aus und schmeiß dem Wolfi ein paar Münzen auf den Tresen. Dann geh ich heim.

Am nächsten Vormittag läutet das Telefon und der Dienststellenleiter von der PI Landshut ist dran. Der Rektor von der Realschule wird vermisst. Er ist nicht zum Unterricht erschienen und die Sekretärin kann ihn telefonisch nicht erreichen. Ich soll da jetzt mal hinfahren und nachsehen. STIRB, DU SAU!, schießt es mir durch den Kopf. Und ich leg auf und fahr zum Höpfl.

Die Schmierereien auf seinen Hauswänden sind weg und alles ist wieder wunderbar weiß. Offensichtlich neu gemalert. Auf mein Klingeln und Klopfen hin regt sich nichts und auch die Aufforderung mit der Flüstertüte trägt keine Früchte, ganz zu schweigen von einem Höpfl. Außen ums Haus, Kontrolle der Fenster. Alle luftdicht verschlossen, keine Chance, da reinzukommen. Der Briefkasten leer, so lang kann er also noch nicht weg sein. Die Nachbarn sagen bei meiner Befragung, am Samstag hätten sie ihn zuletzt gesehen. Wie er mit seinem Ford weggefahren ist. Am Samstag also. Und heute ist Montag. Er war so wie immer, sagen sie, gepflegt und unsympathisch. Ja, mir hilft das aber jetzt auch nicht weiter, wenn der gepflegte Unsympath wegfährt und nicht wiederkommt. Weil ich dann nämlich die ganze Scheißarbeit am Hals hab.

Die Garage ist offen, das Auto ist weg. Er ist also nicht zu Fuß unterwegs. Drinnen ist alles wie wohl in allen Garagen weltweit: Regale, Werkzeug, Farbeimer, Spinnweben.

Ich ruf in der PI Landshut an und frag, ob ich die Tür aufschießen soll. Nein! Auf gar keinen Fall! Ich soll ja meine Waffe da lassen, wo sie grad ist, und nicht wieder das Wild aufscheuchen. Von Wild war überhaupt keine Rede. Ich meine ja nur, wenn vielleicht Gefahr in Verzug ist, wär es doch besser ... Nein! Auf gar keinen Fall, heißt es. Wir können noch bis morgen warten. Vermutlich taucht der Höpfl bis dahin von selber wieder auf. Und wenn nicht, kommt ein Schlosser. Und aus! Und ich soll doch mal dran denken, was aus meinem letzten Einsatz geworden ist. Bei meinem letzten Gefahr-in-Verzug-Einsatz.

Das, glaub ich, muss ich jetzt vielleicht kurz erklären: Also, es ist schon ein paar Monate her und ich war damals dienstlich gesehen, sagen wir, hochmotiviert. Gerade hatte ich den Vierfachmord aufgeklärt, den ich schon erwähnt hab, und war dadurch natürlich ein toller Hecht. Dieser enormen Motivation schreibe ich es auch zu, dass dann gekommen ist, was gekommen ist. Und das war so:

Ich dreh da so gemütlich meine tägliche Runde mit dem Ludwig durch den Wald und plötzlich steht ein Auto da. Es ist ein Alfa-Romeo, ein Riesenteil, mit abgedunkelten Scheiben und italienischem Nummernschild.

Haben wir hier nicht so oft. Die Fahrertür ist offen, ebenso der Kofferraum, aber weit und breit kein Mensch. Das macht mich schon ein bisschen stutzig, aber noch kann ich mich ganz gut beherrschen. Ich geh mit dem Ludwig also weiter und mach mir noch keine so großartigen Gedanken. Wie ich aber dann auf dem Rückweg, nach über einer Dreiviertelstunde, alles noch genauso vorfind, muss ich mir notgedrungen die Situation einmal genauer anschauen. Schließlich ist man als Polizist ja sozusagen im Dauereinsatz.

Auf der Rückbank des Wagens ein Kindersitz und etliches Spielzeug. Eine Landkarte aus Deutschland auf dem Beifahrersitz, genauso wie ein Handy, Akku leer. Im Kofferraum vorschriftsmäßig der Verbandskasten, eine signalgelbe Weste und ein Warndreieck. Absolut vorbildlich. Auf der hinteren Stoßstange so was wie Blut. Auf dem Waldboden neben dem Wagen glitzert das herbstliche Laub, könnte ebenfalls Blut sein. Jetzt wird mir die Sache langsam zu heiß. Eine gewaltsame Kindsentführung mit allem Pipapo, fährt es mir direkt ins Hirn. Gefahr in Verzug, praktisch. Ein Anruf beim Richter

Moratschek ist jetzt unverzichtbar. Und er reagiert sofort. Allein schon, weil er mich bei der Aufklärung meines Vierfachmordes in keiner erdenklichen Art und Weise unterstützt hat. Ich erläutere ihm also den Ernst der Lage und im Nullkommanix ist hier das SEK am Gelände. Die Hubschrauberstaffel kreist über uns und Scheinwerfer erhellen jeden Winkel des Waldes. Die Suchhunde schnüffeln im Wageninneren und fangen zu suchen an. Und ich steh relativ entspannt daneben und lass die Kollegen ihre Arbeit tun. Ein sehr angenehmer Moment, muss ich schon sagen.

Dass es jetzt nicht direkt zum Happy Ending kommt und irgendwo aus dem Gebüsch eine total verängstigte Familie aus den Klauen der Entführer gerettet wird, ist zwar schade, aber nicht zu ändern. Es war dann eher so, dass ich wie gesagt völlig entspannt dem eifrigen Treiben zugeschaut hab und plötzlich steht neben mir ein Mitglotzer. Ein kleiner Mann, die hellblauen Hemdsärmel hochgekrempelt, und ein bisschen atemlos. Im ersten Moment hab ich ihn nicht weiter beachtet. Erst als er sagte: »Cosa c'è? Was ist los?«, wurde ich stutzig. Da hab ich ihn genauer angesehen und gemerkt, dass er einen Benzinkanister in der Hand hält.

Mir schwant Furchtbares.

Und, ja, es war der Wagenbesitzer. Er fragt mich einfach: »Was ist los?«, dieser Arsch.

Ihm war das Benzin ausgegangen! Das Benzin! Das muss man sich einmal vorstellen. Und er hat den Benzinkanister aus dem Kofferraum geholt und sich dabei an der Hand verletzt. Daher das Blut an der Stoßstange. Und dann war er schlicht und ergreifend auf dem Weg zur Tankstelle. Und weil er sich hier in der Gegend nicht auskennt, hat er dann zweieinhalb Stunden dafür gebraucht. Hin und zurück, versteht sich. Ja, ich glaube, die Ausführung ist ausführlich genug, ich würd jetzt ganz gern das Thema wechseln. So viel eben nur, um zu verstehen, warum ich halt nicht wirklich schnell und unbürokratisch eine Unterstützung krieg, bei Gefahr in Verzug.

Wie ich am Abend daheim auf dem Kanapee lieg und mit Supertramp versuche, dem Papa seine Beatles zu übertönen, klopft es kurz und die Susi kommt rein. Sie will wissen, warum ich heut nicht bei ihr im Büro war. Wir haben nämlich beide unsere Dienstzimmer im selben Gang vom Rathaus, und da ist es praktisch unvermeidbar, aufeinanderzustoßen. Besonders, weil die Susi den besten Kaffee kocht weit und breit. Heute war mir aber eher nicht nach Kaffee. Und außerdem bin ich durch den Höpfl-Fall so dermaßen eingespannt, dass ich für so einen Firlefanz wie Kaffee überhaupt keine Zeit hab. Und das sag ich ihr auch.

»Du, Susi«, sag ich. »Ich bin grad dienstlich gesehen so im Stress, da muss das Privatleben eben hinten anstehen.«

»Aha«, sagt die Susi. »Und mit meinem Italienurlaub hat das nichts zu tun?«

»Italienurlaub? Nein, absolut nicht. Wieso?«

»Ich mein ja bloß«, sagt sie und kuschelt sich ein bisschen her zu mir. Sie liegt mit dem Kopf direkt auf meiner Brust und ihre Haare riechen großartig. Leider kitzeln sie mich aber auch in der Nase und so muss ich sie umquartieren. Die Susi, mein ich. Ich quartier sie dann einfach direkt unter mich, weil dann die

Haare nicht mehr in mein Gesicht fallen können und es auch sonst viel bequemer ist. Wir schmusen ein bisschen und so. Alles ziemlich einwandfrei. Direkt traumhaft.

»Dreamer«, tönt es aus dem Lautsprecher.

Hinterher schläft sie pudelnackig in meiner Armbeuge ein und so kann ich sie seelenruhig anschauen. Schön ist sie schon eigentlich. Relativ wenigstens. Früher war sie noch viel schöner. Vor ein paar Jahren. Wie sie halt noch jünger war. Aber die Zeit ist auch an ihr nicht spurlos vorbeigegangen. Irgendwann einmal hat sie gesagt, wir sollten heiraten. Weil sie eben auch älter wird und schon ganz gern mal eine glückliche Familie haben möchte. Heiraten! So weit kommt's noch.

»Du, Susi«, hab ich zu ihr gesagt. »Jetzt schau dich doch mal um. Nimm meinetwegen den Flötzinger. Oder den Simmerl zum Beispiel. Die beiden haben eine Familie.«

»Und?«, hat die Susi gefragt.

»Und schauen die vielleicht glücklich aus?«

Sie hat den Kopf geschüttelt und damit war die Sache durch. Und jetzt will sie nach Italien. Bittesehr, soll sie doch fahren. Da wird sie dann schon sehen, wie weit sie kommt.

Bei den Italienern. Mit ihrer Cellulite. Ja, wenn man nämlich ganz genau hinschaut, kann man sie schon sehen, die ersten Anzeichen. Besonders, wenn man die Haut zwischen den Fingern quetscht. Da sieht man es. Ganz leicht zwar nur, aber schließlich ist sie auch schon knapp über dreißig, die Susi. Jetzt wird sie wach. Wahrscheinlich hab ich sie wachgequetscht.

»Was schaust du denn so?«, fragt sie und nimmt meine Hand von ihrem Oberschenkel. Weil ich natürlich weiß, dass für Frauen das Wort Cellulite ja ganz grauenhaft ist, lass ich es lieber bleiben. Stattdessen sag ich: »Du hast schon ein paar ganz schöne Dellen in den Haxerln, gell?«

»Du blöder Arsch!«, ist das Letzte, was ich von ihr hör und seh. Sie grabscht sich die Klamotten vom Fußboden und rennt, nackt wie Gott sie schuf, durch die Tür.

»Jesus Christus!«, hör ich den Papa draußen schreien. Dann ist es ruhig.

Das Frühstück am nächsten Tag ist mäßig. Praktisch nicht vorhanden. Normalerweise ist ja die Oma die Frühstücksgöttin schlechthin. Da gibt's keine zweite. Garantiert nicht. Weltweit. Das Frühstücksbuffet im Ritz eine Armenspeisung dagegen. Aber heute. Heute eher nix.

»Was ist denn mit dem Frühstück los?«, frag ich die Oma, wie ich vor dem leeren Tisch steh und deute schulterzuckend darauf. Sie versteht mich sofort. Weil sie jetzt nämlich anfängt zu brüllen, so was hab ich in meinem ganzen Leben noch nicht erlebt. Dass ich ein Rindvieh bin, das seinesgleichen sucht. Und, dass ich eine so erstklassige Frau wie die Susi sowieso gar nicht verdient hab. Und, dass ich mir mein Scheißfrühstück in Zukunft selber machen kann. Ein für alle Mal. Weil sie es satthat, mir ewig den Leo zu machen. Ich müsste schon längst verheiratet sein, in meinem Alter. Und so weiter und so fort. Dann stampft sie in den Garten hinaus und knallt mit der Tür. Ich schenk mir noch schnell einen Schluck Kaffee ein, der auf der Wärmeplatte so vor sich hin dünstet, und dann bin ich auch weg.

Ja, die Oma und die Susi, das ist so eine Sache. Das ist praktisch die ganz große Liebe. Von

Anfang an. Und die Oma schwört Stein und Bein, dass die Susi die einzig Richtige ist für mich. Keine andere hatte je eine Chance. Die werden ja nicht einmal gegrüßt von der Oma. Vom Papa übrigens auch nicht. Immer wenn ich irgendwann mal ein anderes Mädchen mit nach Haus gebracht hab, herrschte eine Atmosphäre wie auf einer Taubstummenparty. Irgendwann hab ich's dann einfach gelassen, meine Damen mit ins Wohnhaus rüberzunehmen. Wir sind dann lieber im Saustall geblieben, sogar, als er noch seine ursprüngliche Funktion hatte und die Schweine drin waren. Die hat's eh nicht gestört. Und aus. Kein: Das ist meine Oma, das ist mein Papa oder so. Sex und sonst nix. Ohne Familienanschluss halt. Außer bei der Susi. Und die hat mir jetzt mein Frühstück vergeigt. Bloß weil sie gestern in einem hysterischen Anflug splitterfasernackt in den Hof gelaufen ist. Na Mahlzeit!

Kapitel 4

Also nehm ich wohl oder übel mit leerem Magen meine Höpfl-Ermittlungen wieder auf. Nachdem ich in der Schule nachgefragt hab, steht fest, dass er immer noch abgängig ist. Fahr dann zu ihm nach Hause, klopfe, läute, wiederhole quasi das Vortagesprogramm.

Nichts. Kein Höpfl.

Anruf beim Schlüsseldienst, welcher auch kurz darauf eintrifft.

Zugegebenermaßen bin ich dann ziemlich überrascht, dass der Türöffner, den ich da gerufen hab, ausgerechnet der Sieglechner Bruno ist. Den hab ich ja ewig nicht mehr gesehen. Bald zwanzig Jahre müssten das sein. Früher war er in unserer Clique. Wie wir halt noch mit unseren Mokicks die Gegend unsicher gemacht haben. Ganz groß haben wir uns damals gefühlt, weil wir mit 80 km/h durchs Dorf geknattert sind. Der Bruno hat seinerzeit die Angie aus Landshut aufgerissen. Das war vielleicht ein Superweib. Und dann ist er bald nicht mehr so viel mit und durchs Land gekurvt, sondern vielmehr auf ihren Kurven gelandet. Das weiß ich noch genau. Irgendwann war sie dann schwanger, die Angie. Das weiß ich auch noch genau. Wir sind damals grad so im Biergarten gesessen, völlig entspannt, es war ein erstklassiger Tag, und auf einmal sagt die Angie, dass sie schwanger ist. Dass sie schwanger ist und dass jetzt geheiratet wird. Wir waren alle einigermaßen platt, würd ich mal sagen. Alle, bis auf den Bruno. Der Bruno hat seelenruhig von seiner Radler getrunken, hat das Glas abgestellt und gesagt: »Ja, dann heiraten wir eben!«

Und auf einmal hat er wegmüssen. Dringend. Wir haben einfach geglaubt, er fährt jetzt heim, um erst einmal den Schock zu verkraften. Aber er ist nicht heimgefahren. Ganz im Gegenteil. Er ist zum Bahnhof gefahren. Schnurgerade zum Bahnhof und weg war er. Auf Nimmerwiedersehen. Erst viel später, als das Kind schon längst da war, hat die Angie eine Karte von ihm gekriegt. Aus der Fremdenlegion. Praktisch direkt aus Frankreich. Das war ihm wohl immer noch lieber, als sein

Mokick einzutauschen gegen einen Kinderwagen.

Ja, wie gesagt, das muss so an die zwanzig Jahre her sein. Und heut seh ich ihn wieder. Ich persönlich finde das großartig.

»Bruno? Das ist ja großartig, dass du wieder da bist. Seit wann bist du denn zurück?«, muss ich gleich fragen.

Er fieselt am Türschloss herum und schaut mich noch nicht einmal an.

Die Tür floppt auf, das ging ja schnell.

»Erst seit Kurzem«, sagt er knapp und schaut auf seine Hände. Sie sind jetzt voller Schmiere.

»Kann ich mir irgendwo die Hände waschen?«, fragt er und hält mir die schmutzigen Griffel direkt vor die Augen.

»Nur zu«, sag ich und tret vor ihm her ins Haus hinein. Er geht in das Gästeklo gleich neben dem Eingang und ich durchstreife inzwischen das Erdgeschoss. Rufe ein paar Mal nach dem Hausherrn, ohne ein Ergebnis. Es ist stickig in den Räumen und mein erster Weg führt zur Terrassentür. Die mach ich auf und – ah – Sauerstoff. Der Garten picobello, da gibt's nichts zu meckern. Jeder Grashalm wie mit der Nagelschere geschnitten. Die Gartenmöbel schneeweiß und sauber, beinahe klinisch. Die Tröge, ich würd einmal sagen, geometrisch angeordnet, wenn auch der Inhalt durch die Wärme der letzten Tage leicht vertrocknet ist. Ich nehm erst mal die Gießkanne. Sehr schön hier, muss man schon sagen. Aber weit und breit kein Höpfl.

Der Sieglechner kommt auf die Terrasse und trocknet sich gerade die Hände ab.

»Ich bin dann fertig hier. Wohin soll ich die Rechnung schicken?«, fragt er.

»Die schickst gleich nach Landshut in die Polizeiinspektion«, sag ich so.

»Bist also tatsächlich bei den Bullen gelandet«, sagt er dann und lacht.

Ich nicke.

»Gehen wir vielleicht bald mal auf ein Bier zusammen? Hast doch sicherlich viel zu erzählen, oder?«, schlag ich vor.

»Ich hab überhaupt nichts zu erzählen«, sagt er dann und dreht sich ab. »Servus, Eberhofer.«

»Servus, Sieglechner«, sag ich zurück. Ja, also gesprächig ist der grad nicht. Das war früher ganz anders.

Wie er weg ist, geh ich zuerst einmal hinauf. Ins Obergeschoss also. Mansarde, kein Speicher. Drei Türen im Gang, alle geschlossen. Ein Schlafzimmer, ein Bad, ein Büro. Im Badezimmer steht die Zahnbürste genau da, wo sie hingehört, auch vom Kämm- und Waschzeug scheint nichts zu fehlen. Ein Schlafanzug liegt auf dem penibel gemachten Bett, ebenso penibel gefaltet. In dem großen Doppelbett sind übrigens beide Seiten bezogen und das, obwohl er doch alleine lebt. Alles symmetrisch quasi.

Im Büro reinlichste Ordnung, wie überall. Picobello sozusagen. Einrichtung modern, viel Glas und Stein, nicht sehr behaglich für meine Begriffe. Aber gut. Doch nirgendwo ein Höpfl.

Der Gang in den Keller ist dann auch nur noch Routine, weil ich ehrlich gesagt nicht damit rechne, dass er jetzt ausgerechnet da unten rumhängt.

Wäschekeller, Vorratskeller, Ausgang zum Garten. Auch hier alles sauber, fast wie geschleckt. Eine blaue Tischtennisplatte steht aufgestellt vor einer Wand. Und es ist eigentlich schade, dass der Sieglechner schon wieder weg ist, weil mir jetzt direkt nach einem Match wär. In einem der Kellerregale liegt ein Kofferset, sehr edel und staubunfreundlich in Plastik verpackt. Anscheinend ist es vollständig.

Keine weiteren Vorkommnisse.

Wieder nach oben. In einer der Schubladen des Wohnzimmerschranks find ich seinen Reisepass, der wohl auch schon bessere Zeiten gesehen hat. Ausstellungsdatum 1984. Auf dem Foto ist er noch jung, der Höpfl. Seitenscheitel, weißes Hemd, Oberlippenbart. Der Pass ist also ebenfalls da. Im Grunde fehlt nichts. Außer dem Höpfl selber. Aber so verreist man doch nicht. Zumindest nicht geplant. Wo zum Teufel ist er also?

Gefahr in Verzug, sag ich da nur. Ich ruf noch mal in der Schule an und frag die Sekretärin, ob es zwischenzeitlich ein Lebenszeichen von ihm gibt.

Nix. Kein Anruf, kein persönliches Erscheinen, kein Garnix. Ich frag sie, ob sie eine Vermisstenanzeige machen will, aber sie zögert.

»Ich weiß nicht recht«, sagt sie. »Wissen Sie, er hat noch eine Schwester. Ich glaub, die wohnt in Landshut. Vielleicht sollte die lieber … Schließlich sind die ja verwandt miteinander.«

»Eine Schwester, sagen Sie? Haben Sie da eine Adresse von der?«, frag ich dann.

»Nein, wo denken Sie hin. Soweit ich weiß, haben die beiden auch kaum Kontakt. Ich weiß nur, dass es sie gibt und dass sie ledig ist. Also vermutlich auch Höpfl heißt. Wenn Ihnen das irgendwie weiterhilft.«

»Auf alle Fälle«, sag ich und mach mir ein paar Notizen. Wir verabschieden uns und vereinbaren, in Verbindung zu bleiben.

An dem Schlüsselbrett in der Diele finde ich den Hausschlüssel, den nehm ich mit. Ich frag mich allerdings, ob es nur der Ersatzschlüssel ist, oder ob der Höpfl tatsächlich überhaupt so ganz ohne Schlüssel weg ist. Es hängt ein kleines Plüschherz dran. In Rot. Also kaum zu glauben, dass es der Originalschlüssel ist. Allerdings ist auch der Autoschlüssel dran. Sonst aber nichts.

Da es jetzt schon auf Mittag zugeht und mich naturgemäß sakrisch der Hunger packt, fahr ich erst einmal heim. Fahr heim, in der Hoffnung, dass mir die Oma nicht auch noch das Mittagessen verweigert.

Aus unserem Briefkasten ragen ein paar Prospekte. Perfekt! Die schnapp ich mir gleich, mal sehen, wo's aktuell die besten Sonderangebote gibt. Weil, mit Sonderangeboten kann man riesig punkten bei der Oma. Wenn ich zum Beispiel zu ihr sag: Du, Oma, beim C & A gibt's heute zwanzig Prozent, dann hockt sie quasi schon bei mir im Auto. Hockt im Auto und strahlt. Und so eine Schnäppchentour schweißt schon zusammen, keine Frage. Also setz ich mich kurz in meinen Saustall und hol überlebenswichtige Informationen ein.

Ziemlich siegessicher geh ich anschließend rüber ins Wohnhaus. Es duftet königlich und die Hoffnung auf ein Essen hebt meine Laune ganz enorm. Ein Blick in und auf den Ofen bestätigt meinen ersten nasalen Verdacht: Schweinshaxen. Schweinshaxen mit Semmelknödeln, Kraut und Biersoße. Die Soße schwarzbraun. So muss sie sein. Das Kraut gut angebraten, ganz leicht verbrannt und minimum zwei Stunden geköchelt. Die Haxerln knusprig und resch. Ein Segen für jeden hart arbeitenden Mann. Noch dazu, wenn er ohne Frühstück aus dem Haus gejagt wurde.

Die Oma steht am Ofen und dreht sich kurz zu mir um. Schaut mich von oben bis unten an und werkelt dann weiter. Ich öffne das Küchenbüfett und mach den Tisch zurecht. Der Papa kommt rein und wäscht sich die Hände.

»Das riecht ja großartig«, sagt er.

Ich nicke. Das Wasser, das sich in meiner Mundhöhle jetzt breitgemacht hat, erlaubt es mir nicht zu sprechen.

»Vier«, sagt der Papa dann. »Wir brauchen vier Garnituren.«

»Wieso vier?«, frag ich und spucke dabei ein bisschen. Ein Blick in die Bratreine bestätigt die Worte vom Papa. Es sind tatsächlich vier Haxen drin. Ich schlucke und sag: »Kommt noch jemand?«

»Ja, der Leopold«, sagt der Papa.

Na, bravo!

»Und warum kommt der Leopold eigentlich heute, so mitten unter der Woche? Der kann doch seine mordswichtige Buchhandlung nicht einfach zusperren«, muss ich jetzt fragen.

»In der Buchhandlung sind heute die Handwerker. Er kriegt ein paar neue Regale. Und da kann er natürlich nicht aufsperren.«

Natürlich nicht. Und deswegen muss er jetzt hier bei uns rumhängen?

»Aha«, sag ich.

Die Oma teilt das Essen aus und dann ist er auch schon da, der Leopold. In all seiner Pracht. Fährt mit quietschenden Reifen direkt in den Hof, dass der Kies nur so fliegt. Der Papa grinst. Typisch. Das hätt ich mir mal erlauben sollen! Reinfahren, dass der Kies nur so fliegt. Da hätte er nicht gegrinst, der alte Esel.

»Servus, Leute«, ruft uns der Leopold her, wäscht sich kurz die Hände und hockt sich dann hin.

»Na, Oma, bist du bereit?«, schreit er sie an und wedelt mit einem Zettel. Die Oma freut sich.

»Für was genau soll die Oma denn bereit sein?«, muss ich jetzt wissen.

»Ja, heute gibt's doch Personalrabatt beim Real«, sagt der Leopold. »Bis zu einunddreißig Prozent, verstehst? Wenn du was brauchst, nur zu! Wir fahren da jetzt hin, die Oma und ich. Gell, Oma?«

Das ist ja wohl die Höhe! Der Leopold und die Oma! Der Leopold, der sich noch nie was um die Oma geschissen hat. Und schon gar nicht um Rabatte. Das war immer meine Aufgabe. Klare Rollenverteilung. Der Leopold hat den Papa zugeschleimt und ich hab die Oma ein bisserl verhätschelt. So kommt jeder auf seine Kosten. Und jetzt jagt er in meinem Revier. Die alte Schleimsau. Will mir ganz offenkundig und ohne den Anflug eines schlechten Gewissens die Oma ausspannen. Das ist eine Kriegserklärung. Das Essen ist versaut. Gut, der Hunger treibt's rein. Aber der Genuss ist dahin.

»Wieso kriegst du jetzt eigentlich einen Personalrabatt beim Real? Du bist doch gar kein Personal«, frag ich noch.

»Ja, mei. Beziehungen halt. Beziehungen, Brüderlein«, triumphiert er mir her.

Brüderlein! Mir würgt's direkt den Knödel hoch.

Nach dem Abwasch, bei dem ich der Oma helfe und der Leopold mit dem Papa auf der Couch hockt, fahren die zwei dem Rabattparadies entgegen. Ich steh im Hof und schau hinterher. Der Ludwig drückt mir seinen Kopf gegen den Schenkel. Mein treuer Kamerad.

Ziemlich angepisst fahr ich ins Büro. Der Weg zur Susi stimmt mich jetzt auch nicht grad fröhlich, ist aber unumgänglich.

»Servus, Susi«, sag ich sehr förmlich und schau sie gar nicht erst an. Geh direkt ans Fenster und sehe hinaus.

Keine Antwort.

»Du, Susi, ich brauch dringend eine Adresse.«

Sie hackt in ihren Computer, als wär sie zur WM im Zehnfingerschreiben angetreten. Sie ignoriert mich komplett.

Ich leg ihr ein Blatt Papier hin mit den Personalien vom Höpfl und sag: »Die Schwester von dem lebt vermutlich in Landshut. Ich brauch umgehend ihre Adresse. Das ist eine dienstliche Anordnung. Das kannst du gern auch schriftlich haben.«

Das war ziemlich professionell, muss ich sagen. Das zeigt sie mir auch, weil sie aufhört, in ihren PC zu trommeln. Sie blickt auf den Zettel. Das ermutigt mich.

»Du, Susi, und wegen den Dellen von gestern …«

Weiter komm ich gar nicht. Der Locher fliegt mir genau gegens Hirn. Mir wird leicht schwindelig. Ich geh dann mal lieber.

Fünf Minuten später hab ich die Adresse am Schreibtisch. Ich sitz da grad so mit einem nassen Lappen am Hirn, wie die Kollegin reinkommt. Die Kollegin aus der Gemeindeverwaltung. Die Kollegin von der Susi also. Und eine Freundin von ihr. Auch eine, die mit will, auf die große Italiensafari.

»Geht's dir etwa nicht gut, lieber Franz?«, trällert sie hämisch.

»Geht schon«, sag ich so.

Dann legt sie mir ein DIN-A4-Blatt auf den Tisch. Blitzsauberer Ausdruck der gewünschten Personalien. Wenigstens etwas.

Trotz schwerster Gleichgewichtsstörungen mach ich mich auf den Weg. Bloß raus hier. Weg von Niederkaltenkirchen. Weg von der Susi. Weg von der Oma. Und weg vom Leopold. Da ist fast alles besser. Sogar Landshut.

Kapitel 5

»Frau Höpfl?«, frag ich gleich, als mir die Tür aufgemacht wird. Eine zierliche Frau mittleren Alters steht in der geräumigen Diele einer wunderbaren Altbauwohnung.

»Wer will das wissen?«, fragt sie zurück.

Ich zeig ihr meinen Dienstausweis und sie ist beeindruckt. Glaub ich. Zumindest lässt sie mich rein.

Wir gehen ein paar Schritte und landen in einem erstklassigen Wohnzimmer. Ein Balkon mit Blick auf die Isar. Nicht billig hier.

»Sie haben da eine riesige Beule am Hirn«, sagt sie und deutet darauf. »Brauchen Sie vielleicht einen Umschlag oder so was?«

»Nein, danke. Es geht schon«, sag ich und schüttel den Kopf, was einen leichten Schwindel hervorruft.

»Ich bin eigentlich da wegen Ihrem Bruder.«

»Mein Bruder ist ein Arschloch.«

»Ganz meinerseits«, sag ich.

Sie grinst.

Dann setzen wir uns gemütlich auf die Sitzsäcke am Boden und plaudern über Brüder. Zu komisch, die Parallelen. Wirklich. Jedenfalls ist es dann so, dass ich einiges erfahr. Zum Beispiel erfahr ich, dass sie so gut wie überhaupt keinen Kontakt hat zum Höpfl. Und auch keinen will. Und das schon seit Jahren. Er ist sowieso ein Einzelgänger, sagt sie, und das war er auch schon als Kind. Keinerlei Freunde. Damals wie heute. Keine unbeschwerte Kindheit. Mehr so der Typ, wo ständig eins aufs Maul kriegt. Von den Mitschülern verspottet und des Öfteren aufgeknüpft. In den alten Apfelbaum auf dem Schulhof haben sie ihn häufig gehängt. An seinen Hosenträgern. Und da hat er dann gebaumelt und gewimmert, bis sich irgendein Lehrer erbarmte und ihn erlöst hat von seinem Elend.

Wie gesagt, keine Freunde. Und was bleibt einem da übrig? Grad so als Kind? Er hat sich dann in Bücher verkrochen, der Höpfl. Und so wurde aus einem eher unterdurchschnittlichen Schüler im Laufe der Zeit und dank der Ablehnung seiner Mitschüler der Klassenbeste. Was ihm natürlich auch nicht nur

Vorteile gebracht hat. Ganz klar. Aber immerhin hat er es auf diesem Weg bis hin zum Schulrektor gebracht. Und das bei mäßiger Intelligenz. Respekt.

Das hat sie so erzählt, die Schwester. Mehr weiß sie auch nicht, sagt sie. Weil sie nur so lang mit ihm zu tun hatte, wie es sich eben nicht vermeiden ließ. Weil sie ihn halt auch nicht mag, den Höpfl. Ob es überhaupt jemanden gibt, der ihn mag, weiß sie nicht. Früher jedenfalls nicht. Sie hat sogar den starken Verdacht, nicht einmal die Eltern, Gott hab sie selig, haben ihn mögen. Ja, das ist jetzt ein Punkt, der deutlich von mir und vom Leopold abweicht. Aber sonst alles sehr ähnlich.

»Sie haben wohl nicht zufällig ein aktuelles Foto von ihm?«, frag ich, weil ich natürlich mit dem uralten Reisepassbild nicht mehr wirklich viel anfangen kann.

»Gott bewahre«, lacht sie.

»Möchten Sie eine Vermisstenanzeige aufgeben?«, frag ich am Schluss.

»Nein, eigentlich nicht. Ich vermisse ihn ja nicht.«

»Ja, aber es ist halt so, dass er jetzt schon drei Tage lang abgängig ist. Alle Papiere und

Koffer und so sind bei ihm daheim. Schaut nicht grad nach einer Reise aus.«

»Trotzdem. Was geht mich das an?«

»Ja«, sag ich. »Eigentlich ist das auch wurst, weil jetzt sowieso ermittelt wird. Es wär halt nur schöner, wenn Sie offiziell …«

»Nein, tut mir leid«, sagt sie und steht auf.

Ich quäl mich aus dem Sitzsack.

»Ich käm mir ja vor wie eine Heuchlerin.«

Wer könnte das besser verstehen als ich.

»Ich melde mich, sobald ich was weiß«, sag ich noch so auf dem Weg zur Tür.

»Wenn es sich nicht vermeiden lässt«, sagt sie und schließt hinter mir zu.

Wo ich jetzt schon einmal in Landshut bin und die Sonne so einwandfrei runterscheint, verlangt mein Gaumen nach Eis. Weil, das muss man den Landshutern lassen, sie haben die beste Eisdiele weit und breit. Ich fahr also gemütlich mit dem Streifenwagen über die Isarbrücke. Fenster runter, Ellbogen raus und eine große Vorfreude macht sich direkt in mir breit. Die wird aber gleich drastisch reduziert, wie ich mich der Eisdiele nähere. Ganz offensichtlich sind schon mehrere auf diese grandiose Idee gekommen, weil: Der Platz vor dem Eingang zugeparkt bis zum Gehtnichtmehr. Trotz absolutem Halteverbot. Und dahinter sitzen sie dann, auf dem breiten Gehweg, gemütlich an den Tischen. Die Parksünder. Lutschen ein Eis oder schlürfen einen Kaffee. So als wär's das Normalste auf der Welt. Die meisten haben eine Sonnenbrille auf. Als könnte man sie dahinter nicht sehen. Quasi als Tarnung. Wie sie den Streifenwagen entdecken, werden manche schon nervös, rutschen auf den Stühlen nach vorne. Kommen aber noch nicht richtig in die Gänge. Warten wohl ab, was jetzt passiert. Ob er denn aussteigt und Strafzettel verteilt, der dämliche Bulle. So weit kommt's noch. Blaulicht an und Sirene. Und im Nullkommanix hab ich den besten Parkplatz im ganzen Viertel. Praktisch Traumparkplatz. Ich setz mich dann nieder und bestell mir ein Eis. Mit Sahne. Sonnenbrille auf und fertig.

Perfekt.

Am Abend, wie ich zur Küche reinkomm, stapeln sich die Einkaufstüten bis unter die Decke. Das muss die Realisierung aller Oma-internen Träume sein. Weil ich dem nichts entgegenzusetzen habe, geh ich gleich mit dem Ludwig meine Runde und zieh mich dann zurück. Leg mich aufs Kanapee unter die Decke und versuch mich zu entspannen. Die Decke riecht nach Susi. Das ist nicht wirklich entspannend. Drüben laufen die Beatles. In gewohnter Lautstärke. Und ich hör den Leopold lachen. Was könnte jetzt noch kommen? Brechdurchfall oder eitrige Pusteln?

Es ist der Brechdurchfall. Er kommt praktisch schon zwanzig Minuten später und bleibt die ganze Nacht. Gott weiß, woher ich den habe. Jedenfalls ist er da. Und so verbring ich die nächsten Stunden auf dem Klo mit einem Eimer auf dem Schoß.

Natürlich ist es mir nicht möglich, nach so einer Nacht in die Arbeit zu fahren. Ich lieg wie verreckt auf dem Kanapee und hauche dort mein Leben aus. Um Viertel nach acht kommt die Oma und stampft durch den Saustall.

»Ja, was ist denn los, Franz? Warum fährst denn nicht ins Büro?«, schreit sie mir her.

Dann steht sie vor mir und schaut mich kurz an.

»Du schaust ja furchtbar aus, Franzl!«

Wenn sie Franzl sagt, muss ich verheerend ausschauen. Das hat sie zuletzt gesagt, wie ich im Krankenhaus lag und an der Phimose operiert wurde. Da war ich vierzehn.

»Du bist ja käsweis im ganzen Gesicht. Und schwitzen tust auch wie ein Schwein. Und am Hirn hast schon ein Riesenfurunkel«, sagt sie und langt genau drauf.

»Aua!«, schrei ich.

»Oweia«, sagt sie. »Ich war ja schon immer dagegen, dass du hier in den blöden Saustall ziehst. Wer weiß, was du da grad ausbrütest. Ausschauen tut's jedenfalls wie die Beulenpest.«

Jesus Christus!

Aber natürlich weiß ich, was jetzt kommt. Ich kenn doch meine Oma. Die lässt ihren Franz nicht so dahindarben. Und schon gar nicht, wenn es der Franzl ist.

Augenblicke später schwebt sie schon ein. Den Papa im Schlepptau. Er trägt ein Tablett, das sich durchbiegt, und baut es sorgfältig vor mir auf.

»Mein lieber Schwan, schaust du scheiße aus!«, sagt er mitfühlend und macht sich dann auch gleich vom Acker. Um der möglichen Ansteckungsgefahr aus dem Weg zu gehen, versteht sich. Ganz anders die Oma. Sie füttert mich mit Eiersuppe und einer frischen Honigsemmel. Ein paar Biskuitplätzchen, Salzstangerln und Cola, Kamillentee und Gin. Ein Limoglas voll. Fürs Hirn krieg ich eine Salbe und ein Pflaster. So geht's schon gleich besser.

»Jetzt ruhst dich schön aus, Franzl, und heut Mittag mach ich dir eine Kleinigkeit zum Essen, gell«, sagt sie und schlenzt mir die Backe.

»So klein muss es gar nicht sein«, sag ich.

Sie grinst. Sie hat mich schon verstanden.

Nach dem Mittagessen geht es mir wieder tipptopp, vermutlich sind mir nur gestern die privaten Gegebenheiten auf den Magen geschlagen. So mach ich mich dienstbeflissen auf den Weg zum Büro, schließlich muss ja die Sache mit dem Höpfl langsam ins Rollen gebracht werden. Vorher mach ich noch schnell beim Simmerl halt, weil ja dem Simmerl sein Max zum Höpfl in die Schule geht.

Mein Gedanke gilt dem jährlichen Schülerheft, das es wohl in allen Schulen gibt. Und in diesen Heften ist zumeist auf der allerersten Seite ein Vorwort vom Rektor samt seiner Visage. Und weil es sich dabei meist um ein aktuelles Foto handelt, wär das geradezu ideal für meine Fahndung. Natürlich hab ich auch auf meiner Digitalkamera das Foto, das ich neulich selber gemacht hab. Bei der Wandschmiererei halt. Aber darauf ist leider nur riesengroß STIRB, DU SAU! zu lesen und der Höpfl winzigklein daneben. Außerdem ist er da so dermaßen verschwitzt, dass er glänzt wie ein Spanschwein und somit reflektiert. Also kaum brauchbar für meine Zwecke. Drum also jetzt zum Max.

»Servus, Simmerl«, sag ich beim Reingehen.

Es sind zwei Kunden vor mir, das will ich nicht abwarten.

»Du, sag einmal, ist dein Max schon daheim?«

»Ja, freilich. Der ist oben. Gehst durchs Schlachthaus hinten durch«, sagt der Simmerl, während er ein Gulasch eintütet.

»Alles klar«, sag ich und mach mich auf den Weg.

Das Zimmer vom Max ist leicht zu finden wegen lauter Musik und Pubertätsschweiß. Ich klopf an.

Das »Was ist?«, das jetzt kommt, hat den Tonfall von »Hau ab!« und trotzdem geh ich rein. Er liegt auf dem Bett und liest in der ›Bravo‹.

»Du, Max, eine Frage«, sag ich so und setz mich auf seinen Bürostuhl, wo bergeweis Klamotten liegen. Er rappelt sich ein wenig in die Höhe und legt die ›Bravo‹ weg.

»Und die wäre«, sagt er.

»Hast du zufällig noch das letzte Jahresheft von eurer Schule?«

»Das Schülerjournal?«

»Wenn's denn so heißt.«

»Klaro«, sagt er und beugt sich mit dem Oberkörper weit unters Bett. Dort zieht er dann massenhaft Zeitschriften hervor, die meisten aus der Schmuddelecke. Aus dem Haufen fingert er relativ zielsicher das Jahresheft vom letzten Schuljahr. Wunderbar.

»Ist da auch der Höpfl drin?«, frag ich.

Er pustet den Staub ab und reicht es mir rüber.

Er grinst.

»Eigentlich schon«, sagt er.

Ich schlag die erste Seite auf und da seh ich es schon. Ein Foto vom Rektor halbseitig, Hochglanz, aktuelles Bild. Allerdings sind dem Höpfl die Augen auskratzt. Also dort, wo normal seine Augen sind, gibt es nur Löcher. Das schaut unheimlich aus.

»Du hast ihm die Augen ausgekratzt?«, sag ich so und leg das Heft wieder weg.

»Ausgestochen! Mit dem Zirkel. Als Allererstes, gleich wie ich das Heft bekommen hab. Mein Lehrer hat dabei zugeschaut.«

»Und was hat er gesagt, dein Lehrer?«

»Gar nichts. Er hat nur gegrinst«, sagt der Max und schmeißt sich wieder aufs Bett.

»Gegrinst«, sag ich. Ist wohl bei den Lehrern auch nicht direkt beliebt, der Höpfl.

»Sonst noch was?«, fragt der Max und fischt sich jetzt die ›Bravo‹ wieder. Ich heb die Hand zum Gruße und mach mich davon.

Kapitel 6

Auf meinem Schreibtisch im Büro liegt dann ein Zettel: Der Höpfl ist zurück.

Das steht da in schwungvollen Buchstaben und weiter nichts. Ich geh gleich zur Susi, weil das zweifellos ihre Handschrift ist.

»Was heißt da, der Höpfl ist zurück?«, sag ich jetzt direkt ohne Begrüßung, weil auf die Locher-Attacke noch keine Entschuldigung gefolgt ist.

»Ja, das weiß ich doch nicht! Bin ich deine Sekretärin, oder was? Es hat halt eine Frau angerufen, und die hat gesagt, das soll ich dir ausrichten«, sagt sie über den Bildschirm hinweg.

Es riecht herrlich nach Kaffee.

»Einen Namen? Hat die Frau einen Namen gehabt?«

»Keine Ahnung.«

So kommen wir nicht weiter. Ich zieh den Stecker von ihrem PC.

»Ja, sag, spinnst du jetzt direkt?«, schreit sie mir her.

»Hat sie einen Namen gesagt oder nicht?«, wiederhol ich die Frage. Schließlich ist die Sache ernst, da sollte man schon ein bisschen Kooperation erwarten können.

»Ja, vielleicht. Ich weiß es nicht mehr. Sie hat von einer Schule geredet. Mensch, wenn jetzt meine ganzen Daten weg sind, war die ganze Arbeit umsonst!«

»Wer nicht hören will, muss fühlen«, sag ich auf dem Weg zur Kaffeemaschine. Ich schenk mir ein Haferl ein und geh.

Von der Schule also. Das muss die Sekretärin vom Höpfl gewesen sein. Da ruf ich gleich mal an.

Leider kann ich telefonisch niemanden mehr erreichen, weil das Sekretariat dort vermutlich nur bis zum Mittag besetzt ist. Also fahr ich direkt zum Höpfl.

Ich klopfe und läute und es geschieht wieder mal nichts. Genau wie gehabt. Ich geh mal davon aus, dass es sich bei dem Anruf um einen dämlichen Scherz gehandelt hat. Oder die Susi selber hat mich verarscht. Was sich aber dann nicht für sie ausbezahlt hat. Erinnern wir uns: die ganze Arbeit völlig umsonst! Hat sich das dann gelohnt?

Das sind so meine Gedanken, grad wie ich die Tür aufschließe. Weil ich schon mal da bin, kann ich auch wunderbar reingehen. Vielleicht find ich ja dort noch ein passendes Foto für meine Fahndung.

Irgendwoher läuft klassische Musik. Ziemlich laut sogar. Da ich mich aber nicht im Geringsten für klassische Musik interessiere, kann ich natürlich nicht sagen, was es ist. Aber ich kenne das Stück, irgendetwas Gängiges halt. Es kommt wohl von oben. Ist der Höpfl etwa doch …? Ich gehe hinauf. Ja, wirklich gängig, dieses Lied, absolut. Ich summe mit. Oben ruf ich ein paar Mal nach dem Höpfl. Nix. Keine Antwort.

Die Melodie kommt aus dem Badezimmer. Ich klopfe an. Nix. Ich drücke den Türgriff und öffne die Tür einen Spalt. Und da seh ich es. Der Höpfl liegt in der Badewanne auf dem Rücken, komplett unter Wasser und nur die Nasenlöcher schauen noch raus. Jetzt ist der auch noch tot!

Ich geh langsam zu der Wanne, bück mich in die Hocke und fühle ins Wasser. Temperatur angenehm. Badetemperatur eben. Dann greif ich nach seinem leblosen Arm. In dem Moment schießt der Höpfl mit einem Hechtsprung nach oben und erschreckt mich zu Tode. Ich knall rückwärts auf die Fliesen.

»Großer Gott, was tun Sie denn da?«, schreit er mich an. Badeschaumflocken sickern an seinem Körper hinab und tropfen von seinem Schniedl. Mickriges Teil.

Ich steh auf und schalt erst mal das Radio aus.

»Sie haben mich ja zu Tode erschreckt!«, sagt er jetzt schon merklich ruhiger. Zu Tode erschreckt – der muss grad reden!

Er schnappt sich das Handtuch vom Haken und wickelt sich ein. Sein Körper ist übersät mit großen dunklen Flecken. An allen erdenklichen Stellen. Blutergüsse in etlichen Variationen, würd ich mal sagen. Er setzt sich auf den Wannenrand.

»Ich hab hier eine Fahndung laufen, Herr Höpfl. Eine Vermisstenfahndung. Können Sie mir vielleicht freundlicherweise einmal erklären, wo Sie die letzten Tage waren?«, muss ich jetzt wissen.

Er rubbelt die Haare.

»Eine Fahndung? Machen Sie sich doch nicht lächerlich! Ein erwachsener Mensch kann wohl mal ein paar Tage lang wegbleiben, ohne dass da gleich ein Staatsakt draus wird.«

Er hat auch kleine Flecken am Körper, wie ich sehe. So in der Brandlochgröße etwa. Im Nackenbereich. Er merkt wahrscheinlich, dass ich da hinstarr, weil er sich das Rubbelhandtuch jetzt um die Schultern legt.

»Geht es Ihnen gut?«, frag ich.

Er nickt.

»Hervorragend!«, sagt er.

»Hatten Sie einen Unfall oder so was in der Richtung?«, frag ich und zupf an seinem Nackenhandtuch.

»Was erlauben Sie sich eigentlich! Machen Sie, dass Sie verschwinden!«

»STIRB, DU SAU!«, sag ich langsam.

Er stutzt.

»Dürfte ich mich um Himmels willen wenigstens noch anziehen? Warten Sie unten auf mich«, sagt er sichtlich genervt.

Ich beweg mich nicht die Bohne.

»Bitte«, fügt er leise hinzu.

Na gut. Ich warte unten.

Unten steh ich eine Zeit lang am Wohnzimmerfenster und betrachte den wunderbaren Garten. Wie ich die Badezimmertür hör, geh ich in die Diele. Das schaut professioneller aus. Ich schau mir die Garderobe an. Ein Sakko. Ein Trenchcoat. Alles wie vom Lagerfeld. Ein Schuhregal, Schuhe teuer, so gut wie neu und alle auf Hochglanz. Hinter dem Vorhang zum Keller lugen ein paar Stiefel hervor. Kampfstiefel vielleicht. Die passen so gar nicht ins Bild. Aber gut. Irgendein Paar braucht man ja wohl fürs Grobe.

Dann tänzelt der Höpfl endlich die Stufen runter und ist komplett bekleidet. Weißes Hemd, beige Hose, Hosenträger, braune Schuhe, gutes Leder. Die Hemdsärmel bis unten geschlossen, alles picobello. Von den Blessuren ist jetzt nichts mehr zu sehen. Trotzdem will ich es wissen.

»Die Flecken an Ihrem Körper, die kommen doch von irgendwoher. Die entstehen doch nicht von selber, oder?«

»Und wenn doch?«, fragt er. Er steht vor dem Garderobenspiegel und kämmt sich die Haare nach hinten. Sie sind ziemlich lang. Geheimratsecken reichen weit.

»Es gibt Hautkrankheiten, von denen haben Sie noch nie was gehört, mein Freund. Danken Sie Gott, dass Sie davon verschont sind.«

Das ist mir jetzt aber peinlich. Hoffentlich ist es nicht ansteckend. Ich schieb die Hände in die Hosentaschen. Ganz tief runter.

»Ja«, sag ich ein bisschen verklemmt. »Dann geh ich halt mal wieder. Offensichtlich sind Sie ja wieder da und quietschfidel. Und die Fahndung können wir damit wohl einstellen.«

»So ist es«, sagt er und legt den Kamm beiseite. Sein Blick fällt auf die Stiefel.

»Also, wenn ich Sie dann bitten darf«, drängt er mich zur Tür. Die Stiefel sind ihm unangenehm. Das merk ich sofort. Vermutlich, weil sie nicht in sein Saubermannimage passen. Ich fahr dann mal lieber, hier gibt's eh nichts mehr zu tun.

Nach dem Abendessen geh ich mit dem Ludwig noch auf ein Bier zum Wolfi. Und kaum sitz ich da am Tresen, erscheint auch schon der Simmerl. Keine drei Schluck später kommt der Flötzinger, Installateur und ein

Freund meinerseits. Genauso wie auch simmerlseits. Und so sitzen wir drei völlig harmonisch beieinander und das ist schön, weil's schon eine Zeit lang her ist, dass es so war. Oder sagen wir, schön ist es eigentlich nur am Anfang. Weil dann der Flötzinger nämlich eine Krise kriegt, das glaubt man nicht. Eine Wirtschaftskrise sozusagen. Er jammert uns her, dass es eine wahre Freude ist und versaut uns gewissermaßen den sorglosen Dämmerschoppen.

»Die Zahlungsmoral ist am Abgrund«, sagt er. »Kaum noch ein Kunde, der gleich bezahlt. Du musst quasi monatelang auf dein Geld warten und dann auch noch Danke sagen, wenn du es tatsächlich mal kriegst. Viele bezahlen gleich gar nicht mehr. Ich bin heutzutags ja schon öfter am Gericht als im Betrieb. Das kann doch wohl nicht sein, oder?«

»Kann schon, muss aber nicht«, sag ich so, weil mir nichts Besseres einfällt.

Er verdreht die Augen, scheinbar war ihm die Antwort nicht so witzig, wie ich's gerne hätte. Der Simmerl rettet mich: »Ja, mir geht's da eigentlich schon besser. Die Leute zahlen ja gleich bar, was sie kriegen. Auf Rechnung mach ich so gut wie gar nichts. Und wenn doch, krieg ich einen Ärger mit meinem Weib«, sagt der Simmerl.

»Ja, von meinem Weib mag ich gar nicht erst reden«, sagt der Flötzinger. »Was glaubt's ihr eigentlich, was mir die Mary für eine Lätschn zieht! Weil wir halt jetzt ein bisschen sparen müssen. Und weil sie nicht mit dem Ignatz-Fynn und der Clara-Jane zu ihren Eltern nach England fahren kann über die Ferien. Ein Affenzirkus, das könnt ihr euch gar nicht vorstellen. Kein nettes Wort mehr, von Sex überhaupt nicht zu reden!«

Er kriegt einen mitleidigen Blick von uns beiden. Das gehört sich so.

Dann trinkt er sein Bier auf Ex und bestellt sich ein neues. Sein fünftes.

»Saufen hilft da aber auch nicht«, sagt der Wolfi, indem er dem Flötzinger den Nachschub hinstellt.

»Du hast gut reden, du blöder Wirt. Aber was glaubst du eigentlich, wie das ist, wenn der Gerichtsvollzieher auf der Matte steht?«, schnieft der Gas-Wasser-Heizungs-Pfuscher in sein Bierglas.

»Der Gerichtsvollzieher kommt bei mir

ständig«, sagt der Wolfi und wischt mit einem Tuch übern Tresen.

Wir schauen auf. Ziemlich hurtig sogar. Der Wirt lacht.

»Ja, ehrlich. Der geht bei mir quasi ein und aus.« Aha.

»Aha«, sag ich.

»Ja, mit der Buchführung hab ich's eben nicht so, wisst's. Und Rechnungen ... Rechnungen liegen bei mir oft wochenlang im Briefkasten. Bis halt einfach nix mehr reingeht. Zugegeben, da bin ich ein bisschen nachlässig. Also kack dir wegen dem Gerichtsvollzieher nicht ins Hemd, Flötzinger. Das ist doch auch nur ein Mensch«, sagt der Wolfi und zuckt mit den Schultern.

»Ein Mensch, der halt Geld will«, sagt der Simmerl.

»Ganz genau!«, schreit der Flötzinger und knallt sein Krügerl auf das frisch gewischte Holz, dass natürlich alles überschwappt. »Und das hab ich eben nicht, Himmelherrgott noch mal!«

Huihuihui!

Von entspannter Atmosphäre kann jetzt keine Rede mehr sein.

Da bin ich dann direkt froh, wie mein Telefon läutet. Eine Bahnleich, auf der Höhe Niederkaltenkirchen. Ich muss da jetzt gleich hin. Und ehrlich gesagt, ist mir im Moment alles lieber wie der völlig neurotische Heizungs-Pfuscher. Sogar eine Bahnleich.

Kapitel 7

Wie ich mit dem Ludwig hinkomm, ist die BPoli schon da. Also die Bahnpolizei. Zwei Kollegen, die ich flüchtig kenn, in ihren blauen Uniformen und mit Taschenlampen. Schneidig. Der Lokführer ist natürlich auch da und raucht nervös eine Zigarette.

»Servus, miteinander. Habt ihr schon irgendwas entdeckt«, frag ich so beim Hingehen.

»Nix«, sagt einer der Kollegen. Er hat riesige Ohren. Da könnte man glatt einen Ohrensessel draus machen.

»Das ist schon der zweite heuer, den ich überroll«, sagt der Lokführer, zieht noch mal hastig an der Kippe und schmeißt sie dann weg. Die Glut zerteilt die Nacht.

Wir fangen an zu suchen und gehen die Strecke ab, aus der der Zug gekommen ist. Mit den Taschenlampen leuchten wir unter die Güterwaggons, und dort schaut es aus wie auf dem Schlachtfeld. Blut und Fetzen eines menschlichen Körpers, selbst Knochensplitter ragen heraus. Viel dürfte da nicht mehr zu finden sein. »Hier!«, schreit dann der Ohrensessel und wir gehen hin.

»Da, halt einmal!«, sagt er und reicht mir was rüber. Der Taschenlampenschein bestätigt meinen ersten Verdacht. Es sind Haare, nach denen ich gegriffen hab. Und drunter baumelt ein Schädel. Als er sich ausgependelt hat und in meine Richtung schaut, würgt es mich ziemlich her. Es ist der Höpfl, der an mir baumelt. Das ist unheimlich. Und besonders unheimlich ist, dass er genauso ausschaut wie auf dem Max seinem Foto. Auf dem Foto mit den ausgestochenen Augen. Die Augen vom Höpfl sind nämlich offen, jedoch ganz ohne Inhalt. Vollkommen leer. Vermutlich hat's ihm die Augäpfel rausgequetscht, als der Zug drüber ist. Unheimlich sag ich da nur. Weil's mir jetzt wirklich graust, lass ich den Schädel fallen. Er kullert den Bahndamm hinunter genau wie ein Fußball.

»Das ist dem Höpfl sein Kopf«, sag ich.

»Dem Höpfl sein Köpfl, also«, sagt der Ohrensessel und findet es wahnsinnig komisch.

Kurz darauf trifft die Bestattung ein und der Zug kann weiterrollen. Dank der hervorragenden Nase vom Ludwig wird relativ viel von den sterblichen Überresten gefunden und in Plastik verpackt. Aber brauchbar ist praktisch nichts mehr. Wirklich. Gut, dass wir den Kopf noch haben, weil uns das die Identifizierung erspart. Die Kollegen blasen zum Aufbruch und auch für mich gibt's hier jetzt nichts mehr zu tun.

Auf dem Heimweg brauch ich noch einen Schnaps vom Wolfi, weil's mir jetzt zugegebenermaßen ziemlich schlecht ist. Der Flötzinger sitzt immer noch an seinem Platz und plötzlich kriegt das Wort Wirtschaftskrise eine ganz neue Bedeutung.

Wie ich mich daheim aufs Kanapee setz und meiner Kleidung entledige, fällt mir auf, dass ich den Schlüssel noch in der Jackentasche habe. Also den Schlüssel vom Höpfl. Vermutlich war ich so geistesabwesend wegen seiner plötzlichen Anwesenheit und hab dann vergessen, ihm den Schlüssel zurückzugeben.

Am nächsten Tag in aller Herrgottsfrüh rollt der Leopold in den Hof mitsamt dem Zwerg Nase. Seine Panida macht jetzt nämlich dann einen Deutsch-Intensivkurs an der VHS und er muss ja seine blöde Buchhandlung aufsperren. Drum soll die Sushi derweil wochentags bei uns hierbleiben. Und heut ist sie sozusagen auf Probe da.

Da kann man jetzt direkt von Glück reden, dass es einen neuen Fall für mich gibt und ich nicht sehr viel Zeit daheim verbringen muss. Weil mich kleine Kinder nämlich schon kolossal nerven. Von großen ganz zu schweigen. Wenn ich mir nämlich einmal vorstell, ich hätt so was wie den Simmerl Max unterm Dach hocken – der reinste Horror! Ein ständig bockiger, schwitziger, onanierender Pickel, der nur mein Geld und mein Telefon will, bergeweise Schmutzwäsche produziert, schläft und isst, wann immer er will, und dem Rektor die Augen aussticht. Mit einem Zirkel. Wenn auch nur auf dem Foto. Aber immerhin. Das zeugt doch ganz klar von mangelndem Respekt. Also, ich für meinen Teil bin schon ziemlich froh, dass ich mich nicht fortgepflanzt habe.

»Franz, kannst du die Uschi schnell wickeln? Die stinkt schon bis zu mir herüber?«, schreit die Oma aus der Küche, grad wie ich zur Haustür reinkomm. Bis zu mir herüber stinkt sie auch schon und drum tu ich gleich so, als ob ich gar nicht da wär. Da fahr ich ja lieber ohne Frühstück ins Büro. So weit kommt's noch! Dass ich dem Leopold seine Brut aufzieh!

Es ist noch hundertmal schlimmer, als ich es mir vorgestellt hab. Wie ein so winziger Arsch so dermaßen stinken kann. Wer die Oma kennt, weiß natürlich, dass eine Flucht unmöglich gewesen wäre. Krieg auf Lebenszeit hätte das bedeutet. Aber immerhin lässt sie mich den Scheiß nicht alleine bewältigen. Sie steht mir schon hilfreich zur Seite. Die Sushi freut sich, wie ich sie aus ihrem Haufen hebe. Sie lächelt mich an.

»Sie lächelt mich an«, sag ich zur Oma. Freilich hört sie mich nicht. Pudert stattdessen den Hintern ein, dass alles nur so staubt und minutenlang nichts mehr zu sehen ist. Ich huste.

»Wo ist eigentlich der Papa?«, frag ich und deute auf den Plattenspieler.

»Dein Vater?«, fragt die Oma. »Der baut grade das Reisebettchen für die Uschi zusammen«, sagt sie und hievt mir das fertige Kind auf den Arm. »Und jetzt wird gefrühstückt!«

Dann sitzen wir so gemütlich beim Kaffee und die Sushi sitzt in einer Wippe am Boden. Sie wippt. Dann fängt sie an zu weinen. Vermutlich ist es der Fußgeruch, der sie so unglücklich macht. Ich persönlich möchte da auch nicht am Boden zwischen drei erwachsenen Fußpaaren vor mich hin dümpeln. Ich nehm sie aus der Wippe. Sie lächelt. Ich drück sie der Oma auf den Schoß und esse weiter. Zwerg Nase weint. Die Oma gibt sie zum Papa rüber, schließlich ist es sein Enkelkind. Sie weint weiter. Der Papa drückt mir das Kind zurück in den Arm. Die Sushi lächelt. So was kenn ich von der Arbeit mit Besoffenen. Die Besoffenen, muss ich sagen, gehen mir so dermaßen auf die Eier, das kann ich gar nicht sagen. Und da gibt's zwei völlig unterschiedliche Arten von Säufern. Die einen werden aggressiv, frag nicht, und sind dadurch sowieso bei mir unten durch. Die anderen werden dann liebevoll, ja sogar schmusig. Sie lächeln dich in einem fort an und sagen dir, wie lieb sie dich haben. Was aber keinesfalls besser ist. Weil dir das genauso tierisch auf den Nerv geht. Noch dazu, weil du ja selber vollkommen nüchtern bist. Meistens jedenfalls. Ja, und genauso ist es jetzt auch mit dem Zwerg Nase. Sie geht mir derart auf den Nerv mit ihrem Hergegrinse und ich mag sie nicht. Schon allein, weil sie vom Leopold ist. Und, Schlitzaugen hin oder her, eine gewisse Leopoldisierung ist deutlich zu erkennen.

»Die Uschi mag dich, schau, Franz«, hechelt der Papa voll Inbrunst. Das ist zu viel. Ich leg die Kleine zurück in ihre Wippe. Es wird Zeit, dass sie sich an den Fußgeruch gewöhnt.

Die Reste vom Höpfl werden nach München in die Gerichtsmedizin gebracht. Dort wird er obduziert. Weil wir ja wissen wollen, ob er sich freiwillig auf den Gleisen platziert hat oder ob er von einem Dritten dort angetackert wurde. Ein Unfall scheidet aus, weil der Zugführer sagt, der Höpfl wär auf den Gleisen gelegen. Also nicht gestanden oder etwa drübergelaufen. Nein, gelegen. Der Zugführer sagt, er hat ihn im Scheinwerferlicht wunderbar sehen können, wegen der hellen Kleidung. Er hat quasi direkt reflektiert. Und dann hat er auch gleich gebremst, der Zugführer. Aber natürlich trotzdem zu spät, wie wir bereits wissen. Weil man ihn auch mit der hellsten Kleidung nicht schon kilometerweit sehen kann.

Ich frag mich natürlich, wie man bei so einem menschlichen Fleischberg überhaupt noch was obduzieren kann, und will mir das anschauen. Also ruf ich in der Gerichtsmedizin an und frag, wann es so weit ist. Diese Woche wird das nichts mehr. Am Montagnachmittag, heißt es. Perfekt.

Dann ruf ich den Birkenberger Rudi an. Das war mein Streifenkollege in der Zeit, wo wir beide noch in München Dienst geschoben haben. Das war eine heiße Zeit, mein lieber Schwan. Aber leider vorbei. Ich bin ja dann versetzt worden und der Rudi wurde entlassen. Weil er einen Pädophilen kastriert hat. Auf einer Schubfahrt. Von Stadelheim zum Gericht. Hat diesem Perversen einfach die Eier weggeschossen. Selbstjustiz quasi. Glasklarer Entlassungsgrund. Mein Kollege ist er jetzt also nicht mehr, dafür ist er nun Privatdetektiv. Mein Freund aber ist er geblieben. Und es wird dringend Zeit, dass wir zwei uns mal wieder treffen. Der Rudi freut sich über alle Maßen, wie er mich hört.

»Eberhofer? Eberhofer? Das sagt mir jetzt gar nichts«, sagt er so. Ich kenn dieses Spielchen.

»Kennen wir uns von der Sado-Maso-Party neulich? Oder aus dem Laubsägekurs? Oder, nein warte, vom Gebirgsschützenfest? Nein! Jetzt hab ich's: Aus dem Nazi-Zeltlager vom letzten Sommer!«

»Ich weiß schon, Birkenberger. Ich hätte mich schon mal früher melden können. Aber du ja auch. Schließlich funktioniert das Telefon ja in beide Richtungen«, sag ich zur Verteidigung.

»Ich habe ungefähr hundertfünfzig Mal angerufen!«, schreit er mir jetzt in den Hörer. »Habe mir die Finger wund gewählt. Aber es war immer nur deine dämliche Verwandtschaft dran. Oder die Mailbox. Den Papst zu erreichen ist einfacher, mein Freund. Oder Ex-Freund, vielmehr!«

Das ist jetzt wieder typisch. Der Birkenberger hat immer so den Hang zur eifersüchtigen Ehefrau.

»Um es kurz zu machen, Rudi, ich bin am Montag in München. Möchtest du mich sehen oder nicht?«, sag ich so.

»Ich weiß nicht recht«, sagt der Rudi und schnieft beleidigt ins Telefon.

»Ja oder nein?«

»Also hör mal! Ich hab fast ein Jahr lang nichts mehr von dir gehört und jetzt soll ich so einfach auf Kommando springen?«

»Also, nein?«

»Also gut. Wann genau kommst du?«

Ich kenn ihn halt so gut wie meine Westentasche, den Rudi. Aber umgekehrt ist es genauso.

Nach diesem Telefongespräch fällt unser Bürgermeister ein, in mein Büro. Er ist völlig außer sich und wischt sich ständig mit dem Taschentuch übers Gesicht. Dann wirft er sich auf den Stuhl nieder, mir vis-à-vis, und hechelt nach Luft. Lichtjahre später fängt er endlich an zu berichten. Einen Veranstaltungsschutz will er haben. Einen Veranstaltungsschutz fürs Vereinsheim Rot-Weiß Niederkaltenkirchen. Genauer für die Fußballspiele. Dass ich nicht lache! Dazu muss man wissen, dass die hiesige Fußballmannschaft in der Kreisliga vor sich hin vegetiert. Und das schon seit Jahrzehnten. Vom Anfang der Leidensgeschichte bis heute. Kein Gedanke an einen Aufstieg. Null.

Aber das soll sich jetzt ändern, sagt der Bürgermeister. Weil jetzt nämlich hätten wir einen Neuzugang. Eine Torgranate, sagt der Bürgermeister. Einen Angolaner. Den hätten sie eingekauft. Für ganz schön viel Geld. Und der soll jetzt den Rot-Weiß aus dem Koma holen. Der Angolaner. Und da bräuchten sie halt jetzt einen Veranstaltungsschutz. Für die Torgranate.

So was hat's noch nicht einmal für den Lothar Matthäus gegeben. Wie der nämlich vor drei oder vier Jahren hier im Vereinsheim war, zum fünfzigjährigen Gründungsfest, als Ehrengast quasi, hat's überhaupt keinen Schutz nicht gegeben. Der Lothar ist gekommen, mit einer von seinen Lolitas, und hat ein paar Autogramme geschrieben und ein Trikot versteigert. Und aus. Kein Schutz, kein Bulle, kein Garnix. Und jetzt sollen wir wegen einem Angolaner so einen dermaßenen Aufstand machen? Also mir persönlich fehlen da die Worte.

Jetzt weiß ich ja eigentlich so rein gar nichts über Angola. Außer vielleicht von dem alten United Balls-Song, wo es heißt »Coca-Cola in Angola«. Wobei ich mir jetzt nicht direkt vorstellen kann, dass die da in Angola den ganzen Tag rumhocken und Cola saufen.

»Wann genau brauchen Sie denn den Veranstaltungsschutz?«, frag ich jetzt, weil das von einem gewissen Interesse zeugt.

»Jedes Wochenende, Eberhofer. Jedes Wochenende. Einmal am Samstagnachmittag, einmal am Sonntag in der Früh. Immer im Wechsel«, hechelt der Bürgermeister.

Der Aufstieg ist ihm ins Gesicht geschrieben.

»Jedes Wochenende? Sie glauben doch nicht im Ernst, dass ich mich jedes Wochenende auf den verschissenen Fußballplatz stell und einen Neger bewache!«

Ich lehn mich zurück und verschränke die Arme. Bocke ein bisschen. Der Bürgermeister springt auf, dass gleich der Stuhl nach hinten kippt.

»Beherrschen Sie sich gefälligst, Eberhofer! Sie werden tun, was Ihnen angeordnet wird, nicht wahr. Auch am Wochenende. Schließlich schieben Sie hier ja ohnehin eine ruhige Kugel«, spricht's und verlässt mein Büro.

Eine ruhige Kugel! Da muss der grad reden! Im Grunde hat er noch nicht mal eine Kugel, die er schieben könnte, der werte Herr Bürgermeister. Einen Angolaner bewachen. So weit kommt's noch!

Meine Mittagspause verbring ich im Büro, einfach um der eingetretenen Leopoldisierung bei uns daheim aus dem Weg zu gehen. Ich hol mir beim Simmerl ein paar Wurstsemmeln.

»Den Höpfl hat der Zug erwischt, hab ich gehört«, sagt der Metzger, wie er mir meine Brotzeit aushändigt.

»Erwischt ist gut«, sag ich und zähl mein Geld auf den Tresen. »Es war ja nicht so, dass der Zug hinter ihm hergefahren ist und ihn dann erwischt hat. Eher umgekehrt.«

»Wie auch immer«, sagt der Simmerl und hat ein Grinsen in der Visage. »Jedenfalls hat's keinen Verkehrten erwischt.«

»Du, Simmerl, wo genau warst jetzt du eigentlich gestern Abend?«, frag ich so, weil mich das dämliche Gegrinse verdächtig stimmt.

»Vielleicht erinnerst dich noch dunkel, dass ich gestern Abend genau neben dir beim Wolfi gesessen bin und mir dem Flötzinger seinen Scheißdreck angehört hab.«

Ja, das stimmt.

»Und der Max? Wo genau war dein Max zu der Zeit?«

»Jetzt mach aber mal einen Punkt, du blöder Bulle! Und schau, dass dich schleichst!«

»Der Max?«, frag ich noch mal.

»Ja, das weiß ich doch nicht! Meinst vielleicht, dass sich der bei mir abmeldet? Mit seinen sechzehn Jahren!«

»Der Höpfl ist nach Mitternacht vom Zug erwischt worden. Laut deiner Aufsichtspflicht musst du natürlich schon wissen, wo sich dein Max nach Mitternacht so rumtreibt, mein Freund.«

»Mein Freund! Ich geb dir gleich einen Freund!«, schreit mir der Simmerl jetzt her und schwingt mit dem Hackbeil.

Ich muss grinsen.

»Max!«, schreit der Simmerl dann ohrenbetäubend laut, was bei seinem Resonanzraum aber durchaus im Bereich des Möglichen ist.

Insgesamt schreit er viermal nach dem Sprössling, dass die Wände nur so wackeln. Aber ohne jeden Erfolg. Das heißt, so ganz ohne Erfolg eigentlich auch nicht. Sein Eheweib kommt.

»Ja, was schreist denn du so?«, will sie wissen.

»Was ich so schrei? Weil dieser Scheißbulle wissen will, wo sich dein Kronprinz gestern Nacht rumgetrieben hat, liebe Gisela.«

»Keine Ahnung«, sagt sie und zuckt mit den Schultern.

»Ja, dann geh bitteschön einmal hinauf und sag ihm, dass er seinen verdammten Arsch hier runterbewegen soll, wenn's recht ist!«

»Wieso ich? Du hast doch selber kerngesunde Haxen«, sagt die Gisela und dreht sich ab.

Wieder ein klarer Beweis dafür, die Ehe zu meiden.

Weil er mir jetzt zugegebenermaßen direkt leidtut, der blöde Metzger, geb ich auf.

»Gehen wir heut noch zum Wolfi?«, frag ich ihn so beim Rausgehen.

»Passt halb neun?«, ruft er mir hinterher.

»Einwandfrei«, sag ich.

Dann fällt die Tür ins Schloss.

Wie ich ins Büro komm, hockt der Papa in meinem Bürostuhl und hat die Susi auf dem Schoß. Und die Susi ihrerseits hat die Sushi auf dem Schoß. Und die restliche Gemeindeverwaltung kniet außen herum, genau wie bei der Heiligen Familie. Mittendrin lacht der Zwerg Nase völlig entspannt dem ganzen Remidemi entgegen.

»Ja, was ist denn hier los?«, muss ich jetzt wissen.

»Du, Franz. Die Uschi hat den ganzen Vormittag geweint, gell, Uschi«, sagt der Papa. »Und die Oma und ich haben uns die ganze Zeit auf den Mittag gefreut. Dass du halt heimkommst und die Kleine endlich mit dem Weinen aufhört. Weil sie dich doch so mag, gell. Und dann kommst du einfach nicht«, sagt der Papa.

Die Gemeindeverwaltung schickt geschlossen visuelle Speere in meine Richtung.

»Ja, vielleicht hab ich zufällig auch noch einen Job so ganz nebenbei, um den ich mich kümmern muss«, sag ich und leg meine Semmeln ab. »Und überhaupt. Was geht mich eigentlich dem Leopold sein Ableger an? Glaubt der vielleicht ernsthaft, er hat das Vergnügen und wir dann die Arbeit?«

Speere – tödliche.

»Und jetzt raus hier!«, schrei ich, weil es mir jetzt langt.

Die Susi steht auf, übergibt das Bündel dem Papa und verlässt im Dunstkreis der Kolleginnen den Raum. Der Bürgermeister tritt an die freigewordene Stelle und begafft das Kind.

»So ein hübsches Baby«, sagt er. »Außer die Nase vielleicht. Aber die kann sich ja auch noch verwachsen.«

Gott bewahre – wo soll die noch hinwachsen?

Der Papa steht auf.

Die Sushi fängt an zu weinen.

Der Bürgermeister klopft ihm aufmunternd auf die Schulter.

»Und vergessen Sie nicht, Eberhofer«, sagt er dann in meine Richtung. »Am Sonntag um zehn im Vereinsheim. Das ist eine dienstliche Anordnung!«

Das ist eine dienstliche Anordnung! Ja, wie steh ich denn jetzt vor dem Papa da!

Der Papa grinst. Das brennt wie Feuer.

»Und, ja, bevor ich's vergesse«, legt der Bürgermeister noch einen Scheit nach. »Ziehen Sie Ihre Uniform an. Das schaut professioneller aus!«

Kapitel 8

Am Nachmittag mach ich mich dann erst einmal auf den Weg zur Frau Höpfl nach Landshut. Leider ist niemand zu Hause, und ich kann ihr ja schlecht eine Nachricht an die Tür hängen: Bruder vom Zug überrollt, leider verstorben. Nein, wirklich, das geht gar nicht. Da muss ich dann wohl später noch mal kommen.

Dann fahr ich zum Höpfl-Haus. Eine Nachschau, reine Routine.

Zuerst gieß ich die Tröge im Garten, weil die Blumen ja auch nichts dafür können, dass sie jetzt verwaist sind.

Hinter der Hecke lauern die Nachbarn. Sie lauern dort, ich seh es genau, und meinen tatsächlich, unentdeckt zu bleiben. Ich gieße mich langsam in ihre Richtung und tu so, als wären sie Luft. Erst wie ich direkt vor ihnen steh, schrei ich: »Hände hoch und an die Hecke!«

Zu den zwei Köpfen ragen jetzt umgehend vier Hände über den Heckenrand. Ich kann ihren Atem spüren.

Jetzt muss ich lachen.

Sie haben sich zu Tode erschreckt. Das war mein Plan.

»Großer Gott! Sie haben uns ja zu Tode erschreckt!«, sagt er. Sie röchelt nach Luft.

»Das war mein Plan«, sag ich so.

»Entschuldigung?«, fragt er.

Sie röchelt.

»Warum genau lungern Sie eigentlich hier hinter der Hecke umeinander?«

»Lungern? Erlauben Sie mal! Man kümmert sich halt um seine Nachbarn, nicht wahr«, sagt er jetzt.

Ihre Atmung wird keinen Deut besser.

»Um diesen Nachbarn brauchen Sie sich in Zukunft nicht mehr zu kümmern.«

Er senkt den Kopf.

Sie röchelt und röchelt.

»Wir haben es schon gehört. Schreckliche Sache«, sagt er.

»Hat Ihre Frau irgendwelche Probleme mit der Atmung?«, frag ich, weil mir das dämliche Gejapse jetzt langsam auf die Eier geht.

»Asthma«, sagt er.

Sie nickt röchelnderweise.

»Ein Spray?«, frag ich. »Asthmaspray?«

Beide schauen mich an.

»Ach, so! Ja, natürlich, das Spray! Können wir jetzt die Hände wieder runternehmen?«, fragt er.

Ich nicke. Er greift in ihre Hosentasche und zieht ein Spray heraus.

Sie inhaliert. Danach geht es ihr besser.

»Haben Sie ihn gut gekannt, den Höpfl?«, will ich jetzt wissen.

»Ja, gut? Was heißt denn hier gut? Wie man sich eben so kennt, als Nachbarn, gell«, sagt er.

»Lungern Sie hier öfters hinter der Hecke rum?«

Beide werden rot. Goldig.

»Also, von rumlungern kann überhaupt keine Rede sein. Wir haben halt grade so ein bisschen im Garten gearbeitet. Und dann schaut man natürlich, wenn jemand kommt, oder?«

»Nach dem Höpfl haben Sie dann wohl auch öfters mal geschaut, geben Sie's zu.«

Keine Antwort. Ich scharre mit dem Schuh im Gras.

»Was haben Sie denn so gesehen, beim Höpfl. Ist Ihnen irgendetwas aufgefallen? Irgendwas Sonderbares vielleicht?«

»Mein Gott, was heißt denn hier ›sonderbar‹? Eigentlich nicht«, sagt er und wirkt direkt verlegen.

»›Eigentlich‹ schließt einiges aus. Also, was genau war es?«

»Na ja – diese Schürze!«, sagt sie jetzt. »Er hat immer in einer Schürze geputzt. Auch außen. Die Fenster und so was.«

Eine Schürze find ich persönlich jetzt nicht unbedingt bedenklich. Ja, gut, bei einem Mann vielleicht schon. Aber wo der Höpfl eh so ein Pedant war, kann ich mir eine Schürze auch wunderbar an ihm vorstellen.

»Eine Schürze find ich jetzt eigentlich nicht großartig verdächtig. Meine Oma putzt auch in Schürze. Völlig normal«, sag ich so.

»Aber Ihre Oma wird ja wohl drunter nicht nackt sein!«, mischt sich jetzt er wieder ein.

»Nein, vermutlich nicht. Aber so genau hab ich da noch nie drauf geachtet«, muss ich zugeben.

»Gehen Sie mal davon aus, dass sie nicht nackt ist«, sagt sie ziemlich schnippisch.

»Und der Höpfl war nackt drunter?«

»Splitterfasernackt!«, sagen beide gleichzeitig. Beinah wie trainiert.

»Und jetzt lungern Sie hier an der Hecke rum, in der Hoffnung, dass ich womöglich auch noch nackt in der Schürze ermittle.« Jetzt muss ich lachen.

»Herrgott! Was unterstellen Sie uns da eigentlich!«

Er ist empört.

»Wem ich was unterstelle, müssen Sie dann schon noch mir überlassen«, sag ich so im Weggehen.

Ich schau mir mal lieber die Innenräume an. Und zwar genau. Schließlich kann die kleinste Kleinigkeit den entscheidenden Hinweis geben. Weil eines natürlich glasklar ist: Nach dem STIRB, DU SAU! und fleischpflanzerlgroßen Beulen am Buckel vom Höpfl ist an Selbstmord gar nicht erst zu denken.

Die Räume sind im Grunde genauso wie beim letzten Mal, als ich hier war. Und zwar wirklich genauso. Das heißt, sogar das Badewasser ist noch in der Wanne. Das Handtuch, mit dem er sich eingewickelt hat, liegt auf dem Bett. Die Schubladen mit Unterwäsche und Socken stehen offen. Das find ich wirklich sonderbar. Bei einem Menschen wie dem Höpfl, bei dem kein Staubkorn zu finden ist und der vermutlich die Böden mit der Zunge wischt oder gewischt hat, ist eine solche Unordnung kaum vorstellbar.

Im Untergeschoss ist alles unverändert. Und freilich wie geschleckt. Ich gehe den Weg ab, den ich auch gestern gegangen bin. Zuerst ans Wohnzimmerfenster, ich schau in den Garten. Die Köpfe der Nachbarn kleben noch immer an der Hecke. Dann geh ich in die Diele. An der Garderobe ein Sakko, ein Trenchcoat. Unzählige Schuhe. Alle picobello. Die Stiefel hinter dem Vorhang sind verschwunden. Er muss also noch die Schuhe gewechselt haben. Was immer er vorgehabt hat, es war nichts Elegantes, wenn er diese Stiefel getragen hat. Die vorhandene Situation zeigt mir deutlich, dass er gleich nach mir, und vermutlich in völliger Eile, das Haus verlassen haben muss. Um anscheinend irgendwas zu tun, wofür man Kampfstiefel braucht. Komisch. Ein Blick in die Garage zeigt mir, dass der Wagen weg ist. Genau wie beim letzten Mal. Den muss ich natürlich zur Fahndung ausschreiben.

Im Wohnzimmerschrank liegt der Fahrzeugbrief an der gleichen Stelle wie zuvor der Reisepass. Den nehm ich mit. Leider hab ich für weitere Recherchen jetzt keine Zeit mehr, weil ich ja noch mal zu der Frau Höpfl muss. Hoffentlich ist sie mittlerweile daheim.

Sie ist daheim.

»Ach, der nette Polizist von neulich«, sagt sie, wie ich zur Tür reinkomm. So hat mich ja schon lange niemand mehr genannt. Wenn ich ganz genau nachdenk, eigentlich noch nie.

»Schön, dass Sie da sind. Gibt es irgendwas Neues, was meinen Bruder betrifft?«

Wir gehen ins Wohnzimmer.

»Ja, neu ist es schon«, sag ich und setz mich auf einen Sitzsack. Sie tut es mir gleich.

»Aber ich fürchte, es ist jetzt nicht unbedingt besser.«

»Was heißt besser? Er war weg. Was war da so schlecht dran?«, fragt sie und zwinkert mir zu. Ich quetsch mir ein Lächeln ab. Und weil sie eine einfühlsame Person ist, merkt sie jetzt gleich, dass was nicht stimmt.

»Ist er … tot?«, fragt sie ganz leise.

Ich nicke.

Sie erhebt sich von ihrem Sitzsack und geht rüber zum Fenster. Dort steht sie dann und schaut eine Weile hinaus. Auf die wunderbare Isar. »Sie erwarten jetzt aber keine Trauer, nicht wahr? Sie wissen genau, wie ich zu ihm stehe.«

»Trauern Sie oder trauern Sie nicht. Mir persönlich ist das egal.«

»Das beruhigt mich.«

Pause.

»Wie ist es passiert?«

»Er wurde von einem Zug überrollt. Ein Zugunglück praktisch.«

Pause.

»Eine Frage«, sag ich und erheb mich dann auch aus meinem Sack. »Wer erbt eigentlich sein Vermögen?«

»Sein Vermögen?«

»Na ja, das Haus halt und was sonst noch so da ist.«

Sie dreht sich zu mir her und schaut mich an. Und ich entdecke tatsächlich ein Tränlein in ihren Augenwinkeln.

»Das weiß ich nicht. Vielleicht hat er ein Testament geschrieben.«

Sie schnäuzt sich.

»Und wenn nicht? Ich meine, gibt es außer Ihnen …«

»Nicht, dass ich wüsste«, unterbricht sie mich hastig.

»Jetzt denken Sie wohl, was hat die bloß, ist die denn blöde?«, sagt sie und winkt mit dem Taschentuch. »Aber nun, wo er tot ist, macht es mir halt doch etwas aus. Lustig oder?« Sie schnäuzt sich noch mal. »Unglaublich, wenn man bedenkt, dass ich ihn zeitlebens nicht gemocht hab. Können Sie sich das vorstellen?«

Nein, auf gar keinen Fall. Wenn ich dran denke, dass der Leopold unter einem Zug verschwinden würde, ich könnt nur mit den Schultern zucken.

Ich zucke mit den Schultern.

»Ja, gut, wenn der Leichnam dann frei ist, werd ich Sie informieren. Wegen der Beerdigung und so.«

»Was heißt, wenn der Leichnam frei ist? Ist er denn jetzt nicht frei?«

»Nein. Momentan liegt er in der Gerichtsmedizin.«

»Wird er etwa … obduziert?«

Ich nicke.

»Gewaltverbrechen nicht auszuschließen«, sag ich so.

»Aha«, sagt sie und bringt mich zur Tür.

Auf dem Heimweg mach ich noch schnell im Büro halt und gebe per Fernschreiben die Daten vom Höpfl seinem Auto direkt ans LKA weiter.

Dann ist für heute erst einmal Schluss. Weil halt jetzt Feierabend ist. Und Wochenende noch dazu. Und weil ich mich seelisch und moralisch auf den Veranstaltungsschutz am Sonntag vorbereiten muss. Lieber Gott, schau runter!

Daheim ist zum Glück wieder Ruhe eingekehrt, weil die Erzeuger vom Zwerg Nase dieselbige heimgeholt haben in ihr Nest. Die Oma gießt den Garten und der Papa hockt im Schaukelstuhl unter den alten Bäumen. Er trinkt Rotwein und raucht einen Joint. Das macht er manchmal und ich reg mich nicht mehr auf darüber. Ich zieh mir die Schuhe aus und geh barfuß durchs Gras. Das ist schön. Dann nehm ich das Weinglas und trinke es aus.

»Soll ich deinen Tabak auch gießen?«, schreit uns die Oma herüber.

Der Papa nickt.

»Welchen Tabak meint sie jetzt genau?«, frag ich und setzte mich zu ihm.

»Ja, einen Tabak halt«, sagt der Papa und nimmt einen tiefen Zug.

Ich hab bis grad eben noch gar nicht gewusst, dass sogar Tabak bei uns wachsen kann. Wobei man jetzt schon sagen muss, dass bei der Oma sowieso alles wächst. Internationale Gartenausstellung frei Haus, quasi. Aber Tabak? Die Oma watschelt mit der Gießkanne ans andere Ende vom Garten und verschwindet dann hinter dem Schupfen.

Aha, bei uns am anderen Ende vom Garten direkt nach dem Schupfen wächst also tatsächlich Tabak. Das muss ich mir anschauen. Auf den Spuren von der Oma wandere ich direkt mal dort hin.

»Hanf«, sag ich beim Wiedereintreffen in die Gartenidylle zum Papa. Er zuckt mit den Schultern.

»Du baust hier Hanf an, in meinem Garten«, sag ich noch einmal, dieses Mal mit deutlich mehr Nachdruck.

»Bis jetzt ist es immer noch unser Garten. Wenn überhaupt. Laut Grundbuchamt ist es eigentlich meiner. Und in meinem Garten kann ich schließlich anbauen, was immer ich mag«, sagt der Papa.

»Nicht, wenn es verboten ist. In Deutschland ist laut Betäubungsmittelgesetz Anbau, Herstellung, Handel, Einfuhr, Ausfuhr, Abgabe, Veräußerung, sonstige Inverkehrbringung und Erwerb von Pflanzenteilen und Saatgut von Hanf strafbar und aus«, sag ich so.

»Dann musst du mich jetzt wohl verhaften«, sagt der Papa und schenkt sich noch mal Wein nach. Ich trinke das Glas auf ex und geh dann mal lieber, bevor es eskaliert.

Am Sonntag bin ich pünktlich und grantig am Fußballplatz. Es sind unglaublich viele Zuschauer da, weil vermutlich so ein Schwarzer im Heimtrikot schon was ganz Besonderes ist.

Wir haben hier zwar auch zwei Türken in der Mannschaft, den Murat und den Tekin, aber die sind schon so lang dabei und keine echte Sensation mehr.

Der Angolaner heißt Buengo, zumindest steht das hinten am Trikot, und wie er einläuft, ist es mucksmäuschenstill. Das Spiel wird angepfiffen und ziemlich schnell ist klar, dass der Buengo wohl sein Geld wert war. Er schießt in der ersten Halbzeit schon drei Tore und Niederkaltenkirchen ist im Ausnahmezustand.

Der Bürgermeister schwenkt seinen rot-weißen Schal, als würd er eine Heuschreckenplage vertreiben. In der Pause wird der Würstlstand überrollt und das dritte Fass Bier angezapft. Danach folgen nochmals drei Tore und wieder ist der Angolaner an zweien davon direkt beteiligt. Wobei der gegnerische Torwart wirklich nicht schlecht war, muss man jetzt sagen. Es hätte noch deutlich höher ausgehen können. Am Ende jedenfalls liegt der ziemlich kraftlos am Boden, was dem Wort Torwartlegende eine ganz neue Bedeutung gibt. Beim Abpfiff stürmen dann alle das Spielfeld und feiern den Neuzugang wie einen Helden. Er wird geschultert und über den Platz getragen, als wär er der UEFA-Cup höchstpersönlich. Zu Ausschreitungen aber kommt es nicht, weil allein die Anwesenheit meiner Uniform jegliche Querelen im Keim erstickt.

Der Bürgermeister kommt und haut mir auf den Buckel, er ist schon ziemlich heiter: »Großartige Arbeit, Eberhofer. Wirklich erstklassig. Veranstaltungsschutz vom Feinsten, sag ich da nur! Und haben Sie den Bengo gesehen?«

»Buengo«, sag ich.

»Ja, genau, den Bengo. Eine Granate, oder? Total Bingo, der Bengo«, sagt er und schwankt dann davon.

Danach geht die Post ab, das kann man gar nicht erzählen. Fußball-WM Scheißdreck dagegen. Da ich aber dienstlich hier bin, bleib ich außen vor und trink nur ein paar Radler. Irgendwann gehen die Würstl aus und der Simmerl bringt einen Notfallnachschub. Kurz darauf geht auch das Bier aus und viele hocken vor den leeren Krügen. So auch der Simmerl. Er schaut voll Wehmut in sein Bierglas und sucht vergeblich nach dem Inhalt.

»Viel Afrika, wenig Hofbräuhaus!«, schreit er wütend in die Menge und geht. Manche nicken ihm Beifall. Der Buengo lacht. Ein bisschen später mach ich mich dann auch auf den Heimweg. Ich will mich schnell umziehen und noch kurz zum Wolfi auf einen Schlummertrunk. So fahr ich gemütlich die alte Bundesstraße entlang und da seh ich es schon. Schon von weitem. Es hängt ein Auto am Baum. Keine große Sache, eher ein Streifschuss vielleicht.

Davor zwei Menschen, mit dem Oberkörper weit nach vorne gebeugt. Ganz offensichtlich betrachten sie den Schaden. Ich fahre rechts ran, Blaulicht an und Motor aus. Ich steig aus. Die beiden heben die Köpfe und schauen ins Blaulicht. Sie freuen sich. Ja, wirklich, sie schauen wie mit Kinderaugen auf das rotierende Licht und strahlen. Ihre Oberkörper wanken. Sternhagelbesoffen für meine Begriffe.

Hab ich schon erwähnt, dass einer davon der Buengo ist? Der andere auch ein Fußballer mit strohblonden Haaren, seinen Namen kenn ich nicht. »Haben Sie Alkohol getrunken?«, frag ich zuerst einmal.

»Zwei oder drei Halbe«, sagt der Blondschopf und grinst. Zwei oder drei Halbe ist die Standardantwort auf diese Frage.

»Wer von euch zwei Hübschen ist denn gefahren?«, frag ich sie jetzt.

»Ich nicht«, sagt der Blonde. Der Buengo grinst.

»Dann wohl er?«, frag ich weiter.

»Nein, er auch nicht«, sagt der Blonde. »Gell, Buengo, du bist auch nicht gefahren«, sagt der Blonde und schüttelt schwerfällig den Kopf.

»Ich nicht fahren«, sagt der Angolaner. »Kurt nicht fahren.«

Kurt ist wohl der Blonde. Also keiner ist gefahren. Das ist ja einmal ganz was Neues.

»Ja, gut«, sag ich. »Aber wer ist dann überhaupt gefahren?«

Die beiden zucken die Schultern. Dann fangen sie an zu lachen. Kommen sich jetzt überdurchschnittlich intelligent vor. Im Nullkommanix sitzen sie bei mir im Büro. Sie lachen, dass sich die Balken biegen. Bekannterweise gibt es ja ein bestimmtes Stadium im Rausch, da trifft dich nix mehr. Rein gar nichts. Da könnten sie dir bei lebendigem Leib ein Bein absägen und du würdest dich totlachen darüber. So weit sind die beiden im Moment ungefähr.

Der Alkotest ergibt beinahe zwei Promille. Bei jedem von ihnen.

»Ausziehen«, sag ich.

»Wieso ausziehen?«, lacht der Kurt unter Tränen.

»Weil ich jetzt eure Sachen sicherstelle, um herauszufinden, wer die Kiste gefahren hat.«

»Huihuihui«, sagt der Kurt und tupft dann dem Komplizen auf die Schulter. »Du, Buengo. Wir müssen uns ausziehen, verstehst? T-Shirt away, Jeans away, verstehst?«

Die beiden ziehen sich bis auf die Unterhose aus, hören dabei aber keine Sekunde auf zu lachen.

Weil ich sie ja so nicht heimschicken kann, schmeiß ich ihnen zwei Spurensicherungsanzüge in Cellophan verpackt direkt vor die Füße. Die ziehen sie dann an. Das dauert mit dem ganzen Gelache und Gewackle relativ lange, aber es klappt.

»Kapuze auf!«, sag ich.

»Ey, Ey, Sir!«, sagt der Kurt und versucht, seine Hacken zusammenzuschlagen, was ganz klar gründlich misslingt.

Dann setzten sie die Kapuzen auf. Der Buengo schaut jetzt genauso aus wie damals der

Neil Armstrong bei seiner Mondlandung. In dem weißen Anzug, genau wie der Armstrong mit Anzug und Helm. Verblüffend.

Dann schieb ich die zwei zur Tür hinaus.

Auf den Wolfi hab ich jetzt auch keine Lust mehr.

Wie der Bürgermeister am nächsten Tag in der Früh ein bisschen verkatert sein Büro betritt, tänzeln die zwei Spurensicherungskollegen noch immer heiter über den Marktplatz. Er sieht es durchs Fenster, grad wie ich zur Tür reinkomm.

»Was hat das zu bedeuten, Eberhofer?«

Ich erklär ihm die Umstände so, wie sie nun einmal sind.

»Und Sie wollen jetzt anhand der Spurensicherung feststellen, wer den Wagen gefahren hat?«, will er wissen und setzt sich hintern Schreibtisch.

»Das haben Sie glasklar erkannt, Bürgermeister«, sag ich so und setz mich ein bisschen siegessicher darauf. Auf den Schreibtisch, mein ich.

»Und dann?«, fragt er.

»Führerschein weg. Zack und aus. Autofahren ade. Aber seien wir doch mal ehrlich, Bürgermeister, Radlfahren ist für so einen Sportler doch sowieso viel besser. Schon rein konditionsmäßig«, sag ich und spiel mit einem Bleistift.

»Aber es ist doch im Grunde gar nichts passiert. Kein Fremdschaden, oder? Und die brauchen doch ihren Führerschein, alle beide. Besonders der Bengo. Der wohnt doch momentan noch in Landshut. Dem können Sie auf gar keinen Fall den Schein zwicken!«

»Kann ich sehr wohl!«

Der Bürgermeister überlegt.

»Ihre Bedingungen?«, fragt er dann schließlich.

Ich überlege auch. Das heißt, ich tu natürlich nur so, als ob. Weil ich selbstverständlich längstens schon weiß, was ich will. Aber ich dehne diese Was-will-der-von-mir-Situation gerne etwas in die Länge.

»Also«, drängelt mein Gegenüber.

Ich zerbreche den Bleistift einhändig in zwei Teile. Das unterstreicht, was ich zu sagen hab.

»Kein Veranstaltungsschutz mehr!«

»Herrgott, Eberhofer!«, murrt der Bürgermeister und steht auf. Ich mach dasselbe und gehe zur Tür. Dort hab ich zuvor die beiden Tüten mit der sichergestellten Täterbekleidung deponiert. Damit wink ich jetzt zum Abschied.

Keine zwei Minuten später kommt er schon zu mir ins Büro gehetzt. Darauf hab ich natürlich gewartet. Ich steh direkt an der Tür und halt ihm die beiden Tüten entgegen.

»Sie haben gewusst, dass ich komme?«

Ich nicke und überreich ihm meine Beute.

»Kein Veranstaltungsschutz mehr«, sag ich noch einmal.

»In Gottes Namen«, brummt er beim Weggehen.

Kapitel 9

Gleich darauf mach ich mich dann auch schon auf den Weg nach München. Der Termin in der Gerichtsmedizin steht an, und natürlich auch der Birkenberger.

In solchen Fällen nehm ich immer gern den Zug, weil erstens München autoparkmäßig eine Katastrophe ist und man zweitens nie eine bessere Gelegenheit hat, einfach mal blöd zu schauen. Ja, im Abteil sitzen, zum Fenster rausschauen, die bayrische Idylle vorbeiziehen lassen und blöd schauen. Das ist erstklassig. Manchmal schau ich so dermaßen blöd, dass ich fast das Aussteigen vergesse.

Wie ich mich zum Mittagessen in unserem ehemaligen Stammlokal einfind, ist der Rudi schon da. Er liest die Speisekarte. Das heißt, er behauptet ja immer, überhaupt keine Speisekarten zu lesen. Vielmehr wär das die perfekte Tarnung für seine Schnüfflereien. Observieren, nennt er das. Weil aber überhaupt niemand außer uns im Lokal ist, frag ich mich, wen er wohl grad observiert.

»Servus, Rudi. Wem schnüffelst denn schon wieder hinterher«, sag ich, zieh einen Stuhl hervor und setz mich nieder.

»Ich schnüffel überhaupt niemandem hinterher. Generell nicht. Und jetzt schon gar nicht. Ich lese die Speisekarte. Was dagegen?«, sagt er und schaut noch nicht einmal auf.

»Und weißt du schon, was du bestellst?«, frag ich ihn und nehm mir die andere Karte.

Der Wirt kommt und bringt mir ein Bier. So ganz ohne Bestellung.

»Servus, Franz«, sagt er. »Gibt's euch zwei also doch noch.«

»Schaut ganz so aus«, sag ich und proste ihm zu.

»Einen Schweizer Wurstsalat für mich«, sagt der Rudi.

»Ich nehm einen Obatzten mit Breze«, sag ich.

Der Wirt sammelt die Karten ein, tippt sich damit ans Hirn und geht.

»Und, was gibt's Neues in unserer großartigen Landeshauptstadt?«, sag ich, einfach um überhaupt irgendetwas zu sagen. Schließlich muss die eingerostete Lockerheit unserer jahrelangen Freundschaft ganz langsam wieder zum Laufen gebracht werden.

»Gut schaust aus. Hast ein bisschen abgenommen?«, leg ich noch nach. Ein bisschen Schmiere kann Wunder bewirken.

»Findest du?«, sagt der Rudi, langt sich an den Bauch und schaut an sich runter. Er freut sich.

»Und braun bist du, mein lieber Schwan!« Nein, es ist jetzt nicht so, dass ich übertreibe. Es ist die Wahrheit. Er ist braun wie ein Schokoriegel. Natürlich nicht so wie der Buengo, aber für europäische Verhältnisse halt direkt wie ein Neger.

Dann erfahr ich, dass diese Hautfarbe von seinem neuen Tätigkeitsfeld herrührt. Weil er sich nämlich jetzt spezialisiert hat, der Rudi. Auf Bonzen. Genauer gesagt auf fremdgehende Bonzen.

Es ist nämlich jetzt in diesen Kreisen in Mode gekommen, mit seinem Tätatä in den Urlaub zu fahren. Meistens Kurztrips in den Süden. Weil man da unerkannt bleibt. Und weil man da völlig ungeniert Arm in Arm durch die Gegend flanieren kann, ohne womöglich auf irgendwelche Bekannte zu stoßen. Das ist natürlich angenehmer, als sich auf einem Autobahnparkplatz auf der Rückbank des Wagens zu vögeln, sagt der Rudi. Und ihm ist es auch lieber. Weil er schon lieber in einem schicken Eiscafé in der Sonne hockt und das Geturtle gegenüber observiert statt auf einem grindigen Parkplatz im strömenden Regen.

Das leuchtet ein.

Und da hat er sich jetzt schon direkt einen guten Ruf gemacht in der Szene. Und so jettet er jetzt quasi pausenlos zwischen St. Tropez und Bibione hin und her. Sogar in Miami war er schon zweimal. Respekt.

»Da kannst du ausgezeichnet mal mitkommen, Franz. Das geht dann alles auf Spesen. Lässt sich gut realisieren«, sagt der Rudi.

»Du bist also jetzt ein Schickimicki-Spanner und wirst dafür auch noch bezahlt?«

»So würd ich das nicht formulieren.«

Der Wirt bringt das Essen. Der Obatzte ist ein Gedicht. Leicht rass, zart cremig und mit roten Zwiebelringen. Die Breze außen knackfrisch, innen weich und duftend.

»Der Obatzte schaut wunderbar aus«, sagt der Rudi und stochert in seinem Wurstsalat.

Ich nicke.

»Können wir tauschen?«

Ich schüttel den Kopf.

Ich kenne das gut. Mir passiert das auch immer. Dass mir das Essen von meinem Gegenüber bedeutend lieber wär als mein eigenes. Aber nachdem der Rudi jetzt lang genug in der Speisekarte gestöbert hat, hätte er den Obatzten fabelhaft selber entdecken können. Dem Rudi seine Gabel landet in meinem Teller.

»Also, jetzt langt's aber«, sag ich.

»Jetzt hab dich doch nicht so«, sagt der Rudi.

Der Obatzte schmeckt ihm.

»Ah!«, sagt er und schwenkt sein Besteck erneut in meine Richtung. Ich stech ihn mit der Gabel in den Handrücken.

Der Rudi kreischt. Wie ein Weib. Wirklich.

»Ein Pflaster und eine neue Gabel«, ruf ich dem Wirt zu. Er bringt beides umgehend. Wir essen weiter und jetzt bleibt sein Arm da, wo er hingehört.

»Was gibt's Neues in der Liebe? Bist du eigentlich mit der Susi noch beieinander?«, will er dann wissen.

»Das kann man so nicht sagen.«

»Kann man schon. Ziemlich genau sogar. Mit einem einfachen Ja oder Nein kann man das eindeutig definieren.«

Ich zuck mit den Schultern.

»Ah, nein, der Eberhofer kann das natürlich nicht! Dem muss man ja zuerst ein Weib stricken, gell?«, sagt der Rudi ziemlich überheblich.

Eine Zwiebel hängt ihm am Mundwinkel.

»Was heißt denn hier stricken? Man hat halt so seine Vorstellungen, gell.«

»Und die wären? Wie muss sie denn bitteschön sein, deine Traumfrau?«

Er hat die Zwiebel gefunden und saugt sie jetzt ein.

»Ja, mei, hübsch halt und jung und gern auch mit Hirn«, sag ich so.

»Also doch stricken«, sagt der Rudi.

Ich fürchte, wir kommen heute auf keinen grünen Zweig mehr.

Und eigentlich muss ich auch schon wieder

weiter, weil der Termin in der Gerichtsmedizin direkt vor der Tür steht.

Wir verabschieden uns und machen aus, uns telefonisch zu kontaktieren. Das waren dem Rudi seine Worte. Er kann gar nicht anders. Redet nur noch von kontaktieren, observieren, datieren und lamentieren. Jedenfalls zahlt er die Rechnung, weil er sie sowieso von der Steuer absetzen kann.

Ich bin pünktlich in der Gerichtsmedizin, die Obduktion ist gerade vorbei. Der Pathologe mit Handschuhen bis unter die Achselhöhle erwartet mich schon.

»Sind Sie der Eberhofer aus Landshut?«, kommt er mir entgegen und streckt mir den Ellbogen hin.

Den schüttel ich kurz.

»Niederkaltenkirchen bei Landshut«, sag ich.

Er lacht.

»Aber Eberhofer ist richtig?«

»Einwandfrei«, sag ich.

Wir sind etwa im selben Alter. Er hat lange, wellige, blonde Haare, im Nacken zusammengebunden. Irgendwie erinnert er mich stark an die Kelly Family. Er kennt das wahrscheinlich. Jedenfalls sagt er: »Nein, keine Verwandtschaft zum singenden Volk. Ich bin der Günter.«

»Ich bin der Franz.«

Wo wir jetzt schon einmal so ein inniges Verhältnis haben, dränge ich zum Wesentlichen. Weil mich natürlich hauptsächlich die Neugierde nach München getrieben hat.

»Also, wie schaut's aus?«, frag ich jetzt.

Er deutet zum Obduktionstisch rüber, da liegt wohl der Höpfl.

Wir gehen hin.

Mein lieber Schwan!

Der Kopf steht aufrecht auf dem Tisch. Drunter so was wie ein Zewa, ziemlich zerknautscht, und es sieht irgendwie aus, als trägt der Höpfl so eine Halskrause wie sie früher einmal die Franzosen hatten.

»Irgendwas Außergewöhnliches vielleicht? Gift, Kugeln, Schädelbruch? Irgendwas, das ein Fremdverschulden erklären könnte?«

»Jetzt schau dir doch den Batz einmal an. Glaubst du ernsthaft, da könnte man ein Fremdverschulden hundertprozentig ausschließen? Aber um die Frage zu beantworten. Kein Gift, keine Kugeln, kein Schädelbruch.« Aha.

»Aha«, sag ich.

»Aber er könnte zum Beispiel wunderbar erstochen worden sein. Oder erwürgt. Wenn das kurz vor dem Zugunglück gemacht wurde, kann das hinterher kein Mensch mehr feststellen. Wenn wir uns hier einmal den Hals anschauen, zum Beispiel«, sagt er, nimmt den Kopf hoch und deutet auf die nach unten offene Gurgel. »Dann sind da rote Striemen. Siehst du sie?«

Glasklar erkennbar.

Ich nicke.

»Das kann vom Zug herkommen. Muss aber nicht. Er kann wunderbar vorher erwürgt worden sein.«

»Erwürgt«, sag ich so.

Er platziert den Kopf wieder auf dem Tisch. Dieses Mal legt er ihn hin. Mit dem Gesicht nach oben. Er wackelt nach. Die leeren Augen tasten die Zimmerdecke ab.

»Ja. Oder eben erstochen. Wie soll ich in diesem Fleischberg denn noch irgendwelche Stichwunden finden?«, sagt er und greift nach ein paar Batzen. Sie sind durchnummeriert.

»Dünndarm«, sagt der Günter. »Magen«, sagt er weiter und hebt ein andres Fetzerl hoch. »Mageninhalt«, sagt er dann noch.

Immer, wenn er an den Tisch stößt, wackelt dem Höpfl sein augloser Schädel.

Mir graust's.

»Letzte Mahlzeit vermutlich Pizza. Hier Käse, Salami, Tomate.«

»Wann ist der Leichnam frei?«, frag ich.

»Sofort. Du kannst ihn gleich mitnehmen. Soll ich ihn dir in eine Tupperbox packen?«

Wir grinsen.

»Also Fremdverschulden nicht auszuschließen?«

»Auf keinen Fall. Alles ist möglich. Aber leider nicht mehr zu beweisen. Jedenfalls nicht von meiner Seite. Da wirst du wohl selber noch ackern müssen, Franz Eberhofer aus Niederkaltenkirchen bei Landshut.«

»Wegen der Kleidung, ist da noch was brauchbar?«

»Ich würd sagen, für die Altkleidersammlung reicht es nicht mehr. Was willst du wissen? Alles gute Stoffe, Leinen, Leder, gute Baumwolle. Alles sehr teuer vermutlich«, sagt er und hebt jedes Mal ein Tütchen in die Höhe, in dem sich wohl die Kleiderreste befinden.

»Waren Stiefel dabei? So eine Art Kampfstiefel?«

»Wenn sie aus rehbraunem Nappaleder waren, ist es gut möglich. Sonst eher nicht.«

»Keine schwarzen derben Lederreste?«

»Nicht bei dieser Leiche. Sorry.«

Mehr wollt ich eigentlich nicht wissen. Die Stiefel hat er also nicht getragen, das steht fest. Aber immerhin könnte es gut ein Mord gewesen sein. Ausgezeichnet.

Ich mach mich auf den Heimweg. Im Zug geht mir alles noch einmal durch den Kopf: Der Birkenberger, die Gerichtsmedizin, der wackelnde Kopf, die Batzerl, die Tüterl, die Tupperbox. Vermutlich muss ich ziemlich blöd schauen. Und zwar so dermaßen blöd, dass mich der Schaffner ganz ernsthaft und mitfühlend auf den Behindertentarif aufmerksam macht.

Drei Tage später ist die Beerdigung. Ich geh also hin und schau mir das an. Weil man ja oft hört, dass Mörder gern bei den dazugehörigen Beerdigungen rumlungern.

Aber hier lungert kein Mörder herum. Im Grunde lungert überhaupt niemand herum. Außer der Frau Höpfl ist nämlich niemand da. Nicht einmal seine Kollegen. Die haben einen Kranz geschickt. »Letzter Gruß« steht drauf.

Dann kommt noch die Mooshammer Liesl mit dem Radl. Aber die ist eigentlich auf allen Beisetzungen hier im Dorf. Hobbymäßig sozusagen. Jetzt sind wir zu viert. Ich, der Pfarrer, die Liesl und die Frau Höpfl. Und die ist noch nicht einmal in Schwarz. Sie trägt Dunkelbraun und das kleidet sie einwandfrei.

Der Pfarrer fragt, ob wir so weit sind. Was glaubt der? Dass wir vorher noch schafkopfen wollen?

Die Frau Höpfl nickt. Er fängt an.

Nachdem wir drei unsere Erdschäufelchen über den Sarg geschüttet haben, kommen die Totengräber. Für uns gibt's hier nichts mehr zu tun. Die Liesl haut noch einen Ratsch mit dem Pfarrer heraus und der sagt, ich soll die Oma schön grüßen. Das werd ich tun.

Dann geh ich mit der Frau Höpfl den Kiesweg zum Eingang entlang.

»Es waren ja überhaupt keine Menschen da«, sagt sie. »Noch nicht einmal seine Kollegen.«

»Ja, Sie sind gut. Es ist doch jetzt Viertel vor elf. Mitten am Vormittag. Die haben halt alle noch Unterricht«, sag ich.

Sie bleibt stehen und schaut mich an. Ich merk schon gleich, dass das jetzt wohl blöd war.

»Also, lieber Herr Eberhofer. Bei allem Respekt. Aber wenn ein Schulrektor stirbt, dann steht die ganze Schule still. Zumindest am Tag seiner Beerdigung.«

Wir gehen weiter. Weil sie natürlich recht hat, weiß ich jetzt auch nichts mehr zu sagen. Ich bring sie zum Auto.

»Ich melde mich, sobald ich was weiß«, sag ich so zum Abschied. Sie drückt mir die Hände und steigt ein. Die Mooshammer Liesl düst mit dem Fahrrad daher.

»So was hab ich ja in meinem ganzen Leben noch nicht gesehen«, schreit sie mir entgegen. »Eine Leich mit überhaupt keinem Menschen. Nein, so möcht ich nicht sterben. So verscharrt man doch noch nicht einmal einen Hund!«

Dann ist sie auch schon wieder weg. Die Neuigkeit muss schnellstmöglich unter die Menschheit gebracht werden.

Die Frau Höpfl weint.

Ich klopfe ans Fenster.

Sie schüttelt den Kopf, winkt ab und lässt den Motor an. Dann fährt sie davon.

Kapitel 10

Die nächsten Tage verbring ich in der Realschule vom Höpfl, und die Frage, ob er ein Arschloch war oder nicht, erübrigt sich dadurch. Die einheitliche Meinung ist klar. Er war ein Typ, der nach oben gebuckelt und nach unten getreten hat. Und er ließ keine Gelegenheit aus zu treten. Besonders Lehrer und Schüler, die allein unterwegs waren, haben ihr Fett abgekriegt.

Die Stimmung bei meinen Befragungen ist gut. Großartig könnte man fast sagen. Die Leute sind allesamt bestens drauf und ich hege den Verdacht, dass direkt ein bisschen Partylaune herrscht. Keiner macht einen Hehl aus der Freude über das Ableben des ungeliebten Zeitgenossen. Einer der Schüler schlägt sogar vor, dem Täter eine Medaille zu verleihen. Unglaublich.

Insgesamt sind 327 Personen zu befragen. Die Hälfte davon gibt unverhohlen zu, den

Höpfl des Öfteren hätte umbringen zu wollen. Die andere Hälfte sagt, es ist ihnen wurst. Von denen, die ernsthafte Mordgedanken hatten, und das sind immerhin sechsundfünfzig, haben einige ein wasserdichtes Alibi. Siebenunddreißig haben keines. Es ist zum Wahnsinnigwerden. Normalerweise hat man ja einen Toten und null Verdächtige. Hier türmen sich jetzt die Verdächtigen bis unters Hausdach. Darunter auch der Simmerl Max. Ich sitze also wieder in dem verwaisten Rektorat, das mir für meine Ermittlungen hier zur Verfügung gestellt worden ist, und der Max schlendert auffallend lässig zur Tür herein.

»Servus, Franz«, sagt er schlendernderweise.

»Jetzt pass einmal gut auf, mein Freund. Wir sind hier nicht auf dem Schlachthof, verstanden? Hier wird in einer Mordsache ermittelt und das erfordert den nötigen Respekt. Also, Herr Eberhofer, wenn's keine Umstände macht. Und jetzt setz dich hin«, sag ich und aus ist es mit der Lässigkeit. Der Max wird rot wie ein Feuerwehrauto und setzt sich dann nieder. Verschränkt die Arme vor der Brust und bockt.

»Also, der Tod vom Höpfl kommt dir doch sehr gelegen, oder?«, frag ich zuerst.

Der Max zuckt die Schultern.

»Red!«

»Ja, mei. Schon. Wie allen andern Schülern halt auch. Weil er halt ein richtiges Arschloch war, der Höpfl«, sagt der Bocker.

»Das ist nicht ganz korrekt, mein Lieber. Im Grunde seid ihr siebenunddreißig. Siebenunddreißig, die zugeben, schon den einen oder anderen Mordgedanken gehabt zu haben, was den Höpfl betrifft.«

»Ja und? Ist das verboten? Die Gedanken sind frei.«

»Die Gedanken sind frei! Du Spinner. Jetzt ist er aber tot, der Höpfl, und zwar nicht etwa durch Gedankenübertragung. Sondern durch einen Güterzug.«

»Ja, glaubst du denn wirklich … glauben Sie wirklich, dass ich den Höpfl unter den Zug geschubst hab?« Er wird jetzt lauter.

»Wo warst du denn in dieser Nacht? In der Nacht von dem Zugunglück? Wo genau warst du da?«

»Im Wald«, sagt der Max leise und senkt seinen Kopf.

»Wie im Wald? Was um Himmels willen macht man mitten in der Nacht im Wald? Mit sechzehn Jahren.«

Der Max zuckt wieder mit den Schultern.

»Ja, mei. Ich bin halt am Hochsitz gehockt.«

»Auf dem Hochsitz?«

»Ja, verdammt! Das mach ich manchmal. Da ist es ruhig und schön. Super zum Chillen.«

»Zum Chillen also. Ja, klar. Was sonst? Warst du allein dort?«, frag ich noch und steh auf.

Er nickt.

»Sind wir jetzt fertig?«, fragt er dann.

»Du weißt aber schon, dass das kein gutes Alibi ist?«, sag ich zum Schluss noch.

»Das kann ich dann aber auch nicht ändern«, sagt der Max und geht.

Ein paar Minuten später läutet mein Telefon und ich werde zu einer Familienstreiterei gerufen. Die Familie Beischl wieder mal. Allesamt echte Sozialamtlätschn. Zwei Brüder und eine Frau. Mit einem von ihnen ist sie verheiratet. Treiben tut sie's aber mit beiden. Sodom und Gomorrha, kann man da nur sagen. Das ganze Dorf weiß Bescheid darüber.

Alle paar Wochen wird sie dann verdroschen, die Frau Beischl. Im Suff halt. Alle drei Canal Grande sozusagen. Hinterher ruft sie die Polizei, welche ich dann die Ehre habe zu sein. Und sie macht eine Anzeige.

Spätestens am übernächsten Tag kommt sie zu mir ins Büro. Bis dahin ist sie nämlich wieder nüchtern. Kommt also zu mir ins Büro mit Sonnenbrille und dicker Schminke und zieht ihre Anzeige wieder zurück. Mittlerweile schreib ich schon gar keine mehr. Tu nur so, als ob. Weil es mir jetzt einfach zu blöd ist.

Also fahr ich jetzt zu den Beischls. Sie macht mir die Tür auf und hält sich einen Waschlappen ans Auge. Wir gehen rein. Die beiden Brüder liegen kreuz und quer auf der Wohnzimmercouch und schlafen. Auf dem Fußboden und dem Tisch Beck's-Flaschen, so weit das Auge reicht. In diesem herrlichen Grün, genau wie in der Werbung. In der Werbung, wo unglaublich attraktive Menschen unglaublich fröhlich auf einem unglaublich geilen Schiff die Erde umsegeln. Hier segelt nur die Frau Beischl. Und zwar durchs Wohnzimmer. Haut sich da und dort an und fällt schließlich um. Mitten in das herrliche Grün von den Flaschen.

Ich pack sie dann ins Auto und fahr sie ins Krankenhaus. Ihre Wunden müssen versorgt werden und danach wird sie ausgenüchtert. Ich setz sie in einen Rollstuhl und roll sie durch den Krankenhauseingang. Sie krallt sich an mir fest.

»Aber ich muss doch noch … muss noch … eine Anzeige. Herr Ebersdorfer, die Anzeige. Unbedingt. Vergessen Sie ja nicht …« Sie kriegt einen Schnackler.

Eine mitfühlsame Schwester kommt mir entgegen und nimmt sie mir ab.

»Ja, wen haben wir denn da? Die Frau Beischl. Haben wir wieder mal einen rechten Durst gehabt, gell?«, sagt sie und schiebt das Weib davon.

Am nächsten Tag in der Früh geh ich zuerst einmal zum Bürgermeister. Einiges muss sich jetzt ändern. Und zwar hurtig.

»So geht das nicht mehr weiter, Bürgermeister«, sag ich schon beim Reingehen.

Er weist mit der Hand auf den Stuhl gegenüber. Ich setz mich dann dorthin. Weil ich mich momentan nämlich nicht traue, mich auf seinen Schreibtisch zu setzen. Noch nicht.

»Worum geht's?«, sagt der Bürgermeister knapp.

»Ich war gestern bei den Beischls. Immer wieder dasselbe mit dem Gschwerl.«

»Und weiter?«

»Weiter? Ich hab für so einen Müll jetzt einfach keine Zeit. Nur, dass das klar ist!«, sag ich und steh auf. Was ich jetzt zu sagen habe, lässt sich sitzenderweise nicht erledigen.

»Der Höpfl-Fall muss geklärt werden. Es gibt allein in der Realschule siebenunddreißig Verdächtige. Das ist viel Arbeit. Und da kann ich mich nicht auch noch um ein paar verwahrloste Säufer kümmern.«

»Aha. Und was erwarten Sie jetzt von mir?«

»Dass ich, solange der Mord nicht aufgeklärt ist, von solcherlei Sachen verschont bleib. Sollen sich doch die Landshuter Kollegen drum kümmern. Das sind genug Leute. Und ich bin hier allein. Ich kann nicht auf allen Hochzeiten tanzen.«

»Ich schau, was ich tun kann«, sagt der Bürgermeister und steht auf. Er bringt mich zur Tür. Leider hat sich keine Gelegenheit geboten, mich auf seinen Schreibtisch zu setzen. Eigentlich würd ich jetzt gern noch was Bedeutendes sagen. Mir fällt aber nichts ein. Drum lass ich es bleiben und geh.

Auf dem Weg in mein Büro schau ich noch schnell zur Susi rein, weil ich wissen will, wann zur großartigen Italienreise durchgestartet wird.

»Das geht dich einen Scheißdreck an«, sagt die Susi über ihren Akten.

»Morgen geht's los«, sagt die Kollegin ihr vis-à-vis.

»Danke«, sag ich. »Schönen Urlaub!«

»Danke«, sagt die Kollegin.

Die Susi sagt nichts.

Grad wie ich in mein Büro komm, läutet das Telefon und die Frau Höpfl ist dran. Sie will mir nur kurz mitteilen, dass sie ein Schreiben vom Nachlassgericht erhalten hat, das sie als Alleinerbin ausweist. Was natürlich die Zahl der Verdächtigen auf achtunddreißig erhöht.

Und sie will wissen, ob sie jetzt jederzeit Zugang zum Haus ihres Bruders hat.

»Nein«, sag ich. »Solang die Ermittlungen

nicht abgeschlossen sind, hat überhaupt niemand Zugang.«

»Das versteh ich. Sind Sie denn schon irgendwie weitergekommen?«

»Ich tu, was ich kann. Es gibt mittlerweile achtunddreißig Verdächtige.«

»Du liebe Güte!«, sagt sie. »Und ich bin wohl eine davon.«

»Völlig korrekt.«

»Würde mir ein Alibi weiterhelfen?«

»Ganz entscheidend, würd ich sagen.«

»In der Unglücksnacht hatte ich Dienst, Herr Eberhofer. Ich bin Hebamme und war bei einer Geburt. Von einundzwanzig Uhr dreißig bis etwa vier Uhr morgens. Ungefähr fünfzehn Zeugen. Reicht das?«

»Vollkommen für meine Begriffe.«

Womit wir wieder bei siebenunddreißig wären.

Dann verabschieden wir uns.

Wie ich mittags daheim zum Hof reinfahr, trifft mich beinah der Schlag. Dem Leopold sein Auto steht nämlich in der Einfahrt. Und ich habe es völlig vergessen: Heute ist der große Die-Sushi-zieht-ein-Tag. Weil doch morgen der dämliche Deutsch-Intensivkurs für die Panida beginnt. Und jetzt bleibt der Zwerg Nase bei uns für ein paar Wochen. Nur an den Wochenenden fährt sie dann nach Haus.

Das fehlt mir jetzt grad noch! Nicht einmal daheim eine einzige winzige ruhige Minute.

Da ich im Moment so gar nicht auf Großfamilienharmonie eingestellt bin, geh ich lieber erst mal in den Garten. Muss mich fangen. Und seelisch auf die Belagerungszustände einstellen. Scheinbar geht es mir nicht allein so. Der Papa ist auch da. Genauer gesagt, betrachtet er mit großen Interesse das Wachsen und Gedeihen seines selbst gepflanzten Tabaks. Er scheint sehr zufrieden mit dem Ergebnis. Er lächelt. Ich setz mich eine Zeit lang in den Schaukelstuhl und schau ihm zu.

Ein paar Minuten später kommt auch schon der Leopold angeschlichen mit seiner Tochter auf dem Arm.

»Weißt du, wo der Papa ist?«, fragt er mich ganz ohne Gruß.

Die Sushi strahlt mich an.

»Der Papa? Der Papa ist hinten auf seiner Drogenplantage«, sag ich und deute in die Richtung vom Schupfen.

Jetzt schaut er aber blöd, der Leopold. Sagt kein Wort, sondern geht schnurstracks auf den Papa zu. Da die Entfernung ziemlich groß ist und ich auf keinen Fall das Wortgefecht verpassen will, geh ich ihm nach.

»Was genau machst du da?«, fragt der Leopold.

»Ein bisschen garteln halt«, sagt der Papa.

Aus dem Augenwinkel heraus seh ich, dass die Oma und die Panida jetzt ebenfalls in den Garten rauskommen. Jede von ihnen hält ein Tablett in den Händen.

»Was sind denn das eigentlich für Pflanzen?«, fragt der Leopold und zupft ein Hanfblatt ab.

»Hehehe!«, schreit der Papa.

»Das ist doch nicht etwa … Cannabis?«, fragt der Leopold, in der Stimme leicht hysterische Töne.

»Was weißt denn du schon davon«, sagt der Papa.

Die zwei Frauen stellen vorn am Tisch das Essen ab und gesellen sich dann zu uns.

Der Leopold drückt der Panida das Kind in den Arm. Ziemlich theatralisch sogar.

»Das ist ja unglaublich!«, sagt er dann zu mir gewandt. »Was in aller Welt geht denn hier vor sich? Der Papa pflanzt Rauschgift im Garten und du schaust in aller Seelenruhe dabei zu?«

»In seinem Garten kann der Papa tun und lassen, was er will, sagt er.«

»Das werden wir dann schon sehen!«, schreit der Leopold und fängt an, die Pflanzen aus der Erde zu reißen.

Jetzt mischt sich die Oma ein: »Ja, sag einmal, bist du denn deppert geworden? Lass bloß dem Papa seinen Tabak stehen!«, schreit sie und zerrt den Leopold am Ärmel.

Der lässt vom Hanf ab, umklammert stattdessen Weib und Kind und dreht sich ab.

»In dieser Drogenhöhle werd ich mein Kind keine weitere Minute mehr lassen!«, sagt er. Sie steigen geschlossen ins Auto und fahren davon.

»Jetzt bleibt ein ganzer Haufen zum Essen übrig«, sagt die Oma. »Geh, Franz, magst nicht die Susi anrufen, ob die vielleicht vorbeikommen will?«

Der Franz mag nicht.

Dafür kommt dann aber die Mooshammer Liesl. Mit einem Affentempo radelt sie in den Hof hinein.

»Da, schau, Lenerl«, schreit sie die Oma an und hält ihr einen Zettel unter die Nase. »Ich hab dir einen neuen Termin ausgemacht für deine Hühneraugen. Donnerstag. Ist dir das recht?«

»Wunderbar«, sagt die Oma. »Geh, setz dich her, Liesl. Magst ein bisschen mitessen?«

So schnell kann man gar nicht schauen, wie die Mooshammerin sitzt. Im gleichen Tempo isst sie auch. Man könnt glauben, sie hat den Hanf eigenhändig angepflanzt, nur um dem Leopold seine Ration abzukriegen.

Wobei die Brotzeit natürlich schon göttlich ist. Weil die Oma nämlich die Brotzeitgöttin ist.

»Wunderbar«, stöhnt die Liesl und schiebt sich ein Radieschen nach.

»Wächst das alles bei euch im Garten? Auch die Gurken und die Tomaten?«, fragt die Liesl kauernderweise.

»Alles aus unserem Garten«, sagt der Papa. »Bei uns wächst überhaupt alles ganz hervorragend, gell, Franz? Das sollten wir der Liesl unbedingt einmal zeigen.«

Er schaut mich eindringlich an.

Ich weiß genau, was er meint. Sollte die Liesl nämlich von dem Hanfanbau hier erfahren, ist es mit meiner kometartigen Polizeikarriere hier in Niederkaltenkirchen aus und vorbei.

»Ich muss hernach dringend einmal den Leopold anrufen«, sag ich deshalb vorsorglich.

»Mach das!«, sagt der Papa und scheint sehr zufrieden.

»Wie geht's denn jetzt mit dem Höpfl weiter?«, fragt die Liesl.

»Gar nimmer. Du warst doch selber dabei auf seiner Beerdigung«, sag ich.

»Ja, ja, das weiß ich schon. Nein, ich mein, wie's halt so ausschaut. Weiß man denn schon, ob es ein Mord war oder ein Unfall? Oder vielleicht ein Selbstmord sogar? Weil komisch war er ja eigentlich sowieso immer irgendwie, der Höpfl.«

»Wieso komisch? Was weißt jetzt du so über den Höpfl?«

»Ja, gar nix«, sagt die Liesl. »Geh, Franz, lang mir doch bitte den Kräuterbutter rüber.«

Und dann schreit sie die Oma an: »Hast du den auch selber gemacht, Lenerl?«

Die Oma nickt: »Ja, freilich. So was kriegst du nirgends zu kaufen.«

»Also, was weißt jetzt du über den Höpfl?«, frag ich noch einmal nach.

»Mei, nix eigentlich. Über den weiß doch gar keiner was. Der hat ja praktisch wie ein Eremit gelebt, zeit seines Lebens. Gott hab ihn selig. Außer am Freitag oder am Samstag manchmal … weil da … da hat er sich nämlich ein Taxi bestellt. Meistens mitten in der Nacht. Und damit ist er dann weggefahren, der Höpfl«, sagt die Liesl und beißt in ein Butterbrot.

»Ein Taxi, sagst? Und woher willst jetzt du das so genau wissen?«

»In meinem Alter, Franz, da braucht man nicht mehr so viel Schlaf, weißt. Und da schaut man halt schon öfters mal aus dem Fenster. Besonders, wenn so ein Diesel mitten in der Nacht daherbrummt. Das interessiert einen halt, oder?«

»Wenn du das sagst. Und der Diesel ist dann immer zum Höpfl gefahren? Bist du da sicher?«

»Immer zum Höpfl. Todsicher. Wer sonst vom Dorf würde denn sonst so mitten in der Nacht mit einem Taxi durch die Gegend gondeln?«

Da die Mooshammer Liesl alle Lebensgewohnheiten eines jeden einzelnen Dorfbewohners aus dem Effeff kennt, gibt's da wohl keinerlei Zweifel.

Mehr weiß sie allerdings auch nicht.

Jetzt muss ich natürlich ums Verrecken wissen, wo der Höpfl des Nächtens denn immer so hingedüst ist.

Zuerst aber will ich der Oma beim Abwasch helfen. Die Liesl mischt sich ein.

»Geh zu, Franz. Den Abwasch mach ich mit dem Lenerl. Das ist doch nichts für Männerhände.«

Schon überredet.

Kapitel 11

Die eingesparte Zeit verbring ich dann im Höpfl-Haus. Die Tröge müssen gegossen werden. Und es muss sowieso wieder einmal jemand nach dem Rechten schauen. Ich schließ den Briefkasten auf, es ist nur ein Werbeanschreiben drin.

Der Anrufbeantworter blinkt. Ich hör die Nachricht ab. Eine Landshuter Kfz-Werkstatt fragt nach, wann der Herr Höpfl gedenkt, seinen Wagen wieder abzuholen. Immerhin wär die Reparatur schon seit Tagen abgeschlossen.

Interessant. Das Auto ist in der Werkstatt. Der Höpfl kann damit also gar nicht weggefahren sein. Und ich hab es völlig überflüssigerweise zur Fahndung ausgeschrieben.

Ich ruf in der Werkstatt an, um die Sache aufzuklären, und kann tatsächlich den Besitzer erreichen. Er ist ziemlich bestürzt, wie ich die Geschichte vom Höpfl erzähle. Vermutlich fürchtet er, dass er jetzt sein Geld nicht mehr kriegt. Dann erfahr ich, dass der Wagen bereits in Reparatur war, wo der Höpfl diesen einen Tag lang vermisst war und anschließend zurückkam, als hätte man ihn durch einen Fleischwolf gedreht. Wo auch immer er diese vierundzwanzig Stunden verbracht hatte, er war jedenfalls nicht mit dem Auto dort. Aber vielleicht war er ja auch an diesem Tag mit dem Taxi unterwegs. Das heißt es herauszufinden.

Vorher aber ruf ich dann notgedrungen noch beim Leopold an. Ich schwöre Stein und Bein, dass es der lieben kleinen Uschi ganz wunderbar ergehen wird bei uns. Dass wir uns ganz großartig kümmern und sie niemals in die Nähe von irgendwelchen Drogen kommen wird. Ganz bestimmt nicht.

»Mit was erpresst dich der Papa?«, fragt der Leopold, weil er genau weiß, dass ich im Leben nicht freiwillig bei ihm angerufen hätte.

»Red keinen Schmarrn«, sag ich.

Der Leopold lacht sein dreckigstes Lachen, geht aber schließlich drauf ein. Was bleibt ihm auch übrig, wenn sein Weib der hiesigen

Sprache noch nicht mächtig ist. Er sagt, er würde den Zwerg Nase morgen in aller Herrgottsfrüh vorbeibringen. Dann aber pressiert's ihm, weil er in seine blöde Buchhandlung muss. Schließlich hätte er bereits heute den wertvollen Vormittag verplempert. Und das völlig umsonst noch dazu.

Danach mach ich mich auf den Weg zur Taxizentrale. Ich nehm das Auto vom Papa, weil er das so möchte. Die alte Kiste muss einmal wieder bewegt werden, sagt er. Also gut.

Die Frau dort ist nett und sie trägt ein Dirndl. Jetzt muss ich ja sagen, dass ein Dirndl für mich die absolute Krönung ist. Ganz besonders, wenn ein guter Dirndlbusen drinsteckt. In diesem Dirndl steckt ein erstklassiger Dirndlbusen und ich muss mich kolossal beherrschen, nicht meinen Kopf drin zu versenken.

»Wie heißt der Typ noch mal?«, fragt sie und schaut auf ihren Bildschirm.

»Höpfl«, sag ich und schau auf ihren Busen.

»Adresse?«

Ich leg ihr das Werbeanschreiben mit dem Höpfl seiner Adresse hin, weil ich momentan nicht mehr sprechen kann.

»Nein«, sagt sie. »Tut mir leid. Den hab ich weder unter dem Namen noch unter der Adresse drin.«

Ich versuch, ihr ins Gesicht zu schauen.

Mein Telefon läutet.

Ihr Telefon läutet.

Sie geht ran. Ich hebe die Hand zum Gruße und verzieh mich dann auch schon. Irgendwie bin ich verwirrt.

»Eberhofer«, melde ich mich. Die Leitung ist schlecht. Es rauscht und kracht. Doch schließlich: »Eberhofer, hören Sie mich?«

Es ist der Richter Moratschek. Das kann nur bedeuten, dass der Bürgermeister, das alte Miststück, bei ihm angerufen hat.

»Ganz schlecht, Herr Moratschek. Die Verbindung ist …«

»Dann kommen Sie bei mir im Büro vorbei. Heute noch!«

Na bravo!

Weil ich sowieso grad in Landshut bin, ist der Weg zum Gericht ein Klacks. Zumindest wär er das, wenn nicht gerade die Landshuter

Hochzeit wäre. Aber ich glaub, das muss ich jetzt vielleicht kurz erklären: Also, im tiefsten Mittelalter hat ein Landshuter Herzog eine Polin geheiratet. Und das ist scheinbar so dermaßen außergewöhnlich, dass die Landshuter irgendwann einmal beschlossen haben, sie müssten das alle paar Jahre nachspielen. Dann laufen sie in Strumpfhosen die Altstadt rauf und runter und schreien ständig »Hallo!«

Es kommen Millionen von Zuschauern, die ebenfalls alle »Hallo!« schreien, und zusammen sind sie dann völlig selig. Und jetzt ist es also mal wieder so weit. Alle möglichen Straßen sind gesperrt und die Bevölkerung ist in Trance.

Weil: der Landshuter an sich ist ja normalerweise eher ein grantiger Mensch. Mehr zugeknöpft und ein bisschen Speziwirtschaft vielleicht. Man ist halt gern unter sich, gell. Weil auch unter sich kann man hervorragend grantig sein. Aber bei der LaHo, wie sie ihr Großereignis nennen, ja, da erwachen die Landshuter aus ihrem Dornröschenschlaf und holen alles nach. In vier Wochen wird nachgeholt, was man vier Jahr lang versäumt hat. Der Carneval von Rio ein Scheißdreck dagegen. Ja, mir persönlich ist das aber eher wurst. Was mir freilich nicht wurst ist, dass dann eben irgendwelche Straßen abgesperrt sind. Von einem Parkplatz gar nicht zu reden. Erst recht nicht, wenn man mit einem Schlachtschiff wie dem Opel Admiral unterwegs ist. Ich stell mich direkt in die Feuerwehranfahrt, weil's eh nix hilft, und geh zum Richter Moratschek.

»Ah, schön, dass Sie so schnell kommen konnten, Eberhofer«, sagt er und schüttelt meine Hand.

Ich setz mich nieder.

»Haben Sie denn einen Parkplatz bekommen?«

»Erstklassigen Parkplatz«, sag ich.

»Da haben Sie ja ein verdammtes Glück gehabt.«

Ich nicke.

Der Moratschek nimmt eine Prise Schnupftabak und schaut mich dabei über seinen Handrücken hinweg an.

»Woran arbeiten Sie gerade?«, fragt er relativ undiplomatisch.

»An einer Bahnleich.«

»An einer Bahnleich? Das ist ja interessant. Erzählen Sie!«

Ich bin drauf und dran, nach dem Anruf vom alten Miststück zu fragen, aber ich halte die Spielregeln ein. Ich erzähle vom Höpfl-Fall und zwar alles, was ich bisher hab. Zugegebenermaßen ist es nicht viel.

»Das ist aber nicht viel«, sagt der Moratschek. »Einen Schulrektor, den überhaupt keiner mochte. Noch nicht einmal die eigene Schwester. Ich würde mal auf Selbstmord tippen.«

»Und die Blessuren an seinem Körper? Hat er sich die etwa auch selbst beigebracht?«, muss ich jetzt fragen.

»Aber, die sind ja jetzt leider weg, gell. Und somit nicht mehr zu beweisen.«

»Und genau das ist doch der Punkt. Wenn er wirklich so zugerichtet wurde, ist es für den Täter doch ideal, dass jetzt nichts mehr zu beweisen ist, oder?«

»Eberhofer. Sie sind doch schon lang genug bei dem Verein, um zu wissen, dass ohne Beweise nichts geht. Und zwar rein gar nichts. Und was Sie bisher haben, ist mehr als dürftig, nicht wahr. Und ehrlich gesagt, find ich es eine durchaus ehrvolle Aufgabe, eine Frau aus den Händen von zwei Schlägern zu befreien. Auch wenn sie noch so betrunken ist. Machen Sie solche Sachen, die machen Sie großartig. Wie gesagt, was Sie im Fall Höpfl bisher haben, ist nichts. Rein gar nichts. Der Staatsanwalt macht da im Leben keinen Mordfall draus, glauben Sie mir das.«

Er schnäuzt sich.

Ich steh auf, weil's mir jetzt langt. »Wie Sie meinen«, sag ich noch im Rausgehen.

»Herrje!«, hör ich den Richter noch murren, dann fällt die Tür ins Schloss.

Sechzig Euro steht auf dem Strafzettel. Für Parken in der Rettungszone. Diese Arschlöcher.

Zehn Minuten später hab ich sie dann. Es ist eine Frau, natürlich, mit einem Riesen-Mercedes. Ohne Gurt, dafür aber mit Telefon am Ohr. Sechzig Euro kostet das, sag ich zu ihr. Die ist vielleicht sauer. Aber es hilft ihr halt alles nix.

»Ich bin eine Geschäftsfrau und hab's eilig«, hechelt sie mir her.

»Das erlaubt Ihnen nicht, unangeschnallt

und telefonierend durch die Gegend zu düsen.«

»Muss ich das jetzt gleich zahlen?«

»Nein, Sie können mir vorher noch den Verbandskasten und das Warndreieck zeigen.«

»Herrgott, nein!«, sagt sie und zückt ihre Börse. Die Scheine darin quetschen sich zu Tode. Sechzig Euro wird sie gar nicht merken. Sie zahlt bar.

Auf dem Heimweg halt ich noch schnell beim Simmerl an, weil der groß und breit das Hackfleisch auf dem Schaufenster stehen hat. Im Angebot also. Da freut sich die Oma. Ich kauf immer gleich ein paar Kilo, das friert sie dann ein und wir haben wochenlang exzellentes Fleisch zum Schnäppchenpreis.

»Servus, Simmerl«, sag ich beim Reingehen.

»Jetzt pass einmal gut auf, mein Freund«, sagt der Simmerl. »Wir sind hier nicht am Schlachthof, verstanden? Also, Herr Simmerl, wenn's recht ist.«

»Sonst hast du aber keine Probleme?«

Der Simmerl grinst.

»Ein Hackfleisch krieg ich. Machst mir fünf Kilo.«

»Fünf Kilo? Ich lass sie dir frisch durch«, sagt der Metzger und verschwindet Richtung Schlachthaus. Ich folge ihm auf Schritt und Tritt, damit er mir nicht hineinspucken kann. Dabei fällt mir auf, dass er Turnschuhe trägt. Nigelnagelneue Turnschuhe. Puma, erstklassig. Ich hab den Simmerl noch nie in Turnschuhen gesehen. Meistens hat er Gummistiefel an. Im Höchstfall einmal Birkenstock. Aber Turnschuhe?

»Wunderbare Turnschuhe«, sag ich so und schaue nach unten. Er schaut auch nach unten und sagt: »Ja, ich muss jetzt ein bisschen Sport treiben.« Er langt sich an den Wanst.

»Sport treiben?«, frag ich, weil ich mir ehrlich gesagt den Simmerl sporttreibenderweise gar nicht so vorstellen kann.

Er nickt.

»Das kann nicht schaden in unserem Alter. Der Flötzinger macht auch mit. Ich hab schon sieben Pfund abgenommen.«

Sieben Pfund, allerhand. Wobei man jetzt schon sagen muss, beim Simmerl ist das rein gar nichts. Das ist grad so, wie wenn ein Jumbo eine Schraube verliert.

Das Fleisch ist durch, wir gehen nach vorne.

»Sonst noch was?«, fragt er.

Ich schüttel den Kopf.

»Kommst heut noch auf ein Bier zum Wolfi«, frag ich ihn noch.

»Höchstens alkoholfrei«, sagt der Simmerl.

»Was immer du willst«, sag ich und geh.

»Der Leopold bringt morgen in aller Herrgottsfrüh seinen Fexer. Bist du jetzt zufrieden?«, sag ich zum Papa, gleich wie ich zur Tür reinkomm.

Der Papa lacht sein dreckigstes Lachen.

Womit hab ich diese miserable Sippschaft eigentlich verdient?

Ich zeig der Oma das Fleisch. Sie freut sich.

»Franz«, schreit sie mir dann her. »Schau, ich hab grad noch einen frischen Apfelkuchen im Ofen. Für morgen. Wenn'st magst, schneid ich dir gleich ein Stückerl runter. Der ist noch ganz warm.«

Die Oma entschädigt für alles. Da kann man gut mit den Tücken der restlichen Verwandtschaft leben, wenn man so eine Oma hat.

Die nächsten Tage vergehen dann damit, dass die kleine Sushi dem Papa und der Oma die Hölle heißmacht, weil sie die offensichtlich beide nicht mag. Mich mag sie schon und so schiebt der Papa recht häufig den Kinderwagen zu mir ins Büro rein. Dann lacht sie, die Sushi. Und schläft auch ein. So kann der Papa mit ihr heimgehen, weil nun für zwei bis drei Stunden Ruhe herrscht. Wenn sie aber aufwacht, beginnt sofort alles wieder von vorn. Ehrlich gesagt, bin ich schon ein bisschen geschmeichelt, dass sie halt ausgerechnet mich so mag. Der Leopold ist nicht geschmeichelt. Nein, gar nicht. Der ist sogar ein bisschen stinkig. Besonders, wie er am Freitag kommt, um sie abzuholen. Er nimmt sie nämlich auf den Arm und dann gibt's ein Geplärre, das kann man gar nicht erzählen.

Fremdeln, sagt die Oma.

Schwachsinn, sagt der Leopold.

Was aber wurst ist. Tatsache ist nur, wenn der Onkel Franz den Zwerg Nase auf den

Arm nimmt, ist alles Friede, Freude, Eierkuchen und sie strahlt von einem Ohr zum andern.

Also verbring ich unfreiwilligerweise einen Großteil meiner Zeit mit dem Balg vom Leopold.

Kapitel 12

Einen anderen Teil meiner Zeit verbring ich damit, die Tage zu zählen, bis die Susi wiederkommt. Weil sie mir schon ein bisschen abgeht mittlerweile. Und weil ich natürlich wissen will, was sie so alles Tolles erlebt hat, da in Italien. Ja, das ist schon interessant. So ein Urlaub ist doch immer voller Eindrücke und so. Und wenn sie dann völlig entspannt zurückkommt, ist sie bestimmt auch nicht mehr so grantig. Eher wieder viel besser aufgelegt, die liebe Susi. Ja, und morgen ist es jetzt so weit. Ich bin schon gespannt.

Das ist ja unglaublich! Die ganze Spannung war völlig umsonst. Weil sie nämlich gar nicht da ist, die gnädige Dame. Weil sie nämlich noch eine Woche drangehängt hat, die blöde Kuh. Alle anderen sind zurück. Alle. Die ganzen Weiber halt, mit denen sie unterwegs war. Jede Einzelne ist zurück. Nur die Susi nicht.

»Na, einen schönen Urlaub gehabt?«, frag ich die Kollegin, die sich sonst mit der Susi ein Zimmer teilt.

»Wunderbar«, sagt sie.

»Und warum ist die liebe Susi noch nicht da?«

»Das musst du die liebe Susi schon selber fragen!«

Keine Audienz. Unglaublich. Auch vom Rest der Eskorte ist kein Wort herauszubringen.

Dann also erst einmal Bier.

Vorher muss ich aber mit dem Ludwig noch meine Runde drehen, denn der hat halt so gar kein Verständnis für zwischenmenschliche Gebrechlichkeiten. Wir brauchen eins-sechsundzwanzig dafür! Und das hat seinen Grund. Aber alles der Reihe nach. Also wir latschen da grad so gemütlich durch den Wald, da stehen sie plötzlich vor uns. Die Herren Simmerl und Flötzinger. Beide in Sportbekleidung und einem Handtuch um den Hals. Und beide mit Stöcken. Nordic Walking. Ich schmeiß mich auf den Waldboden und lache mich tot. Der Anblick ist nicht zu beschreiben und eigentlich auch niemandem zuzumuten. Wie ich mich langsam beruhigt habe und wieder aufstehen kann, sagt der Simmerl: »Was gibt's jetzt da eigentlich zu lachen, du Arsch? Wir machen das ja nicht zum Spaß. Sondern für unsere Gesundheit. Dir würde das übrigens auch nicht schaden, gell.«

Und dann der Flötzinger: »Außerdem machen wir das ganz genau richtig. Wir haben uns nämlich vorher ein paar Mal das Video vom Christian Neureuther und der Rosi Mittermaier angeschaut. Und die machen das ganz genauso.«

Eigentlich ist mir jetzt wieder tierisch nach Waldboden, aber ich reiß mich zusammen. Stattdessen schlag ich vor, beim Wolfi auf ein Bier zu gehen. Die zwei Stockenten sind einverstanden.

Beim Wolfi sitzen sie dann mit ihren Handtüchern und trinken alkoholfreies Bier. Was muss ich eigentlich noch alles ertragen?

Der Abend ist dementsprechend langweilig, jeder erzählt ein bisschen von der Arbeit. Irgendwann bin ich dann halt auch an der Reihe und der Simmerl fragt mich, ob denn jetzt der Höpfl-Fall schon abgeschlossen ist.

»Ja, mehr oder weniger«, sag ich. »Es schaut wohl mehr nach Selbstmord aus.«

»Selbstmord, gell. Ja, das ist schon ein Jammer, wenn dich so gar keiner mag. Im Grunde tut's mir jetzt direkt leid, dass ich ihm manchmal in sein Tartar reingespuckt hab, auch wenn er noch so ein Unsympath war«, sagt der Simmerl.

»Mir tut's vielmehr leid um den erstklassigen Wellnessbereich«, sagt dann der Flötzinger und nippt an seinem Kinderbier.

»Was für einen erstklassigen Wellnessbereich?«, frag ich so.

»Ja, den wo ich ihm halt eingebaut hab, dem Höpfl. So vor drei oder vier Jahren ungefähr.«

»Du hast dem Höpfl einen Wellnessbereich eingebaut?«, muss ich jetzt wissen.

»Aber hallo!«, sagt der Flötzinger. »Mit allem Pipapo, weißt du. Sauna, Whirlpool, Tropen-Dusche. Sogar ein Wasserbett hat er gekriegt. Super-Relax-Wellness-Park, nennt sich das Ganze.«

»Da schau einer an! Super-Relax-Wellness-

Park. Der Höpfl, die alte Sau«, sagt der Simmerl.

»Wo genau hast du denn das alles eingebaut?«, frag ich jetzt.

»Den Super-Relax-Wellness-Park?«, fragt der Flötzinger völlig überflüssigerweise.

Ich nicke. »Genau den«, sag ich.

»Ja, in seinem Haus halt«, sagt der Flötzinger.

»Wo genau?«

»Ja, im Keller halt. So was steht ja meistens im Keller, weil da …«

»Beim Höpfl im Keller steht überhaupt nichts. Rein gar nichts. Und schon gar kein Wellness-Park«, unterbrech ich ihn, weil ich es ja schließlich wissen muss. Immerhin hab ich dort jeden erdenklichen Scheißwinkel genau durchforstet.

»Da liegst du aber leider verkehrt, mein Lieber. Ein Vermögen hat er damals dafür hingeblättert, der Höpfl. Ich kann dir gern die Rechnung zeigen«, sagt der Flötzinger völlig siegessicher und nuckelt wieder am Bier.

Das muss ich jetzt natürlich unbedingt wissen. Und zwar sofort. Ich fahr also gleich einmal hin. Ich hab ja den Schlüssel noch. Weil ich mich nämlich hartnäckig gegen den Gedanken sperre, dass es tatsächlich Selbstmord war, hab ich ihn bisher noch nicht an die Frau Höpfl ausgehändigt. Und weil sie nicht mehr nachgefragt hat, drum bestand auch keine direkte Notwendigkeit.

Ich sperr also auf und gehe schnurstracks in den Keller. Und wie erwartet ist überhaupt nichts da. Von wegen Pipapo. Eine Tischtennisplatte ist das Einzige, was im Entferntesten an Wellness erinnert. Aber dann – schlag mich tot – find ich genau hinter dieser dämlichen Tischtennisplatte den Eingang zum großartigen Super-Relax-Wellness-Park.

Mir fehlen die Worte.

Und es ist haargenau so, wie es der blöde Heizungspfuscher erzählt hat. Alles da. Und alles vom Feinsten. Und natürlich picobello. Allerdings stinkt es furchtbar nach Rauch. Nach kaltem Rauch genauer gesagt. Was mich ein bisschen wundert, weil ich schwören hätte können, dass der Höpfl ein Nichtraucher war. Aber gut, vielleicht ist es ja so wie beim Papa.

Der Papa raucht nämlich auch nur, wenn er entweder seinen Moralischen hat oder eben total entspannt ist. Relaxt sozusagen. Das könnte beim Höpfl gut auch so gewesen sein. Dass er in seinem Super-Relax-Wellness-Park das eine oder andere Zigarettchen geraucht hat. Völlig entspannt, sozusagen.

Ein Aschenbecher ist nirgends zu finden. Und sonst eigentlich auch nichts. Außer ein paar Schamhaaren in der Tropen-Dusche wirkt hier alles fast keimfrei. Die Schamhaare tüte ich ein und nehm sie mit. Die sind quasi beschlagnahmt. Wobei die vermutlich auch keiner mehr vermissen wird. Dann setz ich mich auf das Wasserbett, weil ich so was bisher noch nicht kenne. Es schaukelt. Das ist schön. Noch viel schöner wär es aber, wenn jetzt die Susi dabei wär. Oder die Frau mit dem erstklassigen Dirndlbusen von neulich. Dann schlaf ich ein.

Am nächsten Tag in der Früh kommt es wirklich knüppeldick. Nicht nur, dass ich im Höpfl seinem Wasserbett aufwache. Ich habe auch noch Kopfweh vom Rauch und offensichtlich bin ich seekrank. Ich schwanke umher und hab direkt Not, mich auf den Beinen zu halten. Ein Wasserbett kommt für mich nicht infrage. So viel steht fest. Da wird man ja deppert. Wenn du dich reinlegst, schwankt es minutenlang nach, vom Rauskommen mag ich gar nicht erst reden.

Irgendwann sitz ich dann endlich im Büro. Ich sitz also grad so gemütlich im Büro, na gut, so richtig gemütlich war es eigentlich auch nicht. Weil es hier in diesem Scheiß-Rathaus niemand zustande bringt, einen anständigen Kaffee zu kochen, wenn die Susi nicht da ist. Also sitze ich eher relativ gemütlich und ohne Kaffee in meinem Büro, wie das Telefon läutet.

Kapitel 13

»Servus, Franz Eberhofer aus Niederkaltenkirchen bei Landshut«, tönt es aus dem Hörer.

Das könnte gut der Günter sein.

»Ich bin's, der Günter. Erinnerst du dich?«

»Logisch. Der Leichenfläderer aus München«, sag ich.

»Genau der!«, er lacht. »Du, warum ich dich anruf, ich hab hier eine Leiche liegen.«

»Das kann vorkommen in deinem Job«, sag ich so und bin ziemlich unbeeindruckt.

Aber jetzt kommt's.

»Da liegst du goldrichtig. Aber die Leiche, die ich hier hab, dürfte dich auch interessieren.«

»Hier bei uns geht niemand ab. Wir sind quasi vollzählig«, sag ich.

»Es ist auch niemand aus Niederkaltenkirchen bei Landshut. Es ist jemand direkt aus Landshut.«

»Was nicht mein Aufgabengebiet ist.«

»Auf dieser Leiche befindet sich aber die DNA von deinem Höpfl. Na, wie schaut's aus? Ist das jetzt dein Aufgabengebiet oder nicht?«

Das ist doch ein Ding. Liegt da beim Günter auf dem Obduktionstisch eine Leiche mit dem Höpfl seiner DNA!

»Der Höpfl ist seit Tagen tot. Wie kommt da seine DNA noch in Umlauf?«

»Meine Leiche hier ist auch nicht mehr taufrisch. Ist vermutlich nur ein paar Stunden nach dem Höpfl gestorben. Willst du gar nicht wissen, wo sich die Spuren befinden?«

»Also, wo befinden sich die Spuren?«

»Heckseits. Genauer im Genitalbereich. Und etwas davon auf den Oberschenkeln.«

»Du meinst Sperma?«

»Exakt!«

»Ich brauch die Personalien. Und ein Foto von der Frau.«

»Von einer Frau war nicht die Rede«, sagt der Günter und lacht.

Ich weiß jetzt nicht, wovon er redet. Im ersten Moment weiß ich noch nicht einmal, worüber er lacht.

Aber dann!

»Du meinst, es ist ein Kerl? Willst du damit sagen, der Höpfl war schwul?«

»Ich werde mich hüten, solche Verdächtigungen auszusprechen. Das ist nicht mein Aufgabengebiet. Ich sage nur, ich hab hier eine männliche Leiche liegen, mit dem Höpfl seinem Sperma auf dem Arsch. Das war's dann auch schon. Alles andere ist dein Aufgabengebiet.«

Der Höpfl war schwul! Das ist ja allerhand! Wie sich die Dinge verändern. Aus einem hetero Nichtraucher wird holterdipolter ein schwuler Raucher. Was sagt man denn dazu! Mir schwirrt der Kopf. Die Sachlage ist jetzt völlig anders.

»Was kannst du sonst noch sagen über die neue Leiche?«, muss ich jetzt wissen.

»Junger Mann, Anfang zwanzig, eins zweiundachtzig groß, so um die siebzig Kilo. Zumindest wie er noch am Leben war. Jetzt hat er die nicht mehr. Haarfarbe blond, Augenfarbe grün. Wenn er nicht zuckerkrank war, war es ein Junkie. Aber so weit bin ich noch nicht.«

»Der Höpfl hat einen zwanzigjährigen Burschen gevögelt?«

»Vielleicht war er ein Stricher.«

»Wann weißt du mehr? Wegen den Drogen und so?«

»Du, das ist nicht die einzige Leiche hier. Aber ich werde mich tummeln. Ich melde mich, sobald ich weiter bin.«

»Du, warte, ich hab ein paar Schamhaare. Kannst du dir die einmal anschauen?«

»Ich weiß jetzt ehrlich gesagt nicht, warum ich mir deine Schamhaare anschauen soll.«

»Es sind nicht meine.«

Der Günter lacht.

»Ja, kein Problem. Wie soll ich sie kriegen?«

»Ich würd dann, sagen wir, morgen Vormittag nach München fahren. Würde das passen?«

»Passt einwandfrei, Franz Eberhofer aus Niederkaltenkirchen bei Landshut. Bis morgen!«

Jetzt bin ich zugegebenermaßen ziemlich platt. Der Höpfl schwul. Hatte vermutlich kurz vor seinem Exitus noch einen Koitus, vermutlich mit einem Stricher. Der wiederum vermutlich Drogen konsumiert hat. Vermutungen über Vermutungen.

Ich überlege.

Mir raucht der Schädel.

Was tun?

Wenn ich den Bürgermeister oder gar den Moratschek davon unterrichte, heißt es wieder: Beweise! Würde dem Richter das Sperma genügen? Wahrscheinlich nicht. Ja, hat er halt noch mal gepimpert, bevor er starb, der Höpfl. Na und? Ja, so was in der Art würde er sagen, der Moratschek. Der Bürgermeister würde sagen, ich soll mich lieber aufs Verkehrregeln konzentrieren. Oder den Buengo bewachen. Irgend so was halt. Nein, es hat keinen Sinn, mit offenen Karten zu spielen. Dafür sind die beiden, ganz simpel ausgedrückt, leider geistig zu unterbemittelt.

Die einzige Möglichkeit ist ein kurzfristiger Urlaub. Dann kann ich in aller Ruhe meinen Ermittlungen nachgehen. Ohne, dass mir jemand dreinhackt. Weil hier, in Niederkaltenkirchen, wie ich schon erwähnt habe, polizeitechnisch halt nicht so wirklich der Teufel los ist, ist mein Urlaubsantrag ruckzuck genehmigt.

Perfekt!

Ich ruf den Birkenberger an.

»Du, Rudi, ich wär morgen in München. Wie schaut's denn bei dir aus?«, frag ich so.

»Ja, sag einmal, glaubst denn du wirklich, dass ich ständig parat bin, wenn es dir grad so einfällt. Ich hab zufällig noch einen Job. Kannst du dich das nächste Mal vielleicht ein bisserl früher melden, wenn's keine Umstände macht!«

Da haben wir's wieder, dieses weibische Gezicke.

»Ja, kein Problem«, sag ich. »Also das nächste Mal, wo ich dann wieder in München bin, wär dann so Mitte nächsten Jahres. Sagen wir Juli? Ist dir das früh genug?«

»Vollidiot! Morgen sagst du? Um wie viel Uhr denn ungefähr?«

Na also, es geht doch.

»Du, ich muss dringend in die Gerichtsmedizin. Wann ich das mache, ist vollkommen wurst. Da richte ich mich ganz nach dir. Wir können uns vorher treffen oder danach. Ganz wie's dir passt.«

»Oder wir treffen uns dort«, sagt der Rudi.

»Wie: dort?«

»Ja, in der Gerichtsmedizin halt. Du, Franz, ich war da schon ewig nicht mehr. Nimmst du mich mit?«

Er ist ganz aufgeregt.

»Bitte!«, hängt er noch dran.

»Also gut. Dann treffen wir uns halt um zehn vor dem Eingang.«

»Großartig!«, sagt der Rudi und hängt ein.

Leider bin ich nicht pünktlich in München, weil ich zuerst abwarten muss, bis der Zwerg Nase eingeschlafen ist. Dadurch hab ich den ersten Zug verpasst und komme fünfundvierzig Minuten zu spät. Jetzt erwarte ich natürlich erst mal ein Riesen-Tamtam vom Rudi.

Aber nein. Kein Tamtam.

Er ist nämlich gar nicht da. Ich schau mich ganz genau um, aber nix. Kein Rudi. Vielleicht ist ihm die Warterei ja zu blöd geworden und er ist wieder weg, denk ich mir so. Ich geh rein.

Die Warterei ist ihm nicht zu blöd geworden. Er hat nämlich gar nicht gewartet. Er ist einfach schnurstracks in die Pathologie gewandert und hat dem Günter dort gesagt, wir wären hier miteinander verabredet. Das hat der Günter akzeptiert. Und wie ich reinkomm, sitzen die zwei bei Butterbrezen und Kaffee gemütlich am Obduktionstisch und ratschen.

»Ah, Franz, wunderbar, dass du da bist. Wir haben schon alles besprochen«, sagt der Rudi und schlürft am Kaffee.

»Ein Haferl Kaffee?«, fragt der Günter.

Ich nicke.

»Du auch noch?«, fragt er den Rudi.

Die zwei scheinen sich prächtig zu verstehen.

Der Günter schenkt Kaffee ein.

»Ja, dann muss ich auch schon wieder weiter«, sagt er. »Bei uns türmen sich nämlich momentan die Toten bis unters Hausdach.«

»Wie: weg?«, frag ich ziemlich verdattert. »Ich bin doch grad erst gekommen.«

»Ja, ja. Aber dein Kollege ist ja schon über eine Stunde da. Und dem hab ich alles haarklein erzählt. Ihr arbeitet doch zusammen, nicht wahr«, sagt der blöde Leichenfläderer und dreht sich ab.

»Er ist nicht mein Kollege!«

»Wie dem auch sei – ich muss weiter, sorry!«

»So pressant wird's schon nicht sein!«, sag ich und merk, dass mir die Wut hochsteigt.

»Doch!«, sagt der Günter mit Nachdruck und schmeißt seinen güldenen Zopf über die Schulter.

»Günter!«, schrei ich jetzt aus Leibeskräften.

Er fährt herum und starrt mich an.

»Ja?«

»Erstens arbeite ich mit überhaupt niemandem zusammen. Einzelkämpfer, verstehst? Und zweitens wirst du mir jetzt alles schön und der Reihe nach erzählen, verstanden? Weil nur aus diesem Grund bin ich nämlich hier!«

»Ich werde dir einen Scheißdreck erzählen, Franz Eberhofer aus Niederkaltenkirchen bei Landshut. Sprecht's euch in Zukunft gefälligst besser ab. Und jetzt muss ich weg, verdammt!«

»Die Schamhaare«, sag ich. »Kannst du dir wenigstens noch die Schamhaare anschauen?«, ruf ich hinter ihm her.

»Momentan nicht. Schreib deinen Namen auf die Tüte und leg sie mir auf den Schreibtisch. Und jetzt Servus!«

Und weg ist er.

Der Rudi starrt auf den Boden.

»Gut, packen wir's«, sagt er, ohne mich anzuschauen.

Ich deponier die Schamhaare wie befohlen und geh dann mit dem Birkenberger-Arsch zurück auf die Straße.

Meine Fäuste sind geballt.

Ich könnte ihm die Zähne einschlagen.

»Du hättest nur pünktlich sein brauchen, dann wär das alles nicht passiert«, sagt er in seinem vorwurfsvollen Ehefrauen-Tonfall.

»Wie kommst du überhaupt dazu, einfach da hineinzugehen? Du bist kein Polizist mehr. Hast du das schon vergessen? Wie kannst du das einfach behaupten?«

»Ich hab's überhaupt nicht behauptet. Ich hab nur gesagt, ich wär hier mit dir verabredet. Und das war ja nicht gelogen.«

»Ach, Scheiße. Was hat er dir erzählt. Jetzt red schon«, sag ich, weil mein Interesse an dem Mordfall deutlich größer ist als das an einer dämlichen Streiterei mit dem dämlichen Birkenberger.

»Jetzt zieh nicht so ein Gesicht, Franz. Schau, ich hab dir alles aufgeschrieben«, sagt der Rudi und reicht mir einen Zettel rüber.

Er hat mir alles aufgeschrieben! Als wär das seine Aufgabe!

»Und schau«, sagt er und zieht ein Foto von dem Toten aus seiner Jackentasche. »Der Günter hat mir auch noch ein Foto gegeben.«

Der Günter hat mir ein Foto gegeben! Jetzt muss ich gleich kotzen.

Ich muss mich langsam beruhigen, sonst kommen wir hier nicht weiter. Ich atme tief ein.

So nach und nach verebbt meine Wut aber wieder, und dann erfahr ich einiges. Zum Beispiel erfahr ich, dass der Tote tatsächlich ein Junkie war. Und es waren auch die Drogen, die ihn umgebracht haben.

Überdosis.

Goldener Schuss.

Aus und vorbei.

Mit zwanzig.

Das hat sich rentiert, mein Lieber!

Marcel Buchheim ist sein Name. Der Leichnam wurde in der Schrebergartensiedlung am Landshuter Bahnhof gefunden. In einem Gartenhäuschen. Die Besitzer kennen ihn nicht. Er war schon fast eine Woche lang tot, wie er dann endlich entdeckt worden ist. Ein Fremdverschulden ist größtenteils auszuschließen. Allerdings wurde kein Spritzbesteck sichergestellt. Was aber nicht bedeutet, dass keines da war. Mehr weiß der Rudi nicht, weil der Günter auch nicht mehr weiß.

»Hier drauf steht der Leichenfundort«, sagt der Rudi. »Das sollten wir uns mal anschauen.«

»Und wie stellst du dir das vor, Klugscheißer?«

»Indem du eine Durchsuchung beantragst, zum Beispiel?«

Ich schweige.

»Ah, lass mich raten. Hat dir der Moratschek vielleicht wieder das Ermitteln verboten?«

Ich schweige.

Der Rudi lacht.

»Eberhofer, Eberhofer«, lacht er mir her.

Ich könnt ihn glatt erdrosseln.

»Na gut. Dann werd ich die Sache in die Hand nehmen«, sagt er ziemlich selbstgefällig.

»Und wie willst du das anstellen?«

»Das lass nur meine Sorge sein. Was wissen wir sonst noch?«

»Was wir sonst noch wissen? Ich persönlich zum Beispiel weiß, dass du damit überhaupt nichts zu tun hast. Es ist mein Fall und aus!«

»Na ja, so direkt dein Fall ist es ja auch nicht. Wenn man bedenkt, dass der Moratschek …«

»Also gut. Gehen wir mal davon aus, dass der Stricher mit dem Höpfl-Fall zusammenhängt. Das Einzige, was wir wissen, ist, dass es die beiden noch getrieben haben, kurz bevor dann jeder ganz für sich allein aus dem Leben geschieden ist.«

»Was wissen wir über den Höpfl selber?«

»Nicht viel. Er hat einen Wellness-Tempel in seinem Keller.«

»Das ist nicht strafbar.« Der Rudi lacht. »Und es ist auch nicht ungewöhnlich in diesen Kreisen.«

»Du musst es ja wissen.«

»Sonst noch was?«

»Seine Schwester erbt alles, hat aber ein einwandfreies Alibi.«

»Also, Schuss ins Knie?«

»So ist es. Ja, und in der Schule sagt jeder Zweite, er hätte ihn umbringen können.«

»Ja, die lieben Kleinen …«

»Nicht nur die Schüler.«

»Kollegenmord? Könnte da was dran sein?«

Ich schüttel den Kopf.

»Glaub ich eigentlich nicht. Die haben ihn halt nicht mögen und aus. Aber ein Mord? Nein, kann ich mir nicht vorstellen. Die Richtung mit dem Stricher scheint mir da schon viel wahrscheinlicher.«

»Irgendwelche Zeugenaussagen von außerhalb?«

»Eine Nachbarin sagt, er wär nachts manchmal mit dem Taxi weggefahren. Die Taxizentrale weiß aber nichts davon.«

»Aha«, sagt der Rudi und setzt sich auf eine Bank. Wir sind mittlerweile durch halb München gelatscht und mich dürstet nach einem Bier. Der Vorschlag kommt beim Rudi gut an. Wir gehen in einen Biergarten direkt ums Eck.

»Wenn aber der Höpfl gar kein Taxi bestellt hat, sondern jemand, sagen wir in Landshut, in ein Taxi gestiegen ist. In ein Taxi gestiegen und dann zum Höpfl gefahren. Dann würde das nicht im Computer von der Taxizentrale erscheinen, gell?«, sagt der Birkenberger, der alte Schlaukopf.

Das ist es! Der Höpfl ist nicht weggefahren, vielmehr ist jemand zu ihm hingefahren. Ganz einfache Sache. Nach diesem entscheidenden Ermittlungsschritt kriegen wir Hunger. Der Rudi bestellt sich einen Obatzten. Ich nehm ein Schinkenbretterl mit Senfzwiebeln und Schwarzbrot.

Ein Gedicht.

Der Obatzte schmeckt nicht. Es war nicht anders zu erwarten.

Meine Gabel steht in Achtung.

»Weißt du, an was mich das alles erinnert?«, fragt der Birkenberger und schaut sehnsüchtig auf meinen Teller.

»Nein.«

»An den Sedlmayr-Mord seinerzeit. Erinnerst du dich? Oder auch an unseren toten Modeguru. Wie hat der gleich noch geheißen?«

»Moshammer.«

»Ja, genau«, sagt der Rudi und würgt sich seinen Käse runter. »Der Moshammer und der Sedlmayr haben doch auch immer mit solchen Lustknaben gespielt.«

Ich muss dann an die Mooshammer Liesl denken. Und lachen, wenn ich sie mir mit einem Lustknaben vorstell.

»Kann schon sein«, sag ich.

»Ich könnte drauf wetten, dass es beim Höpfl genauso war. Wahrscheinlich hat er ihn nicht bezahlt. Er hat ihn zuerst gevögelt und dann nicht bezahlt. Ja, so war's. Und da ist dem Bürschchen dann halt die Sicherung durchgebrannt. Das ist doch ganz logisch. Noch dazu, wenn er auf Drogen war.«

Der Birkenberger ist jetzt richtig in Fahrt.

»Du, sag einmal. Ich hab gedacht, du bist selber voll dick drin im Geschäft. So stressmäßig gesehen. Dass du da überhaupt noch Zeit für so was hast«, sag ich und wink nach der Bedienung.

»Für dich hab ich doch immer Zeit, Eberhofer. Wir werden den Fall hammermäßig lösen, wir zwei. Du wirst schon sehen. Genauso wie auf Mallorca. Weißt du noch, unser Vierfachmord?«

Er schaut ganz versonnen in die Ferne, der Rudi.

Die Bedienung kommt.

Wir zahlen.

»Hat's geschmeckt?«, fragt das Fräulein beim Kassieren.

»Der Obatzte war scheiße«, sagt der Rudi.

»Dann ist es ja recht«, sagt sie.

»Ja«, sagt der Rudi, wie sie wieder weg ist. »Ich bin jetzt ein paar Tage auf Gran Canaria. Eine verhängnisvolle Affäre, sag ich da nur. Aber wenn ich zurück bin, kümmere ich mich gleich um den Schrebergarten. Du kannst ja inzwischen allein anfangen.«

So verabschieden wir uns.

Kapitel 14

Mit dem Allein-Anfangen ist es dann erst einmal Essig. Weil nämlich die PI Landshut anruft. Weil bei ihnen in der Inspektion ausgerechnet jetzt die Grippewelle grassiert. Und Hinz und Kunz wie verreckt daheim im Bett rumliegen. Und das ausgerechnet jetzt, wo die Landshuter Hochzeit ist! Und wo sie händeringend jeden einzelnen Mann brauchen.

Also auch mich.

Ich komm aber auf gar keinen Fall in die PI Landshut, um mir die verdammte Grippe zu holen. So weit würd's grad noch kommen, sag ich. Es ist eine dienstliche Anordnung und aus, heißt es. Urlaub gestrichen. Antritt morgen früh, sechs Uhr dreißig.

Wie ich am nächsten Tag in der Früh nach Landshut fahr, um voller Diensteifer und Tatendrang meinen neuen Job zu beginnen, gießt es wie aus Kübeln.

Der Himmelvater weint, hat die Oma früher immer gesagt. Wahrscheinlich weint er wegen mir. Weil er meinen Anblick nicht ertragen kann. Ich kann ihn ja selbst kaum ertragen.

»Jetzt machen s' nicht so ein Gesicht, Eberhofer«, sagt der Dienststellenleiter, wie ich zur Tür reinkomm. Er trägt Strumpfhosen und Schnabelschuhe mit Schellen. »Schließlich sitzen wir ja alle in einem Boot, gell. Alle für einen und einer für alle, sag ich immer.«

Er lacht wie ein Hackstock. Ich starr ihn an. Vermutlich merkt er das, weil er sagt: »Fernsehaufnahmen heute. Ich muss da als Mittelsmann hin. Praktisch zwischen den Aktiven der LaHo und der Polizei.«

Das erklärt die Verkleidung, hebt aber meine Stimmung kein bisschen.

Ein Kollege kommt rein, die Uniform viel zu klein. Als hätt er sie schon zur Kommunion getragen. Die Strumpfhose sieht das ganz anders: »Wunderbar, Stopfer! Passt ja noch wie angegossen!«

Wenn jemand Stopfer heißt, hat er eigentlich schon Probleme genug. Muss es dann ausgerechnet auch noch diese Uniform sein?

»Eberhofer«, stell ich mich ihm vor, rein schon aus Mitleid.

»Stopfer«, sagt der Stopfer. »Aber alle nennen mich Karl.«

Gott sei Dank!

»Ich bin der Franz.«

Dann mischt sich der DGL wieder ein: »Der Eberhofer ist ein bisschen verärgert, weil er hier bei uns aushelfen muss, gell, Eberhofer? Aber wir ziehen unsere Leute von überall ab. Der Stopfer ist zum Beispiel normalerweise bei der Spurensicherung, gell, Stopfer? Aber der muss jetzt halt auch ran. Das hilft alles nix.«

Das erklärt die Uniform.

»Also, ihr zwei macht ab sofort gemeinsam die Streife. Ihr werdet euch schon zusammenraufen, gell«, sagt der Hackstock und geht dann schellenderweise zur Tür hinaus.

In den nächsten Tagen scheint wieder fleißig die Sonne, was leider dazu führt, dass die Feste kein Ende nehmen wollen. Die Altstadt gleicht einem Fußballstadion, optisch und auch akustisch. Bis spät in der Nacht wird in allen Gassen gefeiert und es sind Millionen

Menschen unterwegs. Die meisten betrunken. An Feierabend gar nicht erst zu denken. Irgendwann kann ich keine Männer in Strumpfhosen mehr ertragen. Erst recht nicht, wenn sie Fahnen schwingen oder Saltos schlagen.

Der Karl ist ein Netter, da kann man nichts sagen, und unter anderen Umständen wären wir vielleicht auch Freunde geworden. Aber ich bin so dermaßen angepisst von der ganzen Situation, dass überhaupt keine positiven Emotionen hochkommen.

Dann ist der Susi-kommt-zurück-Tag! Da ist an Nachtschicht erst gar nicht zu denken.

»Du, Karl. Heute muss ich ganz dringend um vier heim. Familiensache. Kannst du die Tour alleine durchziehen?«

Der Karl ist ein ängstlicher Mensch. Kein Held. Nein, überhaupt nicht. Deshalb ist die Antwort durchaus wie erwartet.

»Ja, wegen mir schon, Franz. Aber wenn der DGL was erfährt. Dann ist der Teufel los. Das weißt du genau.«

»Geh, wie soll denn der DGL was davon erfahren? Von mir jedenfalls nicht. Und von dir ja wohl auch nicht. Und wenn du irgendwelche Kollegen triffst, sagst einfach, ich bin schnell am Klo.«

Der Karl ist überrumpelt und deshalb einverstanden. Ich kann also fahren. Wunderbar.

Natürlich kann ich jetzt nicht schnurstracks zur Susi ins Büro gehen. Das schaut ja aus, als hätt ich sie abgepasst. Es muss eher zufällig wirken. Wenn sie so nach Dienstschluss bei mir am Zimmer vorbeigeht, einfach rausrufen: Na, Susi, wie war der Urlaub? So in der Art halt. Also tu ich so, als hätt ich noch dringend was im Büro zu erledigen. Ich lass die Zimmertür auf. Das mach ich häufig. So kriegt man wenigstens was mit von der popeligen Umwelt.

Um Punkt fünf sitz ich dann also mordsbeschäftigt an meinem Schreibtisch und warte. Ich hör die Bürotür und das Klappern von den Schuhen. Das Geratsche der Verwaltungsdamen und auch das Gelächter. Sie bewegen sich in meine Richtung. Ausgerechnet heute verlassen sie im Rudel das Gebäude.

»Hey, Susi! Wieder im Lande?«, ruf ich, wie sie auf meiner Höhe ist.

»Schaut wohl so aus!«, lacht sie mir her. Dann geht sie weiter.

Ich fall gleich tot um.

Sie geht einfach weiter, als würd's mich gar nicht geben!

Ich spring auf und laufe zum Fenster. Gerade gehen sie durch die Tür hinaus. Die Susi hat neue Haare. Stufig und heller. Wie ausgebleicht von ganz viel Sonne. Schön. Und frech. Sie trägt ein buntes Sommerkleid, mit nur ganz dünnen Trägern. Vermutlich so ein italienischer Fetzen. Ich kenn es noch nicht. Sehr schön. Braune Schultern. Einwandfrei. Und neue Sandalen. Aha. Alles in allem ein Hundertpunktepaket. Und geht einfach an mir vorbei! Noch dazu, wo ich extra früher vom Dienst heimgefahren bin. Und, wo ich den armen Karl ganz allein in der furchtbaren Altstadt von Landshut seinem Schicksal überlassen hab. Und sie geht nur vorbei! Was bildet die sich eigentlich ein?

Nach dem Abendessen und der Runde mit dem Ludwig (wir haben eins-siebzehn gebraucht. Die Wut treibt dich vorwärts!) geh ich zum Wolfi. Ein Teil von mir hofft, dort auf die Susi zu treffen, ein anderer möchte einfach seinen Frust ersäufen. Die Susi ist nicht da, dafür aber der Flötzinger. Er hockt am Tresen und trägt eine Brille. Das ist ja einmal ganz was Neues. Ich nehm zuerst einen großen Schluck Bier. Dann frag ich: »Seit wann hast denn du eine Brille?«

»Seit heute. Mir ist schon ganz schwindelig. Aber der Optiker sagt, das legt sich in den nächsten Tagen«, sagt er.

»Ich hab gar nicht gewusst, dass du schlechte Augen hast.«

»Ich eigentlich auch nicht, bis vor ein paar Tagen.«

»Und was war vor ein paar Tagen?«

Er ziert sich ein bisschen, doch dann lässt er's raus: »Also, begonnen hat alles damit, dass die Mary gesagt hat, sie hätt eine Überraschung für mich.«

»Hört sich gut an.«

»Bis dahin schon noch. Dann hat sie ihr Nachthemd ausgezogen. Und sie ist vor mir gestanden. Und zwar pudelnackig.«

»Hört sich immer noch gut an.«

»Ich dachte natürlich gleich: Sex! Das ist jetzt die Überraschung. Weil die Mary sonst eigentlich nicht so direkt die Schärfste ist. Ich denk also, jawollja, endlich mal eine tolle Überraschung. Und sie steht so vor mir.«

»Kommt da noch was oder war's das schon?«

»Sie hat so einen Fussel auf der Brustwarze. Der muss natürlich erst weg. Also lang ich hin und entfern ihn. Aber es war gar kein Fussel. Es war ein Brustwarzenpiercing, verdammt!«

»Die Mary hat ein Brustwarzenpiercing?«

»Jetzt nicht mehr.«

Er seufzt.

Das versteh ich. Dumm gelaufen, kann man da nur sagen. Darum also jetzt Brille.

»Ja, das ist blöd«, sag ich so.

»Das kannst du wohl sagen. Presbyopie, hat der Augenarzt gesagt. Altersweitsichtigkeit. Kannst du dir das vorstellen? Altersweitsichtigkeit, großer Gott!«

Der Flötzinger ist so alt wie ich.

Der Augenarzt ist ein Arschloch.

»Mir ist so was auch schon mal passiert«, sag ich jetzt so, um ihn ein wenig aufzumuntern. »Da hab ich die Betonmischmaschine auf der anderen Straßenseite gegrüßt. Weil ich gedacht hab, es wär unser Müllmann.«

Der Flötzinger lächelt gequält.

»Dann bist du wohl kurzsichtig. Wenn dann die Altersweitsichtigkeit noch dazukommt, dann prost Mahlzeit!«

Das baut mich auf, muss ich schon sagen. So was hab ich jetzt grad noch gebraucht. Ich trink mein Bier aus und geh heim.

Am nächsten Tag in dem ganzen Altstadttrubel treffen wir zufällig auf die Frau Höpfl. Sie ist mit ein paar Leuten unterwegs und amüsiert sich offensichtlich gut.

»Ach, der Herr Eberhofer. Schön, dass ich Sie mal in Uniform seh. Gibt es irgendetwas Neues?«, lacht sie mir her. Das heißt, im Grunde lacht sie nicht mir her, sondern vielmehr dem Karl. Umgekehrt ist es nicht anders.

»Das ist mein Kollege Stopfer«, sag ich.

»Karl«, sagt er.

Sie lacht.

Dann fällt mir der dämliche Schlüssel ein.

Ich hab nämlich immer noch ihren Schlüssel. Also den zum Haus ihres Bruders. Und von offizieller Seite ist der Fall ja schon abgeschlossen.

»Es schaut ganz nach Selbstmord aus«, sag ich.

Sie nickt.

»Das hab ich schon befürchtet.«

»Den Schlüssel hab ich jetzt gar nicht dabei. Aber ich kann ihn in den nächsten Tagen …«

»Nein«, unterbricht sie mich. »Das ist gar nicht nötig. Ich bin heut sowieso den letzten Tag hier, Herr Eberhofer. Dann fahr ich erst mal in den Urlaub. Und da brauch ich ihn ja nicht. Ich meld mich, wenn ich wieder zurück bin.«

Ich wünsch ihr schöne Ferien und dann verabschieden wir uns.

»Das ist ja ein Wahnsinnsweib«, sagt der Karl, wie sie weg ist. »Ist die noch zu haben?«

Schau einer an, unser Karlchen. Hat Feuer gefangen.

Der Stopfer und ich, wir werden langsam richtig Freunde. Er hat keine Familie, ist Single wie ich, und nach Feierabend trinken wir ein Bier zusammen. An unserem letzten gemeinsamen Arbeitstag erst recht. Das geht auf meine Rechnung, schließlich hat er mich an diesem Susi-Heimkomm-Abend völlig selbstlos aus dem Dienst entlassen. Was zwar für'n Arsch war, da kann der Karl aber nix dafür. Wir tauschen Telefonnummern aus und wollen in Verbindung bleiben. Dann ist der ganze Landshuter-Hochzeits-Wahnsinn endlich vorbei.

Wie ich am nächsten Tag in mein Büro geh, ist mein erster Weg natürlich direkt zu der Susi. Weniger wegen ihr selber, es ist mehr der Kaffeeduft, der mich lockt.

»Hallo, Susi-Maus«, sag ich so beim Reingehn.

Sie hebt abwehrend die Hand und ich seh, dass sie telefoniert.

»Also bin ich angemeldet?«, sagt sie in den Hörer. »Gut, dann bis Donnerstag. Wiederhören.«

»Morgen, Franz«, sagt sie und macht ein paar Notizen. Ihr Tonfall ist freundlich, wenn auch wenig herzlich.

»Wo bist du denn jetzt angemeldet?«, frag ich und wende mich der Kaffeemaschine zu.

»Ach, in der VHS«, sagt sie und lehnt sich entspannt zurück.

»Was machst du denn Schönes in der VHS?«

Mir fällt spontan ein Töpferkurs ein. Oder Kochen. Oder höchstens noch Malen. Wobei ich persönlich jetzt nicht glaub, dass die Susi gut malen kann. Da ist sie eher zu ungeschickt für meine Begriffe.

»Einen Italienisch-Kurs«, sagt sie.

»Einen Italienisch-Kurs?«, frag ich. »Meinst nicht, dass du es jetzt ein bisschen übertreibst? Ich mein, das mit dem Urlaub ist ja eine Sache, aber deshalb gleich die Sprache zu lernen? Ich weiß nicht.«

»Du musst es auch nicht wissen, sondern ich«, sagt sie und widmet sich dann ihrem Bildschirm.

Weil ich jetzt auch nicht dastehen will wie ein Depp, mach ich mich lieber vom Acker.

Italienisch-Kurs – dass ich nicht lache! Sie meint wohl, weil sie jetzt mit ihrem Kochlöffelgeschwader einmal im Leben in Italien war, muss sie gleich einen auf superschlau machen. Ein Witz!

Kapitel 15

Mein nächster Weg führt direkt zu der Taxizentrale. Mal schauen, ob rauszufinden ist, wer die Nachttouren zum Höpfl gefahren ist.

Es ist dieselbe junge Frau da wie neulich. Heute trägt sie leider kein Dirndl, aber der Ausschnitt ist trotzdem erstklassig.

Ich erzähl ihr von meinem Anliegen.

»Haben Sie vielleicht ein Datum?«, will sie wissen und schaut mit ihren großen Augen zu mir auf. Ich schau zu ihr runter. Wirklich erstklassiger Ausschnitt.

»Kein Datum, keine Uhrzeit. Zumindest keine genaue«, sag ich. »Das Einzige, was ich hab, ist der Name und die Adresse. Und, dass es häufig nach Mitternacht war.«

»Schreiben Sie's auf«, sagt sie.

»Was?«

»Na, die Adresse.«

Sie reicht mir Zettel und Stift. Na, die geht ja ran!

»Sie wollen meine Adresse?«

»Nicht Ihre! Die, wonach ich die Fahrer fragen soll.«

Ach so. Ich bin ein bisschen verwirrt.

»Ja, klar. Es war nur ein Spaß«, sag ich so und notiere die Daten.

Sie lächelt.

»Gehen wir vielleicht mal auf einen Kaffee, wir zwei Hübschen?«, frag ich, wie ich ihr den Zettel reiche. Die Wörter kommen völlig selbstständig aus meinem Mund.

»Das geht nicht«, sagt sie und wirft ihre Haare zurück. Rotbraun. Goldig.

»Wieso nicht?«

»Ich hab einen Freund.«

»Ich auch«, sag ich. »Sogar mehrere.«

Sie lacht. Dann läutet ihr Telefon.

»Rufen Sie in ein paar Stunden mal an«, sagt sie. »Bis dahin hab ich vermutlich alle Fahrer durch.«

»Wunderbar«, sag ich und geh dann mal wieder.

Beim Mittagessen sitzt die Sushi auf meinem Schoß und strahlt mich an. Im einhändig Essen bin ich mittlerweile unschlagbar.

»Die Uschi wird traurig sein, wenn sie wieder weg muss«, sagt der Papa. »Sie hat sich so gut eingelebt bei uns.«

»Da kann man halt nix machen. So ist das Leben, gell, Sushi«, sag ich.

Sie lacht mich an. Sie mag es, wenn ich mit ihr rede. Manchmal lacht sie dann richtig mit Tönen.

»Wieso sagst du Sushi zu ihr?«, will der Papa jetzt wissen.

»Weil das hervorragend zu ihr passt«, sag ich und schieb mir ein Stückerl Kartoffel in den Mund. »Außerdem«, sag ich kauenderweise, »ist Uschi der Name von der Mama. Und das soll auch so bleiben.«

Der Papa lacht. Leise und brummig. Dann steht er auf. Sein Teller ist noch halb voll.

»Was hat er denn jetzt wieder?«, schreit mir die Oma her.

Ich zuck mit den Schultern.

Durch die offene Haustür hör ich das Feuerzeug klicken. Er raucht einen Joint.

Nach so dermaßen vielen Jahren hängt er noch immer der Mama nach. Unglaublich.

Nach dem Abwasch geh ich hinaus in den Garten. Der Papa hockt hinten in seinem

Schaukelstuhl und hat offensichtlich zu Ende geraucht. Ich setz ihm den Zwerg Nase auf den Schoß.

»Wann genau ist der Deutschkurs zu Ende?«, will ich noch wissen.

»Nächste Woche.«

»Hat sie denn schon was gelernt, die Panida?«

Der Papa nickt.

»Ja, sie kann fragen, was das Fleisch kostet. Und wo die Apotheke ist. Und wie man zum Flughafen kommt.«

»Das ist wichtig«, sag ich. »Das mit dem Flughafen. Besonders, wenn man mit dem Leopold zusammenlebt.«

Der Papa macht ein finsteres Gesicht. Aber ich muss auch schon weg.

Am Abend ruf ich die Zuckerschnute von der Taxizentrale an.

»Sie haben mich grade noch erreicht«, sagt sie. »Ich hab nämlich jetzt Feierabend.«

»Vielleicht doch einen Kaffee? Einen klitzekleinen?«

»Keine Chance«, lacht sie. »Also, ich hab noch nicht mit allen Fahrern reden können.

Aber das, was ich bisher erfahren hab, ist sowieso immer dasselbe. Und zwar sind alle Fahrten vom Taxistand Hauptbahnhof aus gestartet worden. Und zwar von jungen Männern. In der letzten Zeit war es dann eigentlich immer der Gleiche. Blonde Haare, groß, schlank. Hilft Ihnen das irgendwie weiter?«

»Noch ein spezieller Hinweis, vielleicht?«

»Die überwiegende Mehrheit der Fahrer war der Meinung, dass es ein Stricher war. Sie haben auch immer dort warten müssen. So zwanzig Minuten, halbe Stunde vielleicht. Dann ist der Bursche wieder mit zurückgefahren.«

Bingo!

Am Nachmittag ruft mich der Birkenberger Rudi an, und der war nicht faul, mein lieber Schwan!

»Du wirst nicht glauben, was ich rausgefunden hab«, frohlockt er in den Hörer.

Dann erfahr ich, dass er tatsächlich in der Schrebergartensiedlung war. Die Besitzer des Häuschens heißen Sänger. Es ist ein nettes Ehepaar und sie haben ihn gleich auf einen Kaffee eingeladen. Wie er das gemacht hat, sagt er nicht. Berufsgeheimnis, sagt er, der Spinner. Jedenfalls hat er erfahren, dass der Sohnemann von den Sängers grad wieder einmal auf Entzug ist. Im Bezirkskrankenhaus Mainkofen, um genau zu sein. Das vierte Mal schon, übrigens.

Das Spritzbesteck hat er auch gefunden, der Rudi. Es war unter einer losen Diele im Häuschen. Eingewickelt in Alufolie. Mich würde ja nur interessieren, wie er das gemacht hat. Hat er während dem Kaffeeplausch ganz nebenbei den Fußboden rausgerissen?

Jedenfalls bin ich jetzt einen entscheidenden Schritt weiter. Der Rudi sagt, *wir* sind einen entscheidenden Schritt weiter. Na gut.

Weil der Nachmittag ruhig ist und sich sowieso grad nichts anbietet, fahr ich ins BKH Mainkofen. Mit meinem Dienstausweis komm ich dort vermutlich wunderbar rein und niemand wird irgendwelche Fragen stellen. Ich setz mich in den Streifenwagen und fahr los.

Es ist genauso, wie ich's gesagt hab, und im Nullkommanix sitz ich dem jungen Sänger gegenüber. Er weiß von dem Toten im Gartenhaus und sagt, er wär sein Freund gewesen. Er ist sichtlich mitgenommen. Gesprächig ist er anfangs nicht, man muss ihm jedes Wort aus der Nase ziehen.

»Wo habt ihr euch eigentlich kennengelernt, du und der Marcel?«, frag ich zuerst.

Er lacht bitter und steht auf. Lehnt sich an die Wand und schaut aus dem Fenster. Es ist vergittert.

»Ja, hier halt. Vor circa zwei Jahren. Auf Entzug. Ironie des Schicksals.«

»Aha. Und was habt ihr in dem Gartenhäuschen von deinen Eltern gemacht?«

»Da haben wir manchmal gepennt. Wenn wir halt nicht heimwollten.«

»Ihr habt euch zuerst vollgepumpt und dann dort gepennt.«

»Exakt kombiniert.«

Er dreht sich eine Zigarette und steckt sie an.

»Haben deine Eltern davon nichts mitbekommen?«

»Nein, so weit reicht ihr Horizont nicht.«

»Kennst du seine Familie? Die Familie vom Marcel?«

»So intim waren wir auch wieder nicht. Es war mehr eine Zweckgemeinschaft. Soviel ich weiß, gibt's da nur eine Mutter.«

Er schaut aus dem Fenster und macht einen tiefen Zug. »Nein, halt, kürzlich hat er auch was von seinem Alten erzählt, glaub ich. Den hat er wohl ewig nicht mehr gesehen. Schwere Kindheit und so weiter.« Er lacht. »Und dann ist er plötzlich wieder aufgetaucht. Ist aufgetaucht und hat Rabatz gemacht. Irgend so was in der Richtung. So genau kann ich mich aber nicht mehr erinnern.«

»Weil du vollgedröhnt warst.«

»Exakt!«

»Wo ist das Geld für eure Drogen hergekommen?«

»Vom Ficken.«

»Ihr seid auf den Strich gegangen?«

»Es gibt nur zwei Möglichkeiten. Klauen oder Ficken. Fürs Klauen warn wir wohl zu dämlich.«

»Der Höpfl aus Niederkaltenkirchen, war das ein Freier von euch?«

Er schaut mich an.

»Wieso?«

»Ja oder nein?«

»Ja und nein. Anfangs war es unser Freier. Zum Schluss war es nur noch der vom Marcel. Der Höpfl ist auf den abgefahren, das war krass. Da war ich abgemeldet. Scheiße.«

Er drückt die Kippe an der Wand aus. Funken fliegen.

»Warum ist das so wichtig? Hat das was mit dem Tod von Marcel zu tun?«

»An dem Tag, wo er gestorben ist, was ist da genau passiert?«

»Scheiße, ich weiß nicht!«

»Jetzt reiß dich mal zusammen, Bürschchen. Versuch wenigstens, dich zu erinnern!«

»Der Marcel war beim Höpfl, glaub ich. Jedenfalls ist er mit ’nem Haufen Geld zurückgekommen.«

»Wohin zurück?«

»Na, in den Stadtpark halt. Da sind wir immer so rumgehangen.«

»Und dann? Dann habt ihr euren Scheißdreck gekauft.«

»Korrekt!«

»Wo?«

Er lacht.

»Ich werd mich hüten!«

»Also gut. Und dann? Seid ihr gleich ins Gartenhaus?«

»Gleich ins Gartenhaus und ab ging die Post!«

Er setzt sich wieder hin.

Er schaut mich an.

Er ist so weiß wie Schnee.

»Das Nächste, was ich weiß, ist, dass ich an die Luft wollte. Also bin ich raus.«

»Wohin?«

»Was weiß ich? Durch die Straßen.«

»Und der Marcel?«

»Wie ich weg bin, hat er gepennt.«

Er schaut in den Boden.

»Und dann?«

»Am nächsten Tag bin ich wieder hin …«

»Und da war er tot.«

Er nickt.

Jetzt weint er.

»Ich hab so eine Panik gekriegt. Ich bin einfach davongerannt.«

»Weiter!«

»Dann bin ich zu meinen Eltern heim. Wieder einmal, haben die gesagt. Schon wieder ein Entzug. Was wissen die schon davon! Scheiße!«

Ich leg den Arm auf seine Schulter.

Er schüttelt ihn ab.

Er wischt sich mit dem Ärmel übers Gesicht.

»Was hat das eigentlich alles mit dem Höpfl zu tun?«

»Weil der tot ist, der Höpfl.«

Er schaut mich an.

»Der Marcel, könnte der dem Höpfl was angetan haben?«, frag ich jetzt.

Er lacht. Bitter.

»Niemals! Man schlachtet doch nicht die Kuh, die man melkt.«

»War er großzügig, der Höpfl?«

Er nickt.

Pause.

»Wissen Sie, dass er mal mein Rektor war?«

Er schaut mich an.

»Der Höpfl war mal dein Rektor und hat dich …«

Er nickt.

»Wie hat er euch denn benachrichtigt, wenn …«

»Die Termine sind gestanden. Wir haben jedes Mal einen neuen vereinbart, wenn wir fertig waren. Genau wie beim Zahnarzt.«

Genau wie beim Zahnarzt. Unglaublich.

»Gibt's sonst noch was, das von Bedeutung wär?«

»Es ist überhaupt nichts mehr von Bedeutung, kapiert! Der Marcel ist tot. Und ich bin der Nächste.«

»Im Moment bist du hier.«

»Da werd ich aber nicht bleiben.«

»Ist das eine Selbstmordankündigung?«

Er lacht.

»Muss man so was ankündigen?«

»Glaubst du, dass sich der Marcel das Leben genommen hat?«

»Da war kein Leben, das er sich hätte nehmen können.«

Eine Schwester kommt rein.

»Das muss jetzt aber reichen«, sagt sie und zeigt auf ihre Armbanduhr.

Ich verabschiede mich.

Es ist erbärmlich hier.

Kapitel 16

Wie ich heimkomm, bin ich zugegebenermaßen ein bisschen deprimiert. Dieser Höpfl-Fall hat irgendwie was Widerliches. Die Oma hat eine Antenne für so was. Wenn der Franz in den Seilen hängt, spürt sie das kilometerweit gegen den Wind und zaubert zwei erstklassige Gutscheine aus ihrer Schürzentasche. Gutscheine für die Kaisertherme.

Der Papa will natürlich unbedingt mit. So stehen wir also tags drauf erwartungsfroh an der Kasse: der Papa, die Oma mit einem Käppi auf dem Kopf und der Franz mit dem Zwerg Nase am Arm. Der Zwerg Nase ist frei. Kinder bis zu zwölf Jahren müssen keinen Eintritt zahlen. Das weiß die Oma freilich. Und weil sie im Laufe ihres Alters auf die Größe eines Kindes hinuntergeschrumpft ist, nutzt sie diesen Vorteil eben schamlos aus. Sie steht mit dem Rücken zur Kassiererin.

»Zwei Erwachsene, zwei Kinder?«, fragt die.

Der Papa nickt.

»Unter zwölf?«, fragt sie weiter.

Der Papa nickt.

Wir kriegen die Tickets für umsonst und die Oma freut sich.

Im Grunde ist es auch kein Betrug im klassischen Sinn. Die Oma benimmt sich nämlich wie deutlich unter zwölf. Sie ist aus dem Strömungskanal gar nicht mehr rauszukriegen. Schießt durch die Kurven und quietscht vor Vergnügen. Ich schau ihr eine Zeit lang zu. Immer wenn sie an mir vorbeiströmt, winkt sie mir begeistert heraus.

Dann merk ich, dass der Papa fehlt. Ich geh zurück zur Garderobe und dort ist er dann auch und wimmert aus der Kabine heraus. Er hat seine Badehose vergessen. Das glaubt man ja nicht! Ich hol also bei der Kassiererin eine Leihhose mit Tigermuster. Die einzig verfügbare in seiner Größe.

»Bist du irre?«, fragt er mich, wie er sie sieht.

»Tigerhose oder im Auto warten«, sag ich.

Die Entscheidung fällt ihm nicht leicht.

»Und vergiss die Badelatschen nicht, weil du sonst einen Riesenfußpilz kriegst«, geb ich noch so als Tipp hinterher.

»Du Clown«, sagt der Papa. »Und wie stellst du dir das vor, mit meinem kaputten Fuß?«

Das hab ich saudummerweise vergessen.

Er streckt mir seinen dreizehigen Fuß entgegen. Herzlichen Dank. Die Schnur von den Flip-Flops hängt im zehenlosen Raum.

Später sitz ich dann mit dem Zwerg Nase im Dampfbad. Ihr gefällt der Nebel. Sie versucht ständig, in die Schwaden zu greifen. Tigerlilly hockt am liebsten im Sprudelbecken, wie alle anderen alten Männer auch. Er sprudelt sich dort so von Düse zu Düse. Jedes Mal, wenn der Gong ertönt, rutschen alle eins weiter. Meistens jedenfalls. An einer der Düsen, die so in Halbleibeshöhe ist, entsteht immer ein Stau. Da will keiner mehr weg. Auch der Papa nicht. Dieses Becken meide ich tunlichst.

»Krieg ich ein Eis?«, schreit die Oma auf einmal quer durch das Bad.

Der Papa nickt. Wir gehen zum Eisessen. Die Sushi schleckt mit. Die kleine Zunge in

Ekstase. Wenn das der Leopold wüsste! Es schmeckt ihr unglaublich gut.

Danach schnapp ich mir einen von diesen wunderbaren Liegestühlen und versuch, mich zu entspannen. Das klappt ganz einwandfrei. Die Sushi liegt auf meinem Bauch und schlummert gleich weg. Im Nullkommanix schlaf ich auch. Wir müssen unheimlich gut ausschauen, das kleine Schlitzauge und ich. Weil, wie ich hernach aufwach, steht die Damenwelt der gesamten Therme völlig entzückt um uns rum. Und ich krieg eine Handvoll Telefonnummern. Die reichen bis an mein Lebensende.

Der Anruf vom Günter am Abend wirft mich schnurstracks aus meiner Entspannungswolke direkt in die Realität zurück. Die Schamhaare sind alle vom Höpfl, sagt er. Kein einzig fremdes Haar darunter. Der Höpfl war also der Einzige, der zuletzt die wunderbare Tropen-Dusche benutzt hat. Gut. Wenn wir aber dran denken, wie pingelig er zeitlebens war, hat er vielleicht ohnehin keine anderen Duscher neben sich geduldet.

Am nächsten Tag kommt der Simmerl in mein Büro und hat seinen Balg mit dabei. Der Max ist bockig wie immer und hat die Arme verschränkt.

»Jetzt gesteh schon!«, sagt sein Vater und haut ihm eine auf den Hinterkopf.

»Was soll er denn jetzt schon wieder gestehen?«, frag ich, weil wir eine solche Situation schon einmal hatten. Das war bei meinem großartigen Vierfachmord.

»Ja«, schreit der Max. »Ich sag's ja schon!«

»Was sagst du mir denn Schönes, Max«, frag ich ihn dann.

Er tut mir fast leid.

»Die Schmiererei, auf dem Höpfl seiner blöden Hauswand …«

»Ja?«

»Das waren wir.«

Aha.

»Aha«, sag ich.

»Die Gisela hat die Farbsprühdosen gefunden«, mischt sich der Simmerl jetzt ein. »Wie sie dem Max sein Zimmer geputzt hat.«

»Und wer genau sind wir?«, muss ich noch wissen.

»Ja, ich und ein paar von der Schule halt«, sagt der Max.

»Namen!«, sagt der Simmerl und patscht dem Junior noch mal eine auf den Hinterkopf.

Der Max schmeißt ihm einen Blick rüber, mein lieber Schwan, aber dann sagt er die Namen.

»Aufschreiben!«, sag ich.

Er schreibt sie mir auf und legt mir dann brav den Zettel hin.

»Und aus welchem Grund schreibt man STIRB, DU SAU! auf Hauswände?«, frag ich dann noch.

»Weil der Höpfl ein Arschloch war«, sagt der Max.

»Also, in diesem Punkt sind sich offensichtlich alle Beteiligten einig«, sag ich. »Jetzt ist die Sau aber tot, und das Geschmiere kriegt eine ganz neue Bedeutung.«

Der Max bockt.

»Sag einmal, Max, den Sänger, den kennst du doch auch? Der muss so drei, vier Jahrgänge über dir gewesen sein?«,

»Den Sänger? Ja, klar kenn ich den. Den kennt doch ein jeder an der Schule. Das war vielleicht eine coole Sau«, sagt der Max begeistert.

»Herrschaft, lasst doch einmal die Sauen aus dem Spiel!«, sagt der Simmerl. Weil, da ist er nämlich empfindlich. Schweinereien jeglicher Art sind dem Simmerl quasi heilig.

»Jetzt ist er nicht mehr ganz so cool, der Sänger«, sag ich. »Jetzt ist er nämlich drogensüchtig und ziemlich am Arsch.«

Der Max zuckt die Schultern.

»Könnte der jemandem etwas antun?«, frag ich weiter.

»Umbringen, meinst du?«

Er duzt mich schon wieder. Ich schau ihn nur an.

»Umbringen, meinen Sie?«, sagt der Max.

Jetzt muss ich lachen. »Nein, der Sänger doch nicht. Der hat sogar mal eine Maus aus der Mausefalle im Schulkeller befreit und ich glaub, er hat sie sogar wiederbelebt. Niemals könnte der jemandem was antun.«

»Das war aber früher, Max. Jetzt ist er ein Junkie. Da ändert sich manches.«

»Der Sänger war schon immer ein Junkie. Der hat sich sicher nicht geändert«, sagt der Max.

»Was ist jetzt mit der Wandschmiererei?«, fragt der Simmerl.

»Ja, so wie's ausschaut, muss ich den Max jetzt festnehmen. Wegen Mordverdacht«, sag ich.

Den zweien schießt die Farbe ab, das kann man gar nicht erzählen.

»Arschloch!«, sagt der Simmerl, packt seinen Max am Ärmel und schleift ihn durch die Tür hinaus.

Wie ich in der Mittagspause in den Gang hinausgeh, hör ich sonderbare Stimmen aus dem Büro von der Susi. Das muss ich mir anschauen. Also nehm ich mein Kaffeehaferl und schlender ganz lässig durch die Zimmertür.

Psst!, macht die Susi, wie ich reinkomm. Sie sitzt vor einem Rekorder und hört Italienisch. Das glaub ich jetzt nicht.

»Ja, sag einmal … spinnst du jetzt direkt?«, frag ich sie ganz ohne Umweg.

Die Kollegin wird rot wie ein Klatschmohn und versenkt ihr Haupt hinter einer Frauenzeitschrift.

»Lieber Franz«, sagt die Susi und das hört sich schon gut an. »Ich glaube nicht, dass dich das irgendwas angeht, was ich in meiner Mittagspause mache.«

Ja, so gut jetzt auch wieder nicht.

»Ich mein ja bloß, dass du dich langsam ziemlich lächerlich machst«, geb ich zurück.

»Jetzt sag's ihm schon endlich!«, mischt sich die Kollegin dann ein.

»Was sollst du mir sagen?«

Die Susi stoppt den Rekorder und schnauft erst einmal tief durch.

»Nix!«, sagt sie dann.

»Sie hat einen andern«, sagt die Kollegin, die blöde Kuh, und beißt in einen Apfel.

Eine Zeit lang ist es ganz still.

Die Apfelesserin beginnt, ein Kreuzworträtsel zu lösen.

Die Susi starrt ratlos in den Boden. Und mir ist sowieso alles rätselhaft. Na gut. Irgendwer muss halt was sagen. Drum mach's ich.

»Also, du hast einen andern?«

Sie zuckt mit den Schultern. Das ist mir Antwort genug. Ich wende mich ab und geh dann mal lieber. Kurz vor dem Auto holt sie mich ein.

»Das mit uns hat doch eh keinen Sinn, Franz«, sagt sie ganz leise und legt ihren Arm auf meine Schulter. Sie ist ganz außer Atem. Ihre Haare wehen im Wind. Die Szene ist filmreif. Ich möchte sie küssen.

»Du bist zu einer richtigen Beziehung doch gar nicht bereit«, sagt sie weiter. »Du hast Berührungsängste.«

Ich – Berührungsängste, dass ich nicht lache!

»Berührungsängste? Das ist ja wohl das Letzte, was ich habe. Das müsstest du wohl am besten wissen«, grins ich sie an.

»So mein ich das nicht«, sagt sie. »Ich mein es nicht körperlich, sondern mehr seelisch.«

»Wie ... seelisch?«, muss ich jetzt fragen.

Sie sagt nichts. Schaut mich nur an.

»Genau das!«, sagt sie dann.

»Ist es ein Italiener?«, frag ich sie noch.

Sie nickt.

»Das war ja wohl klar!«, sag ich jetzt und lache, vielleicht ein kleines bisschen spöttisch. »Das war ja klar, dass man dich nicht nach Italien schicken kann. Dass du auf dieses billige Geschmalze von diesen elendigen Makkaronis reinfällst wie nix. Jede deutsche Frau mit nur einem einzigen Gramm Hirn im Kopf weiß das schon vorher. Nur die Susi natürlich nicht!«

Ich geh dann mal lieber, weil mir das jetzt zu blöd wird. Weil, seien wir einmal ehrlich, so der großartige Verlust ist die Susi jetzt auch nicht. Soll sie doch glücklich werden mit ihrem Italiener. Sie wird dann schon sehen, was sie davon hat.

Und, so was wie die Susi steht ja praktisch an jeder Straßenecke. Da muss man nicht großartig hinterherweinen. Überhaupt, mit ihren Dellen. Da wird er schon noch eine Freude haben, der italienische Hengst. Mich persönlich würde ja nur interessieren, ob die tatsächlich so leidenschaftlich sind, wie immer behauptet wird. Aber, ob da überhaupt irgendwas dran ist? Weil, sagen wir einmal so, groß sind sie ja eigentlich nicht, die Italiener. Zumindest die meisten. Und unter einem leidenschaftlichen Liebhaber stell ich mir schon ein Trum von Mannsbild vor. Nicht so was Mickriges.

Ja, das hat sie jetzt davon, die liebe Susi. Sitzt jetzt dann mit so einem Gnom in der glühenden Hitze und muss auch noch sein südländisches Temperament ertragen. Aber bitte. Sie hat's ja nicht anders gewollt. Also, mir kann es ja auch vollkommen wurst sein. Ich hab ja auch wirklich andere Sorgen.

Zack! –, hau ich mit dem Fuß gegen den Vorderreifen. Das Auto müsste zum Beispiel mal dringend geputzt werden. Das ist überfällig, ganz klar. Und das sind die wirklich entscheidenden Dinge im Leben.

Ein sauberes Auto. Das hat schon was.

Kapitel 17

Tags darauf ist die Beerdigung vom Marcel Buchheim. Weil ich in meinem Höpfl-Fall noch keinen wirklichen Erfolg zu verbuchen hab, fahr ich da mal hin. Es kann ja nicht schaden. Vielleicht findet man ja was, womit man nicht gerechnet hat, denk ich mir so.

Und was ich dann tatsächlich finde, damit hätt ich im Leben nicht gerechnet. Aber alles der Reihe nach.

Zuerst einmal ruf ich den Karl an. Ich verbinde nämlich gern das Angenehme mit dem Nützlichen, und weil die Beerdigung in Landshut ist, verabrede ich mich zum Mittagessen mit ihm.

Dann aber fahr ich auf den Friedhof.

Ganz im Gegenteil zu der trostlosen Veranstaltung vom Höpfl seiner traurigen Beisetzung ist hier jetzt wirklich was los. Es sind reichlich Menschen vorhanden, darunter viele junge. Die meisten von ihnen stehen unter

Drogen, das ist deutlich zu sehen. Da kämen locker ein paar Jahre Zuchthaus zusammen. Einige halten Wiesenblumen in der Hand oder brennende Kerzen. Manche halten sich auch nur gegenseitig, vermutlich, um nicht nach vorn zu kippen. Haschgeruch liegt in der Luft, da bin ich ganz sicher. Und ich muss es ja schließlich wissen, schon aus familiären Gründen.

So was wie einen Pfarrer gibt es nicht. Es ist wohl einer vom Bestattungsinstitut, der ein paar Worte sagt. Nichts sehr Bewegendes, mehr so die Standardversion. Dann aber wird gesungen, mein lieber Schwan! Ja, es sind so die alten Hippie-Lieder, wo die Trauernden jetzt singen und irgendwie kommt echt gute Stimmung auf. Also ehrlich, Woodstock ist Seniorentanz dagegen. Am Ende wirft jeder seine Blumen ins Grab und dann ist der ganze Hokuspokus auch schon wieder vorbei. Die jungen Leute verlassen gebündelt den Platz und verschwinden im Nirwana.

Es sind wohl die Eltern, die jetzt zurückbleiben. Beide tiefschwarz gekleidet und sonnenbebrillt. Die vermeintliche Mutter hält ziemlich kraftlos ein paar weiße Rosen im

Arm. Die muss ich mir einmal genauer anschauen. Die Eltern, mein ich. Also, ich schau so und schau, und auf einmal erkenn ich die beiden. Das heißt, im ersten Moment erkenn ich nur ihn. Weil ich ihn halt erst vor Kurzem gesehen hab.

Es ist der Sieglechner Bruno, der dort am offenen Grab rumsteht. Daneben eine Frau und wie ich dann genauer hinseh, könnte es gut die Angie sein. Die Angie, die damals, vor einer schieren Ewigkeit, im Biergarten ihre Schwangerschaft offenbart und damit den Bruno zur Fremdenlegion getrieben hat. Ich überleg so vor mich hin und komm zu dem Schluss, dass der arme tote Marcel dann vermutlich das gemeinsame Kind der beiden sein muss.

Na bravo!

Der Sieglechner schaut zu mir rüber und erkennt mich sofort. Er nickt kaum merklich. Die Angie starrt in das offene Grab und macht keinerlei Anstalten, sich zu bewegen. Weil die Situation jetzt halt blöd ist, beschließ ich, mal dort hinzugehen.

»Servus, Bruno«, sag ich. »Der Marcel, ist das euer …?«

Er nickt.

»Das hab ich nicht gewusst. Mein Beileid.«

Er nickt.

»Was tust du hier, Eberhofer?«, sagt er dann heiser und holt ein Päckchen Zigaretten aus seiner Sakkotasche.

Das Feuerzeug klickt.

Er raucht.

Weil ich natürlich jetzt nicht von der schwulen Bumserei anfangen kann, muss ich das Ganze ein bisschen verlagern.

»Ich ermittle in einem Mordfall. Bin eher zufällig hier.«

Er nickt.

Die Angie starrt immer noch unbeirrbarerweise in das Erdloch.

»Wie geht es dir, Angie?«, frag ich, weil ich sie ein wenig ablenken will.

Sie starrt weiter und nimmt mich gar nicht wahr.

»Das kannst du vergessen, Franz. Sie ist abgefüllt bis obenhin mit Beruhigungsmitteln. Die merkt noch nicht mal, wo sie hier ist.«

Dann nimmt er ihr die Blumen aus der Hand und wirft sie ins Grab. Er hakt sie unter und wendet sich ab zum Gehen.

»Seid ihr beide denn wieder ein Paar?«, frag ich noch so hinterher.

»Was spielt das noch für eine Rolle?«, fragt der Bruno und schmeißt die Kippe weg.

Jetzt bin ich zugegebenermaßen schon ziemlich erschüttert. Denn obwohl wir doch schon jahrelang keinen Kontakt mehr hatten, haut dich so was natürlich um. Ich mein, wenn ein so junger Mensch stirbt, ist das ja sowieso schon richtig scheiße. Wenn es dann aber noch das Kind von ehemaligen Freunden ist, dann geht's dir freilich doppelt so nah. Und darum bin ich halt nicht grad in bester Partystimmung, wie ich den Karl dann treff.

»Was ziehst denn du so eine Lätschn?«, fragt der Karl direkt, wie wir uns in der Kantine niedersetzen.

Ich erklär ihm schnell die Situation und dann zieht der Karl eben auch eine Lätschn.

Das Essen ist furchtbar, ein Dampfkost-Gulasch mit Dampfkost-Kartoffelbrei und Dampfkost-Junges-Gemüse. So dampfen wir eine Zeit lang schweigend vor uns hin, wir zwei.

»Du, Franz«, fängt der Karl dann ganz vorsichtig an. Er hat was auf dem Herzen, ich merk es genau. Und weil es schließlich neben den Toten auch noch die Lebenden gibt, mach ich ein freundliches Gesicht und sag: »Raus damit!«

»Du, die Frau Höpfl von neulich«, sagt er und seine Hautfarbe wird deutlich rosa. Ich helf ihm jetzt nicht weiter. Schließlich will er das Weib aufreißen, da sollte er wenigstens einen einzigen vollständigen Satz zustande bringen. Ich stochere derweil im Nachtisch herum. Dampfkost-Fruchtcocktail. Schließlich ess ich alles auf. Nicht, dass es mir so schmecken tät. Nein, nur um dem Karl die Gelegenheit zu geben, endlich auf den Punkt zu kommen. Ich trinke sogar die ekelhafte Fruchtsoße, nur, damit er Zeit gewinnt.

»Ja, leck mich doch am Arsch!«, schrei ich ihn dann irgendwann an. »Sag einmal, was soll denn das werden, wenn's fertig ist? Bist du wirklich nicht in der Lage, einen einzigen Satz zu beenden?«

Die Kollegen rundherum drehen die Köpfe und schauen alle gespannt zu unserem Tisch rüber. Der Karl wird röter, als zuvor wohl je ein Mensch geworden ist. Ich merke, er möcht sich gern in Luft auflösen.

»Spinnst du jetzt?«, fragt er ganz leise und wischt sich mit der Serviette über den Mund. Das heißt, eigentlich wischt er gar nicht richtig. Vielmehr versteckt er sich dahinter. Hinter der Serviette, mein ich.

»Jetzt sei doch nicht so verdammt verklemmt, Karl! Du willst die Höpfl aufreißen. Na und? Wo ist dein Problem?«

Er zuckt mit den Schultern.

»Aber deswegen musst du doch nicht so schreien?«, sagt er noch viel leiser als zuvor.

»Deswegen schrei ich auch nicht«, schrei ich. »Ich schrei, weil du dich anstellst wie ein kleiner Schulbub.« Ich steh auf und bring mein Tablett zurück. Er folgt mir auf den Fersen. Den Kopf tief gesenkt. Der Auftritt ist ihm peinlich.

»Karl Stopfer«, sag ich. »Nomen est Omen, dass ich nicht lache!«

Jetzt ist er aber beleidigt, der Karl. Geht ohne Gruß zurück zur Dienststelle und lässt mich hier allein zurück.

Weichei, denk ich mir so.

Ich muss die nächsten Tage bei ihm anrufen und mich entschuldigen. Aber seien wir mal ehrlich, so macht der doch nie einen Stich, wenn du mich fragst.

Am Abend ist Weltuntergangsstimmung bei uns daheim. Die Sushi wird von ihren Eltern abgeholt und der Papa ist darüber todunglücklich. Die Panida packt die Babysachen zusammen und derweil trägt der Papa noch mal das kleine Bündel durch den Garten. Bis an den Schupfen hinter geht er aber nicht. Die wachsamen Augen vom Leopold folgen ihm auf Schritt und Tritt. Ich stell mich genau neben ihn.

»Die Sushi mag gern Sauna«, sag ich so. »Und Dampfbad. Und Schokoladeneis mit Sahne.«

Der Leopold schaut mich an.

»Und wer genau ist die Sushi?«, fragt er.

»Ja, dein Kind halt.«

»Mein Kind heißt Uschi.«

»Du, Papa«, schrei ich hinüber zu ihm. »Komm doch einmal her mit der … na, wie heißt sie gleich wieder?«

»Sushi«, sagt der Papa.

Brav.

»Was soll denn der Schmarrn jetzt wieder?«, will der Leopold wissen. »Wieso soll das Kind denn jetzt auf einmal Sushi heißen?«

»Weil das halt hervorragend zu ihr passt, gell, Sushi«, sagt der Papa und lacht zu ihr runter.

Der Leopold sendet verächtliche Blicke.

»Und wie war das noch gleich mit der Sauna?«, will er dann wissen.

»Sauna?«, sag ich. »Großartig. Die Sushi mag die Sauna, gell, Papa?«

Der Papa nickt.

»Soll das vielleicht heißen, dass sie mit euch in der Sauna war? Womöglich noch nackig?«

»Der Papa hat eine Tigerbadehose getragen«, sag ich jetzt so.

Der Leopold schnauft furchtbar tief ein.

»Und Eis!«, schnauft er aus.

»Schokoladeneis mit Sahne«, sag ich.

»Unglaublich! Und sie heißt auch nicht Sushi! Auf gar keinen Fall!«, keift er uns jetzt her. Er geht ins Haus und holt Weib und Gepäck.

»Weißt du den Weg zum Flughafen, Panida?«, frag ich, wie sie vor mir steht.

Sie nickt und lacht.

»Ich weiß Weg zu Flughafen«, freut sie sich.

Ich muss grinsen.

Der Papa grinst gar nicht. Er macht ein trauriges Gesicht. Die Familie fährt los. Der Zwerg Nase weint hinten im Kindersitz.

Dem Papa schießt ebenfalls ein Tränlein über die Backe. Und alles ist wieder beim Alten.

An solchen trostlosen Tagen genieß ich die Runde mit dem Ludwig gleich doppelt und dreifach.

Wir wandern los.

Danach geh ich auf ein Bier zum Wolfi und wie's der Teufel will, sitzt der Flötzinger am Tresen. Weil mir die dämliche Beerdigung noch im Magen liegt und auch der Flötzinger seinerzeit mit dem Sieglechner befreundet war, bringe ich die Sprache darauf.

»Sag einmal, weißt du eigentlich, dass der Sieglechner Bruno wieder im Lande ist?«

»Nein, das ist ja mal was ganz was Neues. Ist er denn jetzt fertig mit seinen Fremdenlegionären?«, will der Flötzinger wissen.

»Schaut ganz danach aus.«

»Die Angie, die hab ich ein paar Mal getroffen in den letzten Jahren. Mit ihrem Buben. Netter Kerl. Aber das letzte Mal ist jetzt auch schon wieder ziemlich lang her.«

»Der nette Kerl ist jetzt leider tot«, sag ich so.

Der Flötzinger ist einigermaßen überrascht, und so erzähl ich ihm die ganze Geschichte.

»Das tut mir aber leid für die Angie. Die hat ja noch nie ein rechtes Glück gehabt, gell. Zuerst das mit dem Bruno. Und dann immer wieder so komische Männergeschichten. Sie hat ja schon immer einen lustigen Unterleib gehabt, die Angie. Das kann man wirklich behaupten«, sagt der Heizungs-Pfuscher grinsend und nimmt einen großen Schluck Bier. »Ist sie denn jetzt wieder mit dem Bruno zusammen?«

»Das weiß ich nicht. Er sagt, das würd keine Rolle spielen.«

»Aha«, sagt der Flötzinger und putzt seine Brille.

Dann schauen wir eine Zeit lang einfach nur blöd in unsere Gläser.

»Wie geht's denn der Mary mit ihrem Brustwarzentrauma?«, frag ich ihn dann, weil ich gerne das Thema wechseln will.

»Mei, ich muss halt jetzt immer die blöde Brille aufhaben. Sogar beim Sex. Kannst du dir das vorstellen?«,

Weil ich mir den Flötziger beim Sex überhaupt nicht vorstellen mag, und schon gar nicht mit Brille, zahl ich dann lieber und geh heim.

Kapitel 18

Ein paar Tage später ruf ich den Karl an. Er ist nicht nachtragend, überhaupt keine Rede. Vielmehr freut er sich, wie er mich hört. Und so verabreden wir uns auf ein Bier nach Feierabend. Weil der Karl ein Fußballfan ist und wir hier neuerdings einen erstklassigen Stürmergott haben, treffen wir uns im Vereinsheim Rot-Weiß.

Die Fußballer haben grad Training und der Buengo ist freilich ein mordsmotivierter Sportler und nimmt die Sache sehr ernst. Der Karl ist beeindruckt. Tief beeindruckt sogar. Er starrt auf das Spielfeld und ist zu keinem Gespräch mehr bereit. Mich persönlich bringt das lächerliche Gehopse eher zum Gähnen als zum Staunen. Aber gut.

Nach dem Training gehen wir dann endlich ins Vereinsheim rüber. Kurz darauf kommt auch der Buengo rein und der Karl fragt ihn tatsächlich nach einem Autogramm. Der Buengo freut sich. Er unterschreibt eine Speisekarte und zieht sich dann an den Spielertisch zurück.

»Karl, wenn du dann bereit bist, mit mir zu reden, gib einfach Bescheid«, sag ich so, weil der Karl nicht aufhört, auf die afrikanische Unterschrift zu starren.

»Ja, du bist ja gut!«, sagt er dann endlich. »Der ist Weltklasse, Franz. Der könnte mindestens bei Bayern München mitspielen.«

»Mindestens«, sag ich. »Was mich eigentlich viel mehr interessieren würde, ist das mit deiner Höpfl-Schnecke. Was genau wolltest du mir da neulich denn sagen?«

Der Herr Stopfer zieht es wieder vor herumzuzicken.

Er senkt seinen Kopf und sagt erst einmal gar nichts. Leider ist die Beleuchtung hier drin jetzt nicht so großartig, aber ich könnte schwören, er wird rot.

Zwei Bier später lässt er's dann aber raus. Er möchte die Frau Höpfl unbedingt näher kennenlernen. Weil sie ihm halt einfach narrisch gut gefällt, sagt er.

Na also!

Jetzt aber braucht er so was wie einen Liebesboten, der die Sache völlig unauffällig anleiert. Und das soll ich sein.

Nichts von dem, was er jetzt sagt, ist mir neu. Neu ist nur, dass er es sagt.

Ich stelle mich natürlich gleich völlig selbstlos zur Verfügung. Schließlich hat man ja nicht täglich die Gelegenheit, Amors Pfeile abzuschießen. Na gut, so völlig selbstlos vielleicht auch nicht. Eine klitzekleine Gegenleistung muss da natürlich schon drin sein.

Der Herr Stopfer fällt fast vom Stuhl, wie er es hört.

»Jetzt hab dich nicht so, Karl«, sag ich. »Sie kommt doch sowieso erst in ein paar Tagen zurück. Bis dahin bist du locker durch mit der Spurensicherung.«

Dann bestell ich neues Bier. Der Alkohol macht ihn gefügig. Das merk ich genau.

»Es gibt aber keinerlei Ermittlungen, Franz. Praktisch gar keinen Fall. Und ich kann doch nicht einfach ohne irgendeine Anordnung vom Staatsanwalt eine Spurensicherung im Höpfl-Haus machen!«

»Und wer sollte dir das verbieten?«, frag ich nach.

Die Kellnerin kommt und bringt Bier.

»Das geht alles auf mich«, sag ich in meiner unglaublichen Großzügigkeit.

Sie nickt und malt dann etliche kleine Striche auf meinen Bierdeckel.

Der Karl überlegt.

Wenn er überlegt, sind wir schon einen entscheidenden Schritt weiter. Bislang hat er nur den Kopf geschüttelt.

Der Buengo geht aufs Klo und muss an unserem Tisch vorbei. Er ist unglaublich athletisch. Der Karl schaut ihm nach. Seine bedingungslose Begeisterung ist ihm ins Gesicht geschrieben. Für ihn ist der Buengo ein Held, das ist ganz klar. Und weil er jetzt vielleicht auch ein bisschen Held sein will, wird er plötzlich ziemlich tapfer. Also zumindest für seine Verhältnisse.

»Also gut, Franz«, sagt er zu mir. »Gib mir bis morgen Zeit. Ich überleg es mir. Aber dir ist schon klar, was immer ich in dem Haus auch finde, verwenden kannst du es sowieso nicht. Nirgends und niemals.«

Das werden wir dann schon sehen, was ich wann wo verwenden kann.

Auf dem Heimweg fahr ich dann an dem Buengo vorbei. Diesmal ist er zu Fuß und das ist löblich, weil er nicht mehr ganz nüchtern ist. Er geht in dieselbe Richtung, in die ich fahre, und von hinten ist er einwandfrei zu sehen. FC-Rot-Weiß-Niederkaltenkirchen steht auf seinem pechschwarzen Trainingsanzug in schneeweißen Buchstaben. Es reflektiert wunderbar. Anders ist es von vorne. Das seh ich deutlich durch den Rückspiegel. Das heißt, ich seh deutlich, dass ich überhaupt nichts seh. Da reflektiert nämlich gar nichts. Keine Aufschrift – kein Buengo, könnte man meinen. Ich fahr dann rechts ran und dreh das Fenster runter.

»Wo willst du denn hin, Buengo?«, frag ich.

Er hebt ängstlich seinen Kopf rein zum Fenster.

»Bin zu Fuß. Nix Auto«, sagt er und deutet auf seine Füße.

»Wo du hin willst, möchte ich wissen?«

»Nach Haus. Zu Fuß.«

»Aber du wohnst doch in Landshut. Willst du da zu Fuß hingehen?«

»Nix Landshut. Mooshammer. Jetzt ich wohnt Mooshammer«, sagt der Buengo.

Ich drück ihm die Tür auf.

»Steig ein«, sag ich.

Er stutzt kurz und steigt dann aber ein.

Er wohnt jetzt bei der Mooshammer Liesl, wenn ich das richtig verstanden hab. Die hat ja früher schon mal Zimmer vermietet.

Da fahr ich ihn hin. Wobei mich das schon ein bisschen verwundert. Weil die Liesl, sagen wir einmal so, nicht grad der große Negerfreund ist.

Wie wir ankommen, grinst der Buengo übers ganze Gesicht. Wahrscheinlich ist er erleichtert, dass er nicht wieder mit auf die Dienststelle muss. Er gibt mir die Hand zum Dank. Schwarz wie die Nacht.

»Danke«, sagt er und grinst weiter. Die blitzblanken Zähne reflektieren großartig.

»Du, Buengo«, sag ich zum Abschied. »Wenn du zu Fuß gehst in der Nacht, immer schön lächeln, gell. Dann sieht man dich auch prima von vorne.«

Er versteht mich einwandfrei. Er überquert die Straße zum Mooshammer-Haus und grinst von einem Ohr bis zum andern. Besser kann auch kein Weißer reflektieren.

Am nächsten Tag ist schon wieder Tiefdruckgebiet am heimischen Herd. Diesmal ist es die Oma, die in Depressionen badet. Anders als der Papa, der gern bei Beatles und Rauschgift ungestört vor sich hin trauert, lässt die Oma ihrem Frust freien Lauf. So auch heute.

»Das ist doch unglaublich, dass jetzt ausgerechnet du so ein Depp bist!«, schreit sie mir entgegen, grad wie ich erwartungsfroh das Frühstücksbüfett stürmen will.

Ich hab keine Ahnung, wovon sie spricht.

»Was genau meinst du jetzt da?«, frag ich. Die Oma winkt nur mit der Hand ab. Ich bin quasi nicht der Rede wert.

»Die Susi«, sagt der Papa und schlurft durch die Küche.

»Was ist mit der Susi?«, frag ich.

»Ja, nix! Das ist es ja grade«, sagt der Papa. Er nimmt ein Haferl aus dem Schrank und schenkt sich Kaffee ein. Ich persönlich trau mich jetzt nicht an die Kaffeemaschine, weil davor die Oma lauert. Der Papa setzt sich hin und rührt um. Ich beschlagnahme seine Tasse.

»Herrgott noch mal«, schnauft er und schreitet zur Wiederholungstat.

»Was ist jetzt mit der Susi«, bohr ich nach.

»Die Susi hat einen Liebhaber in Italien. Es soll was Ernstes sein, sagt man.«

»Sagt wer?«

»Ja, das ist doch jetzt völlig wurst. Jedenfalls hat sie einen Liebhaber.«

»Weiß man, wer das ist?«

»Ja, du bist es jedenfalls nicht! Weil du nämlich ein Idiot bist!«

Jetzt langt's aber!

»Jetzt langt's aber«, sag ich und steh auf. Da vergeht einem ja wirklich alles. Sogar das Frühstück.

»Erst heut Nacht ist sie wieder hinuntergefahren, nach Italien«, schreit mir der Papa hinterher, grad wie ich zur Tür rausgeh.

»Die kann hinfahren, wo immer sie mag«, schrei ich zurück. »Von mir aus auch nach Italien!«

Zack – Vorderreifen. Das Auto ist immer noch nicht geputzt.

Schon auf dem Weg ins Büro läutet mein Telefon. Dran ist die Frau Beischl, die alte Sumpfkuh. Sie lässt wohl wieder mal arbeiten. Sie sagt, ich muss unbedingt kommen.

Und zwar sofort. Wahrscheinlich ist sie wieder recht hergewatscht worden. Weil sowieso nix Besseres ansteht und Frühstück aus bekannten Gründen ausfällt, fahr ich also hin.

Diesmal sind es nicht die wunderbar grünen Beck's-Flaschen, die mir den Weg zum Wohnzimmer weisen, sondern Wittmann Hell. Erstklassiges Bier. Wenn auch nicht ganz billig. Vermutlich war es im Angebot. Man kauft schließlich preisbewusst. Die Oma würd's nicht anders machen. Die Frau Beischl hockt auf der Couch und weint. Sie hat einen Riesenblinker im Gesicht. Aber auch das ist nichts Neues.

Deswegen wär ich aber nicht da, sagt sie dann leise. Wegen was sonst, frag ich sie jetzt. Dann steht sie auf und nimmt mich bei der Hand. Die ihre ist schwitzig. Das ist unangenehm. Sie führt mich ins Schlafzimmer, was auch nicht angenehmer ist. Was ich dann seh, übertrifft aber alles, was bisher an Unannehmlichkeiten geboten wurde. Auf dem Doppelbett liegen die beiden Brüder. Mit einem davon ist sie verheiratet. Aber das hab ich, glaub ich, schon erwähnt. Treiben tut sie's aber mit beiden. Auch das dürfte bekannt sein. Was die zwei jetzt noch gemeinsam haben, außer der Frau und der Vorliebe für Bier, sind nicht unerhebliche Kopfverletzungen. Sie bluten quasi aus allen Löchern, könnte man sagen.

»Was ist denn hier passiert?«, frag ich die Frau Beischl, nachdem ich den Sanka gerufen habe.

»Ja, mei, es war halt so wie immer«, sagt sie. »Erst haben wir ein bisschen gefeiert. Und dann haben sie mich verdroschen. Sie haben mir einen Zahn ausgeschlagen«, sagt sie und zeigt mir die Lücke. Die Auswahl an potenziellen Zähnen ist für die Zukunft nicht mehr allzu groß.

»Und dann?«, frag ich.

»Wir haben dann noch ein Bier zusammen getrunken.«

Ja, das war klar.

»Aber dann sind sie irgendwann eingeschlafen.«

»Und da haben Sie ihnen eine Bierflasche über den Schädel gezischt«, stell ich mal so in den Raum.

Sie nickt.

»Ich weiß ja nicht einmal mehr genau, warum. Ich war ja selber ziemlich voll«, sagt sie und rülpst.

Ich schau mir die Verletzungen einmal näher an und muss schon sagen, dass es furchtbar ausschaut. Schnaufen tun sie aber noch. Alle beide.

Dann kommen die Sanitäter und nehmen die Opfer mit. Auch die Frau Beischl. Weil die ja schließlich auch verletzt ist. Wobei das bei ihr keine wirkliche Rolle mehr spielt, wenn man einmal ehrlich ist.

Was folgt, ist viel Schreibkram im Büro und ein Bericht an die Staatsanwaltschaft. Soll die sich drum kümmern. Ich hab hier immerhin einen Mord aufzuklären.

Am Mittag hol ich mir mein Essen beim Simmerl, weil mir der Gedanke an den Heimweg unerträglich erscheint. Ich frag mich, in welcher Welt wir eigentlich leben? Wenn sich ein rechtschaffener, ehrlicher, fleißiger Mensch am Mittag nicht mehr nach Haus traut, bloß weil seine ganze Familie dem Wahnsinn verfallen ist.

Die Simmerl Gisela ist hinterm Tresen und bedient fleißig die anstehende Kundschaft. Die Flötzinger Mary ist auch darunter mitsamt ihrer Brut.

»Na, wie ist denn das Zeugnis ausgefallen?«, will die Gisela von der Mary jetzt wissen und langt den beiden Kindern ein Raderl Gelbwurst übern Tresen.

Die beiden schnappen zu.

Die Mary streicht dem Sohnemann sanft übern Kopf und sagt: »Da sind wir schon sehr zufrieden, oder, Ignatz-Fynn?«

Der Bub nickt und kaut.

»Und der Max?«, fragt die Mary dann anstandshalber retour. »Seid ihr mit seinen Noten denn auch zufrieden?«

»Herrje, ein Dreier! Im Turnen!«, sagt die Gisela und schnauft ein bisschen theatralisch.

»Also, so schlecht ist jetzt ein Dreier auch wieder nicht!«, sagt die Mary.

»So schlecht? Der Dreier war seine allerbeste Note, meine Liebe«, sagt die Gisela und fängt an, das Fleischmesser zu schleifen.

Irgendwann bin dann auch ich an der Reihe.

»Wo ist denn dein Gatte heute?«, frag ich zuerst.

»Der ist heut bei einer Metzgertagung. Fettvolumen bei Jungsauen«, sagt die Gisela und häuft meinen Fleischsalat in eine Plastikbox.

»Sein Lieblingsthema, quasi. Leg noch drei Brezen dazu«, sag ich und fische meinen Geldbeutel aus der Gesäßtasche.

»Die Susi ist nach Assenza gefahren, gell?«, will sie jetzt wissen.

Als ob ich wüsste, wie dieses Kaff heißt, wo die Susi so rumhängt.

»Das weiß ich nicht, Gisela«, sag ich und leg ihr mein Geld hin. »Und es ist mir im Grunde auch scheißegal. Habe die Ehre!«

Der Fleischsalat schmeckt nicht und schlägt mir sogar auf den Magen. Ich brüh mir einen Kamillentee und mach das Fenster weit auf. Ich fühle mich kränklich. Und könnte schwören, dass meine Stirn heiß ist. Da ich aber nicht heim kann, um mich von der Oma aufpäppeln zu lassen, muss ich hier ausdarben.

Dann ruft der Stopfer Karl an und wirft ein Zuckerl in mein bitteres Dasein.

Er macht die verdammte Spurensicherung!

Das ist klasse!

Ich kann ihn zwar kaum verstehen, weil er so nuschelt, aber so viel hör ich schon raus.

»Was flüsterst du denn so?«, frag ich ihn.

»Ja, weil ich hier von der Arbeit aus anrufe. Und es muss ja nicht alle Welt mitkriegen, verstehst? Ich komm morgen früh zu dir ins Büro. Ich hab mir extra einen Tag Urlaub genommen. Dann machen wir es!«

Es hat den Hauch von einer Verschwörung. Wunderbar.

»Verstanden Agent Null Null Sieben. Werde anwesend sein. Verständigen Sie sich durch Klopfzeichen. Dreimal kurz, zweimal lang. Haben Sie mich verstanden?«, flüstere ich in den Hörer zurück.

»Arschloch!«, nuschelt der Stopfer kaum hörbar.

»Roger und Ende«, sag ich noch.

Dann leg ich auf.

Da ich nun mal da wohne, wo ich wohne, muss ich am Abend notgedrungen dorthin zurück. Ich schick ein paar Stoßgebete Richtung Herrgott und bitte um Waffenstillstand an der heimatlichen Front. Er pfeift mir aber eins, der himmlische Befehlshaber, das seh ich schon, wie ich zum Hof reinfahr. Der Papa sitzt im Schaukelstuhl und macht ein finsteres Gesicht. Die Oma kniet ihm zu Füßen, da könnte man gut ein Heiligenbild draus machen.

Es ist ein Fußpilz, der die Stimmung trübt. Einen Mordsfußpilz hat sich der Papa geholt, in den Kaiserlichen Thermen. Grad so, wie ich's vorausgesagt hab. Was mir jetzt aber auch nicht viel nützt. Ganz im Gegenteil. Wie ich hinkomm, feuert der Papa sein Wortgefecht gleich ab: »Da, schau dir das nur gut an! Alles allein deine Schuld«, sagt er und offeriert mir seine Füße.

Ekelhaft.

Die Oma tupft eine Tinktur drauf.

»Was kann jetzt ich dafür, dass du einen Fußpilz hast?«, frag ich, weil ich's wirklich nicht weiß.

»Ich könnte noch wunderbar Badelatschen tragen, wenn ich noch alle meine Zehen hätte«, sagt der Papa, der immer noch felsenfest überzeugt ist, dass ich den Verlust der väterlichen Zehen zu verantworten hab.

Mir wird das jetzt zu blöd. Ich schnapp mir den Ludwig und wir drehen unsere Runde.

Als tät es für heut noch nicht reichen, treff ich unterwegs die Super-Walker Simmerl und Flötzinger. Sie stehen auf einer Lichtung und machen grad Dehnübungen. Ein Anblick der übelsten Sorte, ganz ohne Zweifel. Um dem Ganzen noch eins draufzusetzen, fragen sie mich nach der Susi. Und zwar sehr penetrant. Ich werde in Zukunft auf Stoßgebete jeglicher Art verzichten. Der Schuss geht ganz eindeutig nach hinten los. Der Ludwig drückt mir seinen Kopf gegen den Schenkel und schaut mich an. Die ganze Dehnerei ist ihm unheimlich. Wir gehen dann mal wieder und brauchen eins-zwanzig bis heim.

Nachdem mich die Oma gnädigerweise an ihrem üppigen Abendmahl hat teilnehmen lassen, geht es mir jetzt magentechnisch wieder besser. Marillenknödel mit Semmelbröselbutter und Zucker und Zimt. Ich könnte mich reinlegen. Danach räum ich den Tisch ab und helf ihr beim Abwasch. Der Papa liegt wie ein verreckter Hund auf der Couch und pfeift sich die Beatles rein. In einer ohrenbetäubenden Lautstärke.

Drüben im Saustall verfolgen mich weder böse Blicke noch grölende Engländer. Ich bin drauf und dran, Gott dem Herrn dafür zu danken, fürchte aber, dass er es wieder in den falschen Hals bekommt. Drum lass ich es bleiben. Ich hau mich aufs Kanapee und ruf einmal den Birkenberger an. Wenn er nicht grad wieder jemandem hinterherschnüffelt, könnte ich ihn gut erreichen um diese Uhrzeit.

Er geht ran.

»Servus, lieber Rudi«, sag ich so, weil mir jetzt irgendwie nach Harmonie ist.

»Sag lieber gleich, was du willst«, sagt der Rudi. Das hat man jetzt davon. Sobald man seinen Mitbürgern in irgendeiner Form menschliche Nähe entgegenbringt, wittern die gleich Wunder was. Reine, uneigennützige Freundlichkeit erkennt keiner mehr an. Da wird jeder gleich motzig.

»Nur ein bisschen ratschen, lieber Rudi. Ich wollt einfach nur wissen, wie es dir so geht«, sag ich und lass mich in meinem Harmoniebedürfnis gar nicht erst stören.

Langsam schwindet sein Missmut und er taut auf. Erzählt mir von den vergangenen Tagen und was alles so los war bei ihm. Ehrlich gesagt interessiert mich das Nullkommanix. Ich muss mir sogar das Gähnen verkneifen. Aber man ist dann halt höflich, gell.

»Was gibt's Neues im Höpfl-Fall?«, will er dann wissen.

»Was gibt's Neues im Höpfl-Fall? Was gibt's Neues im Höpfl-Fall? Nix gibt's Neues im Höpfl-Fall«, sag ich und lass ihn kurz an meinen mageren Erkenntnissen teilhaben.

»Das ist mager«, sagt er dann mit einem Hauch von Überheblichkeit.

»Und du«, sag ich so. »Bist du jetzt wieder recht dick drin im Geschäft? So auftragsmäßig, mein ich?«

»Momentan hält es sich eher in Grenzen. Weil doch jetzt grad Ferien sind. Und in den Ferien fährt man halt nicht mit seinem Gspusi durch die Gegend, weißt. Die Ferien verbringt man schon lieber mit seiner Familie. So wie es sich auch gehört«, sagt der Rudi dann.

»Hält sich also in Grenzen«, sag ich so. »Du, Rudi, apropos Grenzen. Ich hätte da vielleicht einen kleinen Auftrag für dich. In Italien. Was sagst du dazu?«

»Einen Auftrag, sagst du? Um was geht's? Wer genau ist der Auftraggeber?«

»Ich. Also der Auftraggeber wär dann gewissermaßen eigentlich ich.«

»Hab ich's doch gewusst!«, sagt der Rudi. »Ich hab's gleich gewusst, dass da was am Haken hängt. Gleich, wie du angerufen hast und mit deinem Lieber-Rudi-Schmarrn gekommen bist. Das ist ja wieder typisch, Eberhofer. Du willst, dass ich jemanden in Italien für dich beschatte, aber du willst es natürlich nicht bezahlen. Hab ich recht? Du willst es praktisch als Freundschaftsdienst!«

Also, der Birkenberger kann vielleicht kleinkariert sein, das kann man gar nicht glauben. Auf die Tour läuft bei mir aber gar nichts. Ich schweige.

»Also, wen soll ich beschatten?«, fragt er nach einigen Atemzügen.

»Ja, die Susi halt«, sag ich dann. »Du sollst die Susi beschatten.«

»Die Susi?«, fragt der Birkenberger und fängt zu lachen an. Wie er nach zwei Minuten immer noch lacht, häng ich ihm ein. Es hat keinen Sinn, mit jemandem zu telefonieren, der ständig nur lacht. Auch wenn er dazwischen hundertmal Entschuldigung sagt.

Der Birkenberger kennt die Susi. Er hat nämlich mal für den Media-Markt gearbeitet. Und da hat er unglaublich viele Prozente gekriegt. Und wie die Susi dann einen neuen Fernseher gebraucht hat, sind wir dort hin. Die Oma war auch dabei. Der Kofferraum war bis zum Durchbrechen voll. Wir haben jetzt sogar ein Solarium. Ich war ja strikt dagegen, aber die Oma hat gesagt, wenn einer von uns einmal die Schuppenflechte kriegt, dann haben wir wenigstens schon mal ein Solarium. Jawohl, das haben wir jetzt. Das Solarium. Was jetzt noch fehlt, ist die Schuppenflechte.

Der Rudi hat gesagt: Erstklassiges Weib! Damit hat er die Susi gemeint. Und er hat gesagt: Die wird dir mal abhauen, jede Wette.

Der Rudi, der alte Hellseher.

Ein bisschen später ruft er dann zurück und ist unheimlich ernst. Ich merk es genau, er reißt sich tierisch zusammen.

»Okay, ich mach's«, sagt er. »Ich mach es quasi für umsonst. Nimm es tatsächlich als Freundschaftsdienst. Aber die Spesen gehen natürlich auf deine Rechnung, nur, dass das klar ist. Wann soll's losgehen?«

Das ist wunderbar! Ich hab's gewusst. Auf den Rudi kann man sich verlassen. Ich geb ihm alle Angaben, die er braucht und ich hab, und damit ist die Sache durch. Die Sache ist durch und der Rudi quasi schon fast in Italien. Auf dem Weg zur Susi. Um mir alle Einzelheiten mitzuteilen. Nicht, dass das jetzt so wahnsinnig interessant wär. Aber man will ja noch ein bisschen teilhaben am Leben der Ex-Freundin, gell. Erst recht, wenn man das auch noch für umsonst bekommt.

Kapitel 19

Der Stopfer Karl ist pünktlich wie ein Maurer bei mir im Büro und schaut auch noch genauso aus. Er trägt eine helle Latzhose und ein kariertes Hemd. Wir machen uns gleich auf den Weg zum Höpfl-Haus. Wie wir hinkommen, lungern die Nachbarn erwartungsgemäß an der Hecke rum.

»Na«, schrei ich ihnen rüber. »Lungern s' schon wieder an der Hecke rum?«

Sie antworten nicht. Stattdessen hör ich ein Geraschel. Sie machen sich aus dem Staub. Es ist ihnen wahrscheinlich unangenehm, dass ich sie akkurat wieder erwischt hab.

Ich zeig dem Karl die Räume und er macht sich dann auch gleich bereit. Zieht Handschuhe an und einen Kittel und schaut danach schon besser aus. Mehr Spurensicherung, weniger Maurer. Dann braucht er mich im Grunde nicht mehr. Wir verabreden uns für Mittag, ich werde ein paar Leberkässemmeln organisieren. Das findet er prima. Ja, so ein Urlaubstag soll doch schließlich genossen werden.

Wie ich zum Auto geh, kommt mir der Herr Nachbar entgegen. Genau derselbe, der sich gerade raschelnd in Luft aufgelöst hat. Er bringt den Müll zur Tonne.

»Ach, sind Sie mal wieder im Lande? Wir haben Sie ja gar nicht kommen hören«, sagt er zu mir.

Glaubt der eigentlich, dass ich blöd bin?

»Glauben Sie eigentlich, dass ich blöd bin?«, muss ich ihn jetzt fragen.

Er übergeht die Frage.

»Wen haben Sie uns denn da Schönes mitgebracht?«

»Das ist der Erbe«, sag ich spontan, weil ich ja jetzt schlecht die Spurensicherung ins Spiel bringen kann. Und es ist ja auch nicht völlig gelogen. Das mit dem Erbe, mein ich. Sagen wir einmal so, wenn das wirklich was wird mit dem Stopfer und der Höpfl, dann ist es höchstens eine Übertreibung. Aber keine Lüge.

»Der Erbe? Das ist aber schön. Da freuen wir uns aber. Wir sind nämlich wirklich froh, wenn wir wieder einen Nachbarn haben.«

»Das kann ich mir vorstellen. Ist ja auch fad, immer in einen leeren Garten zu gaffen«, sag ich noch so. Dann muss ich weg.

Am Mittag kriegt der Karl seine warmen Leberkässemmeln und am Abend ist er fertig mit seiner ganzen Sicherung. Wie schnell so ein Urlaubstag immer verfliegt. Er hat ungefähr eine Million Spuren und die müssen jetzt alle ausgewertet werden.

»Bis wann krieg ich die Ergebnisse?«, frag ich ihn auf dem Weg hinaus.

»Ja, du bist ja gut«, sagt der Karl. »Das sind jede Menge Spuren. Und ich muss das alles auch noch heimlich machen. Also neben meiner ganz normalen Arbeit her, verstehst du? Das kann schon ein Weilchen dauern.«

»Ja, Karl, das versteh ich. Aber du weißt ja: erst die Arbeit, dann das Vergnügen. Wenn du also fertig bist, sag mir Bescheid. Dann können wir die Sache mit deiner Traumfrau angehen. Sie muss ja in ein paar Tagen zurück sein, die wunderbare Frau Höpfl.«

Der Karl gibt jetzt Vollgas, da hab ich gar keinen Zweifel. Ihm schießt nämlich wieder ganz sakrisch das Blut in den Schädel, bloß weil er ihren Namen hört.

»Eines kann ich dir jetzt schon sagen. Und zwar steht in der Besenkammer eine Unmenge an Desinfektionsmittel. Sagrotan. Und das Haus ist quasi keimfrei. Vom Keller bis zum Dach. Die Staubschicht ist von den letzten Tagen, also nach seinem Tod. Was immer ich auch finde, Franz, es ist nicht älter als ein paar Stunden. Also ein paar Stunden vor seinem Tod, mein ich. Er muss einen Putzzwang gehabt haben, der Höpfl.«

Das bestätigt nur, was wir bereits wissen.

Wie wir ins Auto steigen, stehen die Nachbarn am Fenster. Wir schauen hinauf und sie winken uns herunter. Das heißt, vermutlich winken sie nur dem Karl. Weil das ja vermeintlich der neue Nachbar wird, den sie so sehnlich erwarten.

»Jetzt wink schon zurück«, sag ich zum Karl.

»Wieso ich? Ich kenn die doch gar nicht«, will er wissen.

»Weil sich das halt so gehört«, sag ich.

Und dann winkt er zurück. Einwandfrei.

Am Abend ruft dann der Birkenberger an und gibt seinen ersten Zwischenbericht durch. Ja, sagt er, er hat die Susi gefunden. Es war gar nicht so einfach. Viel schwieriger aber war es noch, überhaupt ein Hotelzimmer zu finden. Ausgebucht bis ins letzte Zofenkammerl, sagt er. Weil in der momentan herrschenden Hochsaison halt Hinz und Kunz nach Italien will.

Ich nicht, denk ich mir so.

Jedenfalls ist er dann schließlich doch noch fündig geworden, was das Zimmer betrifft. Und freilich auch, was die Susi betrifft. Er hat sie auf dem Marktplatz gesehen, wo grade der Wochenmarkt stattfindet. Und dort hat sie sich von Bude zu Bude gebummelt und hat auch einiges eingekauft. Das hätt er mir jetzt nicht sagen müssen, das war sowieso sonnenklar. Für so überflüssige Informationen würd ich nie ein Geld ausgeben. Aber er ist ja quasi gratis, der Rudi. Drum ist es mir auch wurst. Sie war dort wohl allein, also auf dem Wochenmarkt. Zumindest hat er niemanden in direkter Begleitung gesehen. Was aber nicht unbedingt eindeutig ist, weil dort logisch Unmengen von Menschen waren. Er geht jetzt gleich zum Abendessen und dann macht er sich noch mal auf die Suche. So groß ist das Kaff nämlich nicht, sagt er. Es gibt nur ein paar Möglichkeiten, sich zu amüsieren. Abgesehen natürlich von den Hotelzimmern selber. Dann lacht er, der Arsch.

Er wird sich wieder melden, sobald er mehr weiß.

Weil die Urlaubswelle auch Niederkaltenkirchen leer gefegt hat, ist es noch deutlich ruhiger wie jemals zuvor. Vermutlich liegen alle an irgendwelchen versifften Stränden und holen sich dort Hautkrebs, quasi direkt vom Hersteller. Jedenfalls sind unsere Straßen und Plätze völlig verwaist. Da macht auch Streife fahren überhaupt keinen Spaß mehr. So nutz ich die Gunst der Stunde und fahr einmal nach Landshut rein. Mein Weg führt mich direkt zur Wohnung von der Angie.

Buchheim steht auf der Klingel.

Ich läute.

Sie ist daheim und macht mir auf. Sie schaut wesentlich besser aus als neulich am Friedhof. Wenn auch verweint. Im ersten Moment erkennt sie mich gar nicht. Sie fragt mich, was ich möchte. Dann aber fällt's ihr wie Schuppen von den Augen und es huscht ihr sogar ein kleines Lächeln übers Gesicht.

»Franz?«, sagt sie und streckt beide Arme aus. »Franz Eberhofer, das glaub ich jetzt nicht. Wie lang ist das denn her?«

»Lang. Zu lang würd ich sagen.«

Sie zerrt mich in die Wohnung und ich schau mich kurz um. Alles ist schäbig hier. Sehr sauber, aber halt abgewohnt und armselig. Ich setz mich an den Küchentisch und sie fängt an, Kaffee zu kochen. Körperlich ist sie noch tipptopp, die Angie. Da kann man nichts sagen. Aber das Gesicht ist eben schon nicht mehr ganz knackig.

»Was treibt dich denn zu mir her?«, fragt sie, indem sie das Kaffeegeschirr hinstellt, wo es zu stehen hat.

»Es ist ein bisschen beruflicher Natur«, sag ich so und versuche, es so beiläufig wie möglich zu halten.

»Aha«, sagt sie und ist offenbar noch immer erfreut, mich hier zu haben.

»Ich bin bei der Polizei, Angie.«

Sie nickt. Dann holt sie den Kaffee von der Platte und gießt ein.

»Da wolltest du ja schon immer hin, das weiß ich noch genau. Und, hast du damit deinen Traumjob gefunden?«

»Nein«, sag ich. »Ein Traumjob ist es nicht. Nicht immer, zumindest. Heute zum Beispiel rein gar nicht.«

»Du bist wegen dem Marcel da?«, fragt sie und ihr Lächeln verschwindet jetzt hinter glasigen Augen.

»Im Grunde bin ich wegen dem Höpfl da. Sagt dir der Name irgendwas?«

Sie überlegt kurz und schüttelt den Kopf.

»Dein Marcel war drogensüchtig. Weißt du das eigentlich?«

Sie steht auf und wirft dabei ihre Tasse um. Ich geh zum Spülbecken und hol einen Lappen.

»Scheiße!«, sagt sie und weint. »Natürlich weiß ich das. Er ist immerhin dran gestorben!«

»Weißt du auch, womit er sich die Drogen finanziert hat? Ich mein, wenn ich mich hier so umschau, war das Taschengeld vermutlich nicht ausreichend für seinen täglichen Bedarf.«

Jetzt hält sie sich beide Ohren zu und fängt an zu singen. So kommen wir hier nicht weiter, so leid sie mir auch tut. Ich glaub, sie hat lange genug die Augen verschlossen.

»Dann werd ich dir jetzt einmal erzählen, wie der Marcel sein kostspieliges Hobby finanziert hat«, sag ich und nehm ihr die Hände von den Ohren.

Wie ich fertig bin, hat sie sich beruhigt. Sie hat aufgehört zu weinen und sogar Kaffee getrunken. Ich kann nicht genau einordnen, ob sie die Geschichte mit dem Strich schon vorher gewusst hat oder nicht. Vielleicht hat sie auch alles ein bisschen verdrängt. Jedenfalls ist sie jetzt ruhig. Sie weiß Bescheid und sie ist ruhig.

»Du denkst, dass dieser Höpfl ermordet worden ist, stimmt's?«, fragt sie dann.

»Das kann sein, muss aber nicht. Aber immerhin kann es sein und muss somit untersucht werden.«

»Ich verstehe«, sagt sie.

Dann räumt sie den Tisch ab. Ich steh auf und frag nach dem Weg zum Klo. Die zweite Tür links, sagt sie. Dort geh ich jetzt hin.

Hinter der Klotür am Haken hängt eine Uniform. Ich muss an die Fremdenlegion denken. Dann wasch ich mir die Hände und geh zurück zum Küchentisch.

»Der Bruno, lebt der jetzt bei dir?«

»Nein, der hat seine eigene Wohnung. Ein paar Straßen weiter.«

»Die Uniform im Klo, ist das seine?«

»Ja, die hat er vor ein paar Wochen dem Marcel einmal mitgebracht. Er hat geglaubt, damit könnte er bei ihm Eindruck schinden. Hat er aber nicht. Der Marcel ist keine acht Jahre mehr.«

Sie senkt den Kopf.

»Er war keine acht Jahre mehr«, sagt sie weiter. »Und es hat ihn wirklich null interessiert, was für eine Uniform sein Vater da anschleppt. Im Grunde hat ihn der ganze Vater nicht interessiert. Er war vorher nie für ihn da, warum dann ausgerechnet jetzt, hat er gesagt. Das kann man doch auch verstehen, oder?«

»Ja, das kann man«, sag ich. Dann nehm ich sie in die Arme. Sie ist so traurig, dass ich mich kaum weggehen trau.

»Geh nur«, sagt sie dann. Sie hat es wohl irgendwie gemerkt.

Ich bin schon fast draußen, da fällt mir noch etwas ein.

»Du, Angie, eins noch. Wie lang ist der Bruno jetzt aus der Fremdenlegion zurück und wann ist er bei dir aufgetaucht?«

»Wann er raus ist, weiß ich nicht. Ich weiß nur, dass er seit etwa einem halben Jahr hier in Landshut ist. Vor zehn oder elf Wochen hat er sich dann bei mir gemeldet. Wieso?«

Ich zuck mit den Schultern.

»Ist mir nur so eingefallen«, sag ich und heb die Hand zum Gruße.

»Kommst einmal wieder auf einen Kaffee vorbei?«, ruft sie mir durchs Treppenhaus nach.

»Darauf kannst du wetten«, sag ich noch und dann bin ich weg.

Weil ich grad schon in der Gegend bin, statte ich auch dem Sieglechner einen kurzen Besuch ab. Der Wohnblock ist ähnlich wie der von der Angie. Muffig und trostlos.

Es ist vier Uhr nachmittags und er macht mir im Morgenmantel auf.

»Eberhofer? Was verschafft mir die Ehre?«, begrüßt er mich und schlurft vor mir her ins Wohnzimmer. Der Fernseher läuft. Auf der Couch liegt das Bettzeug, in dem eine Sitzdelle ist. Eine Zigarette glimmt im Aschenbecher vor sich hin. Er setzt sich in die Delle, aus der er vermutlich grad herausgekrochen ist. Ich kann ihn durch den Rauch kaum sehen. Das ganze Zimmer ist eingenebelt.

»Setz dich«, sagt er und deutet auf einen Sessel, auf dem ein Tablett mit altem Essen steht. Ich stell es auf den Boden.

»Stört es dich, wenn ich kurz lüfte«, frag ich auf dem Weg zum Fenster.

»Nur zu!«, sagt der Bruno und macht die Zigarette aus.

»Du arbeitest gar nicht mehr? Kein Schlüsseldienst oder so?«

Er schüttelt den Kopf.

»Ich krieg eine lebenslange Pension von der Legion. Die ist nicht übel. Warum soll ich mir das dann noch antun?«

»Du hast aber zuerst diesen Job gehabt?«

Er zuckt mit den Schultern.

»Ich hab's mir eben anders überlegt. Was dagegen?«

Er schaltet den Fernseher aus.

»Warum bist du hier?«, fragt er dann und steckt sich eine neue Zigarette an.

»Der Marcel«, fang ich vorsichtig an. »Der Marcel war befreundet mit einem gewissen Höpfl.«

»Befreundet ist gut. Er hat ihn gevögelt.«

Peng – das haut mich um.

Ich suche nach einem brauchbaren Satz und werde nicht fündig.

»Und jetzt ist er tot, der Höpfl. Was für ein Jammer«, sagt der Sieglechner weiter.

Er ist erstaunlich gut informiert.

»Wie lange bist du denn schon in Landshut?«, frag ich ihn, weil mir das verhältnismäßig neutral erscheint.

»Ein halbes Jahr ungefähr.«

»Und wann hast du Kontakt aufgenommen? Zum Marcel, mein ich?«

»Vor exakt acht Wochen und zwei Tagen.«

»So genau weißt du das?«

»So genau weiß ich das!«

Zigarette aus.

Zigarette an.

»Ich hab zwanzig Jahre lang auf diesen Tag gewartet«, sagt der Bruno weiter.

»Und wieso wartet man darauf zwanzig Jahre lang und meldet sich nicht eher mal?«

»Das hat was mit Verantwortung zu tun,

verstehst du? Ich war ja noch nicht einmal bereit, für mich selber Verantwortung zu übernehmen. Wie dann für eine ganze Familie?«

»Was hast du in der Zwischenzeit gemacht? Also in der Zeit, wo du zwar schon in Landshut warst, aber noch keinen Kontakt zu deiner Familie gehabt hast?«

»Ich hab sie beobachtet.«

»Du hast sie beobachtet?«

»Ja, es hätte ja sein können, dass die Angie verheiratet ist. Dass es noch andere Kinder gibt. Dass sie einen Freund hat. Irgendwas in dieser Richtung halt. Und dann hätte ich da nicht einfach reinplatzen mögen.«

»Du bist aber dann einfach reingeplatzt.«

»Ja, weil eben nichts da war, verstehst du. Kein Mann, kein Kind, kein gar nichts.«

»Und da hast du geglaubt, die beiden fallen dir um den Hals und freuen sich, dass du endlich wieder da bist.«

Er sagt nichts. Stattdessen steckt er sich eine neue Zigarette an.

»Was hast du denn so beobachtet, wie du sie beobachtet hast?«

»Was soll dieses Spielchen, Eberhofer? Das weißt du doch zu gut.«

Da hat er recht.

»Hast du den Höpfl umgebracht, damit er die Finger von deinem Marcel lässt?«

»Sagen wir einmal so, Franz. Ich habe ihn gewarnt, den schwulen Rektor. Ich hab gesagt, wenn er den Buben nicht in Ruh lässt, dann dreh ich ihm den Kragen um.«

»Wann war das?«

»Zwei Tage vor seinem traurigen Ende.«

»Und wie hat er darauf reagiert?«

»Er war ein Hosenscheißer! Wie soll er schon darauf reagiert haben? Er hat gesagt, er lässt ihn in Frieden.«

»Weiter?«

»Nichts weiter. Zwei Tage später war er tot.«

»Hast du mit dem Buben darüber gesprochen?«

»Natürlich!«

»Und wie hat er reagiert?«

»Mein Gott, wie schon? Völlig verständlich, für meine Begriffe. Er hat gesagt, ich soll mich aus seinem Leben raushalten, so wie ich's die letzten zwanzig Jahre auch gemacht hab.«

Mein Bedarf an Elend ist für heute gedeckt und ich war noch nicht einmal daheim. Ich verabschiede mich und fahr zurück nach Niederkaltenkirchen, weil jetzt Feierabend ist.

Ich geh direkt in den Saustall und hau mich aufs Kanapee. Mach die Augen zu und streichle dem Ludwig seinen Kopf. Erst mal alles sacken lassen. Kaum bin ich ein kleines bisschen eingeschlafen, stampft der Papa zur Tür rein.

»Servus, Franz«, sagt er in einem freundlichen Tonfall. Mich reißt es direkt, weil ich damit nach den Vorkommnissen der letzten Tage gar nicht gerechnet hab.

»Servus, Papa«, sag ich und richte mich auf.

»Du, der Leopold hat angerufen«, sagt der Papa jetzt und setzt sich zu mir nieder. »Die kommen hernach noch vorbei.«

Gott bewahre!

»Was will denn der Leopold schon wieder hier? Hat der vielleicht kein eigenes Zuhause?«

»Es ist mehr wegen der Sushi«, sagt der Papa. Und dann erfahr ich, dass der Zwerg Nase ein Tamtam macht, jetzt wo sie wieder in elterlichem Gewahrsam ist, das kann man gar nicht erzählen. Keine Nacht haben der

Leopold und die arme Panida seitdem ein Auge zugemacht. Von den Tagen erst gar nicht zu reden. Und weil sie langsam auf dem Zahnfleisch daherkommen, fahren sie eben zu uns. Damit wir den Giftzwerg Nase wieder zur Vernunft bringen. Als wär das unsere Aufgabe.

»Wenn sie das erst einreißen lassen, tanzt ihnen die Kleine später mal richtig auf der Nase rum«, sag ich zum Papa. »Ich jedenfalls steh für den hysterischen Balg nicht zur Verfügung. Auf gar keinen Fall.«

Kapitel 20

Grad wie der Papa weg ist, ruft der Birkenberger an. »Du, Franz«, sagt er und schnauft wie ein Ochs. »Es ist eine unverkennbare Situation, das mit deiner Susi.« Aha.

»Aha«, sag ich.

»Ja, es ist ein Italiener, genau wie du vermutet hast.«

»So viel weiß ich ja schon selber. Ist das alles, was du rausgefunden hast? Dann musst du dich nicht wundern, wenn sich deine Aufträge in Grenzen halten.«

»Jetzt warte doch«, hechelt er mir in den Hörer.

»Wie heißt er?«, will ich jetzt wissen.

»Andrea«, sagt der Rudi.

»Andrea? Sie hat was mit einem Weib?«

»Andrea ist kein Frauenname. Jedenfalls nicht hier in Italien. Und du darfst mir glauben, Franz, es ist so wirklich gar nichts Weibisches an dem Kerl.«

Das tröstet mich.

»Er schaut umwerfend gut aus. Eigentlich genauso wie der Luca Toni. Umwerfend, kann ich dir nur sagen. Und er ist eindeutig jünger als sie.«

Wunderbar.

»Und die zwei sind schwer verliebt, mein Freund. Unzertrennlich. Händchenhalten und Bussi hier, Bussi da. Übrigens hat sie gute Brüste, deine Susi. Ach, Verzeihung, deine Susi ist es ja nicht mehr.«

Mir hätte schon vorher klar sein müssen, dass der Birkenberger für diese Art von Auftrag ungeeignet ist. Aber jetzt ist er eben schon mal dort. Was soll's.

»Er hat übrigens eine kleine Pension, der Andrea. So eine Frühstückspension, weißt du. Ganz nett, wirklich. Natürlich auch voll bis unters Dach.«

»Und da hat er noch Zeit zum Bumsen?«

»Schaut ganz danach aus!«

Weil das alles nix bringt, häng ich jetzt auf. Zuvor sag ich dem Birkenberger noch, es reicht. Er soll heimkommen. Und zwar sofort. So ein, zwei Tage will er aber noch dranbleiben, sagt er. Vielleicht trennen sich die zwei ja wieder, wer weiß. Ein kleiner Streit oder so was in der Art. Na gut, sag ich, dann soll er halt lieber noch bleiben.

Sie schläft auf meiner Brust, die kleine Sushi. Und sie schläft gut. Ich weniger, weil ich mich nicht bewegen kann. Und das ist die Hölle. Ich bin nämlich ein ausgesprochen leidenschaftlicher Bewegungsschläfer. Und dreh mich alle paar Minuten von einer Seite auf die andere. Die Susi könnte ein Lied davon singen. Aber lassen wir das.

Die Sushi schläft wie gesagt auf meiner Brust und ich hab die Augen offen. So ab und zu nicke ich schon kurz weg, was aber auch nicht wesentlich besser ist.

Es sind die Träume, die mich dann plagen. Ich träum vom Luca Toni und seinen Wadeln. Wie er ein Tor schießt. Ein Jahrhunderttor. Die Allianz Arena tobt. Die Kamera schwenkt in die Tribünen. Die Fans sind außer sich und winken mit den Schals. Die Susi ist auch darunter. Sie winkt mit ihrem Büstenhalter. Luca Toni! Luca Toni!, schreien die Massen wie wild. Die Kamera schwenkt zurück auf das Spielfeld. Da ist er, der Held. Er liegt auf dem

Rasen. Unter ihm liegt die Susi. Dann wache ich auf.

Der Zwerg Nase aber schläft die ganze Nacht lang seelenruhig auf meiner Brust. Und in der Früh steht ihr Erzeuger mitten im Saustall und schaut neidzerfressen zu uns rüber.

»Wie machst du das bloß?«, will er wissen.

»Gut, dass wir wenigstens einen in der Familie haben, der meine wahren Werte glasklar erkennt«, sag ich so.

»Bisher hab ich noch überhaupt keine Werte an dir erkannt.«

»Ich red ja auch nicht von dir. Sondern vielmehr von deiner weitaus intelligenteren Tochter«, sag ich, steh vorsichtig auf und überreiche dem Leopold sein Kind, das postwendend schreit wie am Spieß.

»Entschuldige vielmals«, sag ich und schnapp mir mein Duschhandtuch. »Aber ich muss jetzt dringend zur Arbeit.«

Dann schieb ich ihn zur Tür hinaus.

Mein Arbeitstag beginnt unausgeschlafen und dementsprechend grantig bin ich. Wie ich ins Büro komm, krieg ich gleich einen

Einsatz von der PI Landshut. Es geht um ein Geschwindigkeitsdelikt, ich soll der Sache mal nachgehen. Vierzig Stundenkilometer ist der Kerl zu schnell gefahren, in einer Fünfzigerzone. Auf dem Radarbild trägt er Kappe und Sonnenbrille und ist somit nicht erkennbar. Das Auto ist ein Firmenwagen, eine Gebäudereinigung ganz hier in der Nähe. Also fahr ich da hin.

Ich muss an zwei Vorzimmerdamen vorbei, um endlich beim Geschäftsführer zu landen. So einfach geht das bei ihnen nicht, sagen die beiden Tippsen. Da kann nicht jeder einfach so dahermarschieren und den Geschäftsführer sprechen. Und sie selber sind überhaupt nicht befugt, mir irgendeine Auskunft zu erteilen. Nicht einmal mein Dienstausweis ringt ihnen Respekt ab. Erst als ich sag, zur Not werde ich mir den Weg zum Geschäftsführer freischießen, geben sie nach. Wir wandern einen langen Korridor entlang und klopfen an eine gepolsterte Tür.

Der Geschäftsführer bricht nicht direkt in Begeisterungsstürme aus, wie ich reinkomm. Zuerst einmal macht er die Frau zur Sau, die mich hergebracht hat. Warum sie mich nicht abgewimmelt hat, will er wissen.

Er hat Eckzähne wie ein Säbelzahntiger, wirklich unheimlich. Ich leg ihm das Foto auf den Schreibtisch und frag ihn, wer der Autofahrer ist.

»Das kann man nicht gut erkennen auf dem Bild«, sagt er. Da hat er recht.

»Hier steht das Datum und die Uhrzeit. Schauen Sie in Ihre Einsatzberichte, wer den Wagen zu dieser Zeit gefahren hat«, sag ich jetzt.

Der Säbelzahntiger schüttelt den Kopf.

»So was haben wir hier nicht«, sagt er.

»Soll das heißen, es kann ein jeder Mitarbeiter einfach einen Wagen vom Hof nehmen und damit durch die Gegend gondeln, grad so, wie's ihm passt?«

»Grad so, wie's ihm passt!«

»Wie viele Mitarbeiter haben Sie?«

»Siebenundzwanzig.«

»Ich muss hier jetzt den Fahrer feststellen, verstehen Sie das? Aus siebenundzwanzig möglichen Personen.«

»Das ist Ihr Problem.«

»Nein, das glaub ich nicht«, sag ich und

setz mich dann auf seinen Schreibtisch. »Ich werde nämlich jetzt bei allen siebenundzwanzig Betriebsangehörigen die Personalien feststellen. Und dann wird sich der Richter Moratschek darum kümmern. Der tut so was gern. Er wird eine richterliche Einvernahme vornehmen. Und das kann ein bisschen dauern, weil der ehrenwerte Herr Richter natürlich auch noch andere Sachen zu tun hat. Aber es sind relativ bequeme Stühle am Gericht. Ob es siebenundzwanzig sind, weiß ich leider nicht. Und wenn der Moratschek immer einen von euch zwischen seine Verhandlungen schiebt, dann sind wir in drei bis vier Tagen mit der Sache durch. So lang ist der Betrieb natürlich geschlossen.«

Dann steh ich auf und greif nach meinem Telefon.

»Zeigen Sie mir das Foto noch einmal!«, ruft jetzt der Säbelzahntiger hinter mir her. Dann bekomme ich Name und Anschrift des Fahrers. Und zwanzig Prozent Rabatt auf eine Gebäudereinigung jeglicher Art.

Die folgende Nacht ist wie im Märchen, weil mein Kanapee wieder mir gehört und meine

Brust auch. Ich kann mich wälzen, genau wie ich mag, und muss auf niemanden Rücksicht nehmen. Die Luca-Toni-Träume halten sich in Grenzen, zumindest kommt die Susi nicht mehr darin vor.

Das Aufwachen dagegen ist der personifizierte Horror. Die Oma steht wie ein Racheengel mitten in der Saustalltür und schreit aus Leibeskräften: »Franz, steh auf!«

Ich schau auf den Wecker: fünf Uhr dreiundzwanzig.

»Warum um alles in der Welt soll ich jetzt aufstehen? Heute ist Samstag.«

»Der Busfahrer ist krank!«, schreit sie mir her. Und dann erfahr ich die traurige Wahrheit. Und zwar hat die Oma heut eine Ausflug geplant. Mit ihren Landfrauen. Das machen sie so ab und zu, und das ist auch schön so. Sollen diese alten Mädels doch noch was anschauen, bevor's dann dahingeht.

Heute zum Beispiel geht's mit einem Kleinbus ins Donaueinkaufszentrum nach Regensburg. Besonders freut sich die Oma darüber, weil es heute Rabatte gibt. In allen Geschäften. Weil irgendein Jubiläum ansteht, frag mich nicht. Dann hat sie aber aufgehört, sich zu freuen. Weil sie erfahren hat, dass der Busfahrer krank ist. Ischias. Bewegungsunfähig quasi. Und da ist ihr plötzlich eingefallen, dass ja der Franz drüben in seinem Saustall liegt. Und weil der ja sowieso nix Besseres zu tun hat, kann der doch prima die alten Schrapnellen durch Bayern kutschieren.

Eine Weigerung hat gar keinen Sinn. Sie weiß haargenau, dass ich ihr so einen Wunsch niemals abschlagen tät. Außerdem nutzt sie natürlich meine morgendliche Unzurechnungsfähigkeit aus. Und bis ich schau, hock ich mit der ganzen Weiberschar im Kleinbus. Im Heckfenster hängt ein Schild: Landfrauen on tour.

Na bravo!

Die Oma hockt vorn auf dem Beifahrersitz und trägt ein Käppi am Kopf. Den Kragen hat sie ständig zu den Rückbänken gedreht, um ja nichts zu verpassen. Hinten geht die Post ab wie am Ballermann, das kann man gar nicht erzählen. Auf Höhe Ergoldsbach wird schon die vierte Flasche Sekt geköpft und wir machen die zweite Pinkelpause. Ich bin ziemlich erstaunt, wie gut sich die Oma verständigen kann. Sie lacht sogar über die Witze, die hinterrücks gerissen werden und die sie doch gar nicht hören kann.

Vor dem DEZ stehen wir eineinhalb Stunden im Stau. Die Parkplätze sind voll bis zum Gehtnichtmehr. Das heißt, eigentlich steh nur ich im Stau. Das Weibsvolk hat für so was natürlich keine Zeit. Schon nach wenigen Minuten beschließen sie einträchtig, den Wagen zu verlassen und lieber zu Fuß weiterzugehen. Also steigen sie mitten auf der vierspurigen Fahrbahn aus, nehmen sich an den Händen und wandern watschelnderweise dem Paradies entgegen. Die Ruhe, die jetzt urplötzlich einkehrt, lässt mich einen Gehörsturz in Betracht ziehen. Zur Überprüfung schalt ich das Radio auf volle Lautstärke: Highway to Hell! Die können meine Gedanken lesen.

In den Verkehrsnachrichten wird nachdrücklich darauf hingewiesen, dass die Parkplätze am Donaueinkaufszentrum voll sind. Man soll ausweichen.

Ja, wohin denn!

An der Zufahrt zum Parkhaus steht ein Wächter in Orange und schwingt seine Kelle.

»Nichts geht mehr!«, sagt er.

»Ich muss nur kurz tanken«, sag ich und deute auf die Tankstelle im Absperrgebiet.

Er lässt mich reinfahren.

Ich tanke.

Beim Bezahlen zieh ich meinen Dienstausweis und flüstere dem Kassierer zu, wir hätten da einen Hinweis bekommen. Mehr kann ich ihm im Moment nicht sagen, nur so viel: Terrorismus. Und deshalb werde ich den Kleinbus jetzt hier an seiner Tankstellenwand bis auf Weiteres stehen lassen müssen. Außerdem vertraue ich auf sein absolutes Stillschweigen.

Er wird leicht blass und nickt ehrfürchtig.

Wir haben jetzt einen erstklassigen Parkplatz.

Ich hab selbstverständlich den Ludwig dabei, weil Samstag sowieso Ludwig-Tag ist. Die Donau ist einen Steinwurf entfernt und so wandern wir zwei eine Zeit lang völlig harmonisch den Fußweg am Wasser entlang. In einem Biergarten machen wir Rast und eine Brotzeit. Die Sonne scheint ganz fabelhaft auf meinen Buckel.

Am späteren Nachmittag suchen wir dann

das DEZ wieder auf. Parkplatztechnisch ist es noch keinen Deut besser und die Verkaufshalle gleicht direkt einem Flüchtlingsauffanglager. Menschen über Menschen, wohin das Auge schweift, und die mindestens doppelte Menge an Plastiktüten.

Hier jemanden zu finden, ist ein Ding der Unmöglichkeit. Aber so schlimm ist es dann eigentlich gar nicht. Man kann sie nämlich schon meilenweit hören, die weibliche Gesandtschaft aus Niederkaltenkirchen.

C & A Umkleidekabinen.

»Mädels! Aufbruch!«, schrei ich, wie ich dort ankomme. Die Vorhänge öffnen sich beinahe gleichzeitig. Und die Landfrauen schreiten heraus. Sie tragen Badeanzüge in knallbunten Farben.

»Gut, dass du da bist, Franz. Na, wie schau ich drin aus?«, fragen sie alle durcheinander und drehen sich vorm Spiegel, dass es mir gleich ganz schwindelig wird. Aus der überschüssigen Haut, die ich sehe, könnte man gut einen Fesselballon machen.

»Geh, jetzt hört's doch auf mit dem Schmarrn«, schreit die Oma. »Der Bub wird ja noch ganz schwul!«

»Wunderbar«, sag ich. »Alle schaut's ihr ganz wunderbar aus, in den knackigen Badeanzügen.«

Sie kichern wie Schulmädchen.

Dann treib ich sie zur Kasse.

Und alle sind selig.

Danach gibt's noch einen kleinen Kaffee mit einem noch kleineren Cognac und ein paar Stückerl Sahnetorte. Auf dem Weg zum Auto geht's noch mal aufs Klo, damit wir nicht gleich den nächsten Rastplatz anfahren müssen.

Ich steh also grad so zwischen zwei Typen an der Pinkelrinne und lasse ganz entspannt ablaufen, da geht die Tür auf und die Oma kommt rein.

»Das Damenklo ist voll!«, schreit sie. »Die stehen da bis zum Gang raus.« Und so verschwindet sie halt in unserm Séparée. Nachdem sich dann alle endlich erfolgreich entleert haben, marschieren wir zum Kleinbus zurück. Während die Damen ihre Fahrposition einnehmen, hab ich ungefähr eine Million Tüten zu verstauen.

Mein Freund, der Kassierer, kommt aus der Tankstelle heraus. Er ist immer noch blass.

»Alle verhaftet!«, ruf ich ihm zu.

Er hebt den Daumen nach oben und wirkt irgendwie stolz.

Auf der Rückfahrt sitzt die Mooshammer Liesl bei mir vorn, weil's ihr jetzt schlecht ist vor lauter Kuchen. Hinten ist Ruhe, einige schlafen.

»Der Buengo«, sag ich zur Liesl. »Der wohnt jetzt bei dir, gell?«

»Ja, der Buengo. Mei, ist der schwarz, Franz. So was hab ich ja überhaupt noch nie gesehen. Aber er ist halt auch bloß ein Mensch, gell. Ich sag ja immer: leben und leben lassen. Manchmal ist er schon ein bisschen komisch, der Buengo. Er schläft zum Beispiel auf dem Boden, weißt. Obwohl ein erstklassiges Bett drinsteht in seinem Zimmer. Aber es kann halt niemand raus aus seiner Haut, auch wenn sie noch so schwarz ist, gell.«

Ich nicke.

Und dann sind wir auch schon gleich daheim.

Der H & M ist richtig klasse, sagt die Oma. Weil's da auch was in ihrer Größe gibt. Für dürre kleine Weiber also. Jetzt hat sie ein Flower-Power-Trägerkleid und eine Bermuda mit Hawaii-Druck. Ein T-Shirt mit der amerikanischen Flagge und der Aufschrift »Forever young«. Und alles war ganz wunderbar reduziert.

Am Abend ruft der Birkenberger an und sagt, dass er wieder daheim ist. Es hat sowieso keinen Sinn, sagt er, weil die beiden Turteltauben das Zimmer eh nicht mehr verlassen. Sex around the clock, sagt er.

Er wird jetzt die Rechnungen zusammensuchen und sie mir dann schicken. Seine Spesen praktisch.

Ja, wunderbar, sag ich, wenn ich wieder mal dringend einen Privatdetektiv brauche, weiß ich ja, wo ich einen finde.

Dann kommt das Gespräch auf den dämlichen Höpfl-Fall. Also mir persönlich ist der jetzt im Anblick der gegenwärtigen Gegenwart ziemlich scheißegal. Aber der Rudi ist hartnäckig.

»Also«, sagt er. »Verdächtig sind der Sieglechner, die Wandschmiererbande und die Schwester vom Höpfl. Wie heißt die gleich noch?«

»Höpfl«, sag ich.

»Genau. Und die müssen wir alle der Reihe nach unter die Lupe nehmen.«

»So wie die Susi?«

»So wie die Susi!«

»Erinnere mich doch bitte daran, wenn ich dich das nächste Mal seh, dass du mich am Arsch lecken kannst.«

»Gerne und immer wieder!«, sagt der Rudi.

Dann leg ich auf. Weil ich keine Lust mehr hab auf so was. Im Grunde ist es mir auch wurst, ob der schwule Rektor sein armseliges Dasein allein beendet hat oder mit fremder Hilfe.

In der Ecke vom Saustall steht jetzt der Luca Toni und winkt mit der Susi ihrem Büstenhalter. Das ist ja unglaublich!

Am Montag in der Früh ist es dann so weit. Die Frau Höpfl ruft mich an. Ihr Urlaub ist vorbei, sie ist braun gebrannt und gut erholt, sagt sie. Und sie will jetzt endlich den Schlüssel haben.

Kein Problem, sag ich, und wir vereinbaren einen Übergabetermin morgen Nachmittag.

Dann ruf ich den Karl an. Mal schauen, was unser Spurensicherungsexperte so alles herausgefunden hat.

»Ich hab überhaupt noch nix rausgefunden, Franz«, flüstert er mir in den Hörer. »Wir haben hier nämlich ein paar Sexualdelikte im Seniorenheim. Ich ersticke fast in Arbeit.«

»Sexualdelikte im Seniorenheim?«, sag ich. »Lasst doch den Alten ihren Spaß.«

»Ich hab keine Zeit, verdammt.«

»Die Frau Höpfl möchte morgen den Schlüssel haben. Musst du noch mal hinein in das Haus?«

»Nein … nein, ich hab alles, was ich brauche. Das Einzige, was mir fehlt, ist Zeit.«

»Ja, das ist schade«, sag ich. »Weil morgen Nachmittag treff ich mich nämlich mit deiner Flamme zur Schlüsselübergabe. Sie ist braungebrannt und gut erholt.«

Ich merk direkt durchs Telefon, wie der Karl jetzt rot wird.

Gespräch beendet.

Chance verpasst.

Kapitel 21

Der Stopfer Karl muss die ganze Nacht durchgearbeitet haben. Weil er am nächsten Tag mitsamt seinen Ergebnissen bei mir im Büro steht. Er hat sich mords in Schale geschmissen und riecht nach Freiheit, Tabak und Abenteuer. Eine gewisse Grund-Röte ist bereits jetzt vorhanden.

»Es ist genau so, wie ich's dir gesagt hab, Franz. Alles im Höpfl-Haus war praktisch keimfrei. Da sind natürlich die vorhandenen Fingerabdrücke Gold wert«, sagt er.

»Und wie viele sind es?«

»Vier, um genau zu sein. Es sind vier verschiedene Fingerabdrücke.«

Es ist erbärmlich. Er will auf jede Antwort zuvor erst eine Frage.

»Von wem sind sie?«

»Also, die einen sind natürlich vom Höpfl selber.«

»Das leuchtet ein. Weiter!«

»Dann sind auch welche von dir dabei. Hast du keine Handschuhe getragen?«

»Er war zuallererst vermisst. Da muss man keine Handschuhe tragen.«

»Muss man nicht. Aber man kann.«

»Herrgott, von wem sind die restlichen Abdrücke!«

»Also, die dritten sind glasklar vom toten Marcel.«

»Wo überall?«

»Im Erdgeschoss und im Keller. Also im Wellness-Tempel, um genau zu sein.«

»Keine im Obergeschoss? Schlafzimmer, Bad oder so?«

Der Karl schüttelt den Kopf.

»Und die vierten?«

»Ja, das ist jetzt wohl das große Geheimnis, Franz. Der Träger der vierten Fingerabdrücke könnte womöglich ein Mörder sein. Und die sind quasi in allen Etagen.«

»Könnte, muss aber nicht«, sag ich und überlege. Der Sieglechner war ausschließlich im Erdgeschoss. Und seine Abdrücke sind offensichtlich nicht vorhanden. Der Höpfl muss wohl dazwischen tatsächlich noch einmal geputzt haben.

Dann schau ich dem Karl über die Schulter, direkt auf seine Unterlagen.

»Hast du sonst noch was gefunden?«

»Ein paar Notizen in einem Reisekatalog. Schau!«

Auf dem Katalog stehen Daten und Preise handschriftlich an den Rand gekritzelt. Es ist die Schrift vom Höpfl, ohne jeden Zweifel.

»Vielleicht wollte er in den Urlaub fahren?«, murmele ich so vor mich hin.

»Wenn, dann wollten sie in den Urlaub fahren«, sagt der Karl. Er deutet auf eine gekritzelte Rechnung und er hat recht. Der Preis wurde tatsächlich mal zwei genommen. Es wär also eine Reise für zwei Personen geworden.

Auf dem Katalog ist ein Aufkleber mit Adresse und Telefonnummer des Reisebüros. Dort ruf ich dann an.

Leider sind wir nicht berechtigt, Ihnen telefonisch irgendeine Auskunft über unsere Kunden zukommen zu lassen. Wir bitten um Verständnis, blablabla.

Blöde Kuh.

Wir fahren da hin. Also zu dem Reisebüro, mein ich. Es ist tatsächlich eine Kuh, die dort am Schreibtisch sitzt und einen Kunden berät. Er will Urlaub auf dem Bauernhof. Mit Kind und Kegel. Sie ist darüber gut informiert. Warum bin ich jetzt nicht überrascht?

»Und die Kinder können da tatsächlich Pony reiten, so oft, wie sie wollen?«, fragt der zukünftige Bauernhofurlauber.

»Ganz genau«, muht sie hinter ihrem Bildschirm heraus.

»Und die Meerschweinchen, sind die …«

Jetzt langt's aber.

Dienstausweis Marsch.

»Erlauben Sie mal!«, schreit der Kunde, wie ich ihn vom Stuhl wegschubse.

»Sie, wir ermitteln hier in einem Mordfall, verstanden? Der Täter ist noch flüchtig. Karl, begleite den Farmer bitte hinaus.«

Der Karl gehorcht aufs Wort.

Von der Reisebürokuh erfahr ich dann, dass der Höpfl tatsächlich eine Reise vormerken hat lassen. Für zwei Personen. Auf die Namen Höpfl und Buchheim. Nach San Francisco. Vierzehn Tage lang. Und zwar war die Buchung genau an dem Tag, wo er nach seiner Vermissung wieder aufgetaucht ist.

Also eines dürfte jetzt klar sein, wenn jemand solche Pläne schmiedet, wird er sich nicht ein paar Stunden später freiwillig vor einen Zug werfen. Auch wenn er noch so unbeliebt ist. Da muss jemand nachgeholfen haben. Aber wer?

Mein haushoher Favorit ist natürlich der Sieglechner Bruno. Besonders, weil er ja schon geständig war, dass er einen Warnschuss abgefeuert hat. Und dann könnten es womöglich doch auch gut seine Fingerabdrücke sein, die der Karl da noch sichergestellt hat. Ja, der Sieglechner. Den muss ich mir noch einmal richtig zur Brust nehmen. Zuerst aber fahren wir zur Frau Höpfl. Weil Termin ist Termin.

»Schauen Sie, Frau Höpfl, ich hab Ihnen nicht nur den Schlüssel, sondern auch meinen erstklassigen Kollegen Karl Stopfer mitgebracht«, sag ich zu ihr, direkt wie wir vom Auto aussteigen.

Dem Karl sein Kopf droht zu zerplatzen.

»Das ist aber nett. Wir kennen uns ja schon«, sagt die Frau Höpfl und reicht uns beiden die Hand.

Ich übergeb ihr den Schlüssel.

»Ich werde mich drinnen ein bisschen umschauen«, sagt sie dann. »Können Sie vielleicht noch ein Weilchen dableiben? So allein ist es mir schon ziemlich unheimlich nach allem, was passiert ist.«

»Nein«, sag ich. »Auf gar keinen Fall. Ich bin dienstlich gesehen so dermaßen im Stress, ich muss dringend weg.«

Dann schau ich den Karl an.

»Aber mein Kollege, der kann noch gut dableiben, weil der ohnehin einen ruhigen Job hat. Spurensicherung«, sag ich so und hau dem Karl aufmunternd auf die Schulter.

Und dann bin ich weg.

Zwei Stunden später fährt die Frau Höpfl mit dem Auto vor mein Büro und lässt den Karl aussteigen. Der geht schnurstracks zu seinem Streifenwagen und steigt ein.

»Karl!«, schrei ich durchs Fenster.

Er schaut her.

Dann steigt er wieder aus. Er kommt ans Fenster. Er macht alles in Zeitlupe. Auch das Mich-Anschauen.

»Karl? Ist alles in Ordnung mit dir?«, frag ich dann so.

»Franz«, sagt der Karl und lächelt dämlich. »Schön, dich zu sehen.«

Was hat der denn eingeschmissen?

»Geht's dir nicht gut?«

»Alles tippi-toppi!«, sagt er noch, dann entschwebt er meinem Dunstkreis. Er setzt sich ins Auto und fährt weg.

Bevor ich selber aufbreche, geh ich noch kurz ins Büro von der Susi. Sie ist erwartungsgemäß nicht da.

»Wie lang hat dieses Weib denn eigentlich überhaupt noch Urlaub?«, frag ich die Kollegin und deute auf den leeren Platz.

»Entschuldige mal, ich wüsste nicht …«

»Ein einfaches Datum würde genügen«, sag ich.

»Diese Woche noch.«

Na also!

»Und sie ist sehr glücklich, da wo sie jetzt ist!«, ruft mir das Miststück noch hinterher.

Wie ich am Abend mit dem Ludwig meine Runde dreh, lande ich irgendwie an dem Bahngleis, das den Höpfl zur Strecke gebracht hat. Da kriegt das Wort Bahnstrecke gleich einen ganz anderen Sinn. Der Ludwig mag diesen Weg. Immer wenn ein Zug vorbeirollt, versucht er, hinterherzujagen. Ein paar Meter halt, er ist ja auch nicht mehr der Jüngste. Auf dem Rückweg überqueren wir eine große Wiese, grade frisch gemäht. Es duftet wunderbar. Am Waldrand bleib ich kurz stehen, weil der Ludwig wichtigen Geschäften nachgeht. Ich lehn mich derweil völlig entspannt an einen Baum und schau in die Gegend. Und dann entdeck ich ihn. Den Hochsitz. Den muss ich mir unbedingt einmal genauer anschauen. Also kraxel ich hinauf. Erstklassige Aussicht von oben. Auf den wunderbaren Wald, die wunderbare Wiesen und die wunderbaren Züge, die durch die wunderbare Wiesen donnern. Wenn das der Hochsitz vom Simmerl Max ist, auf dem er nach eigenen Angaben die Mordnacht vom Höpfl verbracht hat, dann hat er vermutlich alles gesehen. Hat alles gesehen und gibt es einfach nicht zu.

Das heißt es jetzt herauszufinden.

Ich fahr gleich mal hin.

Der Simmerl steht vor der Metzgerei und ratscht mit einer Kundin.

Spanferkel grillen, Spezialgebiet des Hausherrn.

»Servus, Simmerl. Du, ist dein Max daheim?«, frag ich direkt, wie ich hinkomm.

Er nickt und verabschiedet sich dann von der Spansaufrau.

»Max!«, schreit er zum Fenster hinauf, dass gleich die Scheiben klirren.

»Was?«, schreit der Max zurück, nicht weniger laut.

»Komm runter, der Herr Eberhofer ist da!«, schreit der Simmerl jetzt rauf und grinst mir her.

»Gleich!«, tönt es von oben.

Derweil kauf ich ein paar Angebote, weil ich schon mal da bin. Weil ich schon mal da bin und der Hunger die Auslage der Metzgerei zu einem wahren Schlaraffenland macht. Eine gute Weile später ist vom Max noch immer nichts zu sehen.

»Das dauert aber«, sag ich so.

»Ja, die Jugend hat halt ein völlig anderes Zeitgefühl«, sagt der Simmerl. »Wenn ich den Max zum Frühstück rufe, bin ich froh, wenn er zum Mittagessen kommt.«

Der Metzger wischt den Tresen sauber.

»Soll ich mal raufschießen?«, frag ich noch, aber wie durch ein Wunder erscheint dann der Sprössling auch schon im Türrahmen.

»Du, Max, ich hab grad deinen Hochsitz gefunden. Direkt am Waldrand. Mit Blick über die wunderbare Wiese, gell?«

Er nickt, ein bisschen zaghaft für meine Begriffe.

»Und mit einwandfreiem Blick auf die Bahnstrecke.«

»Ich hab nix gesehen und nix gehört«, sagt der Max und zieht unterm T-Shirt ein paar Kopfhörer hervor. »Ich hab Musik gehört und fertig.«

»Aber wenn man nichts hört, ist man ja nicht automatisch gleich blind«, sag ich jetzt und muss an die Oma denken. Die hat nämlich Augen so scharf wie ein Adler.

»Ich schon. Weil ich halt ein bisschen gechillt hab.«

»Und da hat man automatisch die Augen zu?«

Er nickt.

»Kann ich jetzt gehen?«, fragt er bockig.

»Wenn du mich anlügst, Bürschchen, werd ich das herausfinden, verstanden. Ich ermittle hier in einem Mordfall. Da ist jede Aussage ungeheuer wichtig. Ich werde dich als Zeugen vorladen und dann kriegst du ein Kreuzverhör, davon träumst du noch Jahre.«

»Darf der so mit mir reden, Papa?«, fragt der kleine Bocker jetzt.

»Ich werde im Gerichtssaal sitzen, mein Sohn. Und wenn sie dich des Meineids überführen, muss ich dich leider in Stücke hacken.« Der Simmerl geht mit dem Hackbeil auf ihn zu und verdreht dramatisch die Augen.

»Zisch ab!«, sagt er dann und der Bub zischt ab.

»Glaubst du, der Max hat tatsächlich was gesehen?«, fragt er mich jetzt und reicht mir meinen Einkauf rüber.

»Er müsste was gesehen haben, rein theoretisch. Der Hochsitz ist quasi wie ein Logenplatz. Mit erstklassigem Blick direkt auf die Unglücksstelle, weißt du. Aber mit Augen zu, ist auch der beste Platz für'n Arsch.«

»Wem sagst du das. Genau dasselbe denk ich mir jeden Abend, wenn ich zur Gisela ins Bett steig. Da hat sie nämlich auch immer schon die Augen zu und verpasst natürlich das Beste.«

Ich sehe, wir verstehen uns.

Der Ludwig kriegt noch eine Weiße und dann geh ich heim und erfreue die Oma mit meinen Schlaraffenlandspezialitäten.

Am nächsten Tag fahr ich zuerst einmal zu dem Schlüsseldienst, bei dem der Sieglechner kurzzeitig beschäftigt war. Der Herr dort ist ein älteres Semester und er trägt Bart bis fast zum Nabel. Er erzählt mir, dass er einen Vierundzwanzig-Stunden-Service hat und telefonisch quasi rund um die Uhr zu Einsätzen gerufen wird. Besonders nachts, sagt er, weil, da will man halt niemanden stören. Da läutet man nicht so schnell mal beim Nachbarn und holt den Ersatzschlüssel. Nein, da holt man halt lieber den Schlüsseldienst. Und so kommt es vor, dass er schon so zwei-, oder gar dreimal wohin muss in der Nacht. Langsam ist er aber in einem Alter, wo das nicht mehr so leicht wegzustecken ist. Darum die Idee mit der Aushilfe. Er hat gemeint, wenn er für ein paar Nächte in der Woche eine Hilfe hat, kann er die Restzeit einfach besser verkraften. Der Sieglechner hat sich bei ihm vorgestellt. Und man war sich schnell einig. Ein Tag Einarbeitung und dann ist es auch schon losgegangen. Weil er sich eben recht geschickt angestellt hat, der Bruno.

»Ein Naturtalent«, sagt der Rauschbart. »Der hatte das Schloss offen, so schnell kann man gar nicht schauen.«

»Ja«, sag ich. »Das hab ich einmal gesehen. Ruckzuck ist das gegangen. Hab mir noch so gedacht: was für ein simpler Job. Wobei ich schon sagen muss, dass mir das mit dem Geschmiere total auf den Nerv gehen würde.«

»Was für ein Geschmiere?«

»Na, der Sieglechner war voller Schmieröl nach dem Türöffnen. Bis hinter zum Ellbogen.«

Der Alte schüttelt den Kopf.

»Nein, nein, mein Freund. Wenn Sie nicht grad einen hundertjährigen Kerker öffnen wollen, dann braucht's überhaupt gar kein Öl nicht. Bei den gängigen Schlössern von heute jedenfalls nicht.«

»Wenn ich's Ihnen doch sag. Der war voll mit Schmieröl. Von hinten bis vorn.«

»Dann hat er höchstens eine Show abgezogen. Damit es nicht allzu einfach wirkt. Gebraucht hat er's jedenfalls nicht, das Öl.«

Er sagt das jetzt mit einer solchen Bestimmtheit, dass ich nichts mehr dagegen weiß.

»Warum ist er denn nicht mehr da, der großartige Schlüsselkünstler, grad wenn Sie mit ihm so zufrieden waren?«

»Es waren ja nur ein paar Tage, wissens. Dann hat er sich's wohl anders überlegt. Er hat einfach angerufen und gesagt, er kommt nicht mehr. Aus. Keine weitere Erklärung. Sie brauchen nicht zufällig noch einen Nebenjob?«

Nein, um gar keinen Preis. Und dann bin ich auch schon wieder weg.

Kapitel 22

Wie ich hernach in mein Büro komm, ist die Susi da. Also jetzt nicht direkt in meinem, eher in ihrem, aber immerhin ist sie da. Sie hat den Arm in Gips. Ja, das musste ja so ausgehen.

»Ja, wen haben wir denn da?«, sag ich so ungezwungen wie möglich und geh in Richtung Kaffeemaschine.

Kanne leer, das fängt ja schon gut an.

»Was hast denn mit deinem Arm gemacht?«, frag ich sie jetzt.

»Gebrochen.«

Klare Aussage, wenn auch nicht gerade ausführlich.

»Aha. Und wie genau ist das passiert?«

»Beim Surfen.«

Beim Surfen! Ich lach mich tot. Sie kann doch noch nicht mal richtig Schlitten fahren, vom Schifahren gar nicht zu reden. Und jetzt will sie surfen! Das hat ja so kommen müssen.

»Tut's weh?«

»Es hält sich in Grenzen.«

Also, so kommen wir aber nicht weiter.

»Also, so kommen wir aber nicht weiter«, sag ich dann.

»Ich hab auch gar nicht vor, mit dir weiterzukommen. Bis dahin, wo wir gekommen sind, ist es schon mehr als genug, wenn du mich fragst.«

Jetzt bin ich aber platt.

Und ein bisschen beleidigt.

Ich dreh mich um und geh.

Das hab ich nicht verdient. Auf gar keinen Fall.

An Arbeit ist jetzt überhaupt nicht mehr zu denken und so bau ich ein paar Papierflieger und lasse sie durchs Zimmer gleiten.

Der Bürgermeister kommt rein.

»Ah, wieder schwer beschäftigt, der Eberhofer«, sagt er und setzt sich direkt mir gegenüber. Der nächste Flieger landet direkt auf seinem Schädel. Die Halbglatze bietet aber auch eine wirklich perfekte Landebahn.

»Lassen Sie das!«, schreit er mir her.

Einen lass ich noch gleiten, dann gehen mir

die Flieger aus. Ich müsste praktisch aufstehen. Aber auch da dran ist gar nicht zu denken.

»Eberhofer!«, brüllt mich der Bürgermeister jetzt an. Hab ich schon erwähnt, dass er den Hang zum Hysterischen hat?

Ich schau ihn an.

»Jetzt reißen Sie sich doch einmal zusammen, Herrschaft! Ich hab was mit Ihnen zu besprechen.«

Er hat was mit mir zu besprechen! Als würde mich das momentan interessieren. Aber gut. Ich nehm die Füße vom Schreibtisch und beug mich nach vorn.

»Also was?«, frag ich dann.

»Ja, gut. Es ist eine neue Situation eingetreten, lieber Herr Eberhofer, in der wir kurzfristig umdisponieren müssen. Und da müssen wir halt alle ein bisschen zusammenhalten, nicht wahr. Weil nur so kann eine kleine Kommune, wie wir es nun mal sind, überhaupt funktionieren, nicht wahr.«

»Wenn es keine Umstände macht, wär's mir recht, wenn Sie bald auf den Punkt kommen. Schließlich hab ich auch noch andere Dinge zu tun, als Sie zu unterhalten«, sag ich.

»Papierflieger fliegen lassen zum Beispiel«, sagt er und steht auf. Er schaut aus dem Fenster. »Aber lassen wir das, lieber Herr Eberhofer.«

»Lieber Herr Eberhofer« stinkt bis zum Himmel.

»Was wollen Sie?«, schrei ich jetzt vielleicht ein bisschen zu laut für meinen Dienstgrad. Aber der Bürgermeister bleibt ruhig. Da ist er ganz Profi.

»Also, die Sachlage ist die, dass die arme Susi jetzt erst einmal krankgeschrieben ist, gell. Und da brauch ich halt Ihre Unterstützung. Für die Mädels vorne. Also nicht immer, aber wenn's halt mal brennt.«

»Ich soll Ihnen da vorne den Schreibdeppen machen?«

»Nur wenn's brennt, gell. Sonst natürlich nicht.«

»Wie lang dauert so ein Armbruch? Vier Wochen oder sechs?«

»Ja, lieber Herr Eberhofer, die Sache ist leider ein bisschen anders. Weil nämlich die Susi auch danach nicht mehr kommt, wissens.«

Was soll das jetzt wieder heißen? Warum zickt er so rum? Warum soll die Susi nicht mehr kommen? Wo will sie denn sonst hin?

Fragen über Fragen, und der Bürgermeister ist nicht die Person, von der ich gern die Antworten möchte.

Ich geh direkt zu ihr ins Büro.

»Wie lang bist du krankgeschrieben?«

»So wie's ausschaut sechs Wochen.«

»Und dann?«

»Dann muss ich wieder zum Arzt.«

»Das mein ich nicht. Ich mein, wenn du wieder gesund bist. Was genau hast du dann vor?«

»Ach, Franz, schau mal …«

Jetzt muss ich mich hinsetzen. Ich glaub, was jetzt kommt, ist im Stehen nicht zu ertragen.

»Ich hab um eine Auszeit gebeten. Unbezahlten Urlaub, weißt du. Ich muss halt auch mal was anderes sehen von der Welt.«

Sie kniet sich jetzt vor mich und fängt an, meinen Arm zu streicheln.

»Es ist der Italiener, stimmt's? Du willst nach Italien. Du willst nichts anderes sehen von der Welt. Du willst nur diesen Kerl anhimmeln. Luca Toni.«

»Du hast recht, so schaut er aus. Woher weißt du das?«, fragt sie und steht auf.

»Ich weiß noch viel mehr, mein Schatz. Zum Beispiel, dass du mit dem nicht glücklich wirst.«

»Aber mit dir auch nicht, Franz«, sagt sie und streift mir die Haare zurück. Ihr Handgelenk riecht nach Lavendel und Jasmin. Ich muss jetzt gleich kotzen.

Ich geh zurück in mein Büro.

Der Bürgermeister sitzt auf meiner Seite vom Schreibtisch und spielt mit einem Kugelschreiber.

»Wenn Sie es wagen, mir die Arbeit von der Susi aufs Auge zu drücken, dann hab ich morgen beide Arme gebrochen. Ich kenn da gute Leute, die das machen. Beinahe schmerzfrei sogar.«

Er steht auf und geht.

»Kugelschreiber!«, schrei ich ihm nach.

Er kommt zurück und legt mir den Kugelschreiber auf den Tisch.

So ist es gut.

Auf dem Heimweg mach ich einen kleinen Abstecher. Um genau zu sein, ist es ein Umweg von dreiundzwanzig Kilometern hin und zurück. Ich fahr in die Waschstraße. Das

Auto muss geputzt werden. Das sind die wirklich wichtigen Dinge im Leben. Ein sauberes Auto. Vollwäsche mit allem Pipapo. Neunzehn neunzig kostet der Spaß. Einfach. Insgesamt fahr ich siebenmal durch. Jetzt ist die Kiste sauber, ohne jeden Zweifel!

Schon wie ich zum Hof reinfahr, seh ich dem Leopold sein Auto dastehen. Dieser Dauerbelagerungszustand wird langsam zum Albtraum.

»Heyheyhey, Brüderchen«, ruft er schon, da steh ich quasi noch im Hausgang.

»Was stimmt dich denn so fröhlich?«, frag ich.

Die ganze Familie strahlt, obwohl es nicht nach Essen riecht. Ich geh zum Herd. Alles blitzblank und offenbar verwaist.

»Nein, Franz, heut wird nicht gekocht«, ruft der Leopold munter. »Heut lad ich euch nämlich alle zum Essen ein. Weil heute mein Scheidungstag ist. Ich bin jetzt seit genau viereinhalb Stunden ein freier Mann.«

»Dann gratulier ich dir recht herzlich.«

»Nein, dazu gratuliert man doch nicht«, sagt der Leopold. »Ein freier Mann zu sein ist ja erbärmlich. Gratulieren kannst du uns in sechs Wochen, gell, Panida. Weil da wird nämlich geheiratet.«

»Das ist ja wunderbar«, sag ich und kann mich kaum noch auf den Beinen halten.

»Also, packen wir's!«, schlägt der Leopold vor.

»Wohin gehen wir?«, muss ich noch wissen.

»Zum Italiener. Pizza und Pasta bis zum Abwinken, gell, Papa!«, ruft die alte Schleimsau ganz euphorisch.

Ich bleib daheim.

Dazu gibt's auch nix weiter zu sagen.

Selbstverständlich bleibt auch die Sushi hier bei mir. Man kann gar nicht früh genug damit anfangen, den einheimischen Nachwuchs vor den dubiosen Machenschaften des italienischen Volkes zu bewahren.

Drüben im Saustall liegt ein Kuvert auf dem Tisch, es ist vom Birkenberger. Drin sind die Rechnungen von seinem großartigen Susi-Auftrag und was ich da seh, lässt mich in die Knie gehen. Ich greif zum Telefonhörer.

»Sag einmal, du bodenlos unverschämter

Arsch, was glaubst du denn eigentlich? Denkst du wirklich, dass ich dir diese Rechnungen bezahl?«, flüstere ich in den Hörer. Ich hab den Zwerg Nase hier liegen und will sie auf keinen Fall wecken.

»Hallo … hallo. Wer ist dran? Sprechen Sie lauter«, sagt das Arschloch. Mein Puls schlägt bis zum Gehtnichtmehr. Ich geh in den Hof raus und schließe die Tür hinter mir.

»Hier ist der Eberhofer, den du grad so wunderbar übern Tisch ziehen möchtest.«

»Was heißt hier übern Tisch ziehen? Das sind die Spesen, so war es ausgemacht.«

»Aber es war kein Fünf-Sterne-Hotel ausgemacht!«

»Ich hab's dir doch gesagt, Franz. Es war weit und breit kein anderes Zimmer zu kriegen.«

»Zweihundertzwanzig Euro die Nacht.«

»Tut mir leid.«

»Und das Essen? Ich kann hier kein einziges Mal das Wort Pizza lesen. Nur alles vom Feinsten. Drei Gänge mit Fisch und Muscheln, Salat extra und Dessert. Wasser, Wein, Espresso. Soll ich weitermachen?«

»Wegen mir nicht. Ich weiß ja noch, was

ich bestellt hab. Aber wenn du gern möchtest.«

Das hat auch keinen Sinn.

Ich leg auf.

Der Tag ist sowieso verschissen.

Wie die heitere Scheidungsgesellschaft nach vielen Stunden heimkommt, sind sie alle ziemlich betrunken. Der Leopold ist strunzbesoffen. Er hopst übern Hof und breitet die Arme nach mir aus.

»Was soll das jetzt werden? Brüderlein, komm tanz mit mir?«, muss ich ihn fragen.

»Warum nicht? Franz, komm, sei nicht so langweilig. Schau, wir haben dir eine Pizza mitgebracht.«

Dann entreißt er der Panida einen Karton und überreicht ihn mir wie eine rare Kostbarkeit. Er öffnet die Schachtel. Die Pizza dampft noch. So passt sie großartig in sein Gesicht. Dann dreh ich mich ab und geh zurück in den Saustall.

Tür zu und Schluss.

Durch die Vorkommnisse des heutigen Tages hält sich die entspannte Nachtruhe dann eher in Grenzen. Die somit gewonnene Freizeit nutze ich, um den Höpfl-Fall zu durchdenken.

Kapitel 23

Am nächsten Morgen bin ich relativ grantig und fahr erst gar nicht ins Büro. Ein Bürgermeister oder gar eine Susi würden mich wohl noch zum Gebrauch der Waffe nötigen. Stattdessen fahr ich schnurstracks nach Landshut. Schließlich gab es ja neulich eine so nette Einladung zum Kaffee von der Angie.

Mal sehen, ob mein Plan aufgeht.

Ich läute und es dauert relativ lange, bis sie mir öffnet. Sie erscheint im Nachthemd.

»Franz? Was machst du denn hier? Wie spät ist es denn eigentlich?«, fragt sie erst mal.

Ich geh an ihr vorbei direkt in die Küche.

»Es ist sechs Uhr zwanzig. Hab ich dich aufgeweckt?«, frag ich und setz uns einen Kaffee auf.

»So könnte man das sagen.«

Es riecht hier furchtbar nach Rauch. Vermutlich war der Sieglechner zu Besuch. Wenn er nicht sogar noch immer hier rumhängt.

»Was willst du?«, fragt sie jetzt und macht den Tisch zurecht.

»Na, die Einladung von neulich. Zum Kaffee. Schon vergessen?«

»Nein, natürlich nicht. Aber da hab ich mehr an den Nachmittag gedacht.«

»Wenn du magst, kann ich gut bis zum Nachmittag hierbleiben.«

Sie grinst.

»Bist du allein zu Haus?«

»Ja, wer sollte denn sonst noch hier sein?«

»Na, der Bruno zum Beispiel.«

Sie schüttelt den Kopf. Dann gießt sie Kaffee ein und holt die Milch aus dem Kühlschrank.

»So wie es jetzt ausschaut, Angie, ist dein Marcel der Mörder vom Höpfl«, sag ich so ganz ohne Vorwort.

Ihr fällt der Löffel aus der Hand. Mitten in die Tasse. Jedes Mal eine Mordssauerei mit dem Weib.

Ich hol einen Lappen vom Spülbecken und wische auf.

»Was soll das jetzt, Franz?«, fragt sie mich mit zittriger Stimme.

»Es gibt einen Zeugen, weißt du. Der hat

alles gesehen. Von einem Hochsitz aus. Und der hat beobachtet, wie dein Marcel den Höpfl auf den Gleisen fixiert hat. Augenzeuge sozusagen. Todsichere Sache. Fernglas, mondhelle Nacht. Ziemlich eindeutig für meine Begriffe.«

»Franz, bitte!« Sie schluchzt auf. »Bitte, geh jetzt!«, sagt sie ziemlich eindringlich und erhebt sich.

Es gibt keine Umarmung heute. Ich geh zur Tür raus und die Treppen runter. Ich überquere den Hof und bleibe hinter der Hausmauer stehen. Dann schau ich ums Eck.

Der Küchenvorhang bewegt sich.

Zehn Minuten später kommt der Sieglechner durch die Haustür. Er setzt sich in einen Wagen und fährt davon.

Ich muss mich nicht beeilen.

Ich weiß, wo er hinfährt.

»Großartige Aussicht, gell«, ruf ich zu ihm rauf, gleich wie ich dort ankomm.

Er steht auf dem Hochsitz, schirmt mit der Hand die Augen ab und starrt in die Ferne.

Er nickt.

»Großartige Aussicht«, sagt er.

Er bleibt noch ein Weilchen da oben und schreitet optisch die Bahnstrecke ab. Jeden winzigen Millimeter. Danach steigt er langsam die Leiter herunter. Sprosse für Sprosse.

Wie er dann vor mir steht, packt er mich plötzlich am Kragen. Und er drückt zu. Ganz schön sogar.

»Eines werd ich dir sagen, mein Freund. Meine Angie lass ich mir nicht kaputt machen. Von niemandem. Erst recht nicht von euch. Es bricht ihr das Herz, verstehst du. Der Marcel ist jetzt tot, das müsste doch reichen. Aber sein Andenken lasse ich nicht in den Dreck ziehen. Niemals! Nur, dass das klar ist!«

»Wenn du mich nicht sofort loslässt, werde ich dir die Kniescheibe zerschießen, Bruno.«

Er lässt los und schüttelt mich ab. Wie ein lästiges Vieh. Dann dreht er sich ab und geht Richtung Auto.

»Es wird in allen Zeitungen stehen, Sieglechner. In allen verdammten Zeitungen, hörst du. Da kannst du dich auf den Kopf stellen, kapiert!«, ruf ich noch hinter ihm her.

Er winkt ab, steigt ein und fährt los.

Wie nicht anders zu erwarten, klingelt bald darauf mein Telefon. Die Angie ist dran und jammert mir her, das kann man gar nicht glauben. Nix, sag ich. Heute ist Freitag. Und am Montag ist die Pressekonferenz. Und da kommt es auf den Tisch, da kann sie grad machen, was sie will. Schließlich hat die Welt ein Recht darauf, zu erfahren, wer den Rektor Höpfl auf dem Gewissen hat. Da hilft ihr jetzt auch die blöde Heulerei nichts. Da bin ich hart.

Grad wie ich am Mittag aus meinem Büro hinaus will, ist ein Remidemi im Gang, dass praktisch alle Wände wackeln. Die ganze Gemeindeverwaltung ist anwesend und etliche mehr. Im Grunde genommen das halbe Dorf. Die Susi steht in der Mitte des Geschehens und wird vom ganzen Drumherum beinah zerquetscht.

Abschiedsfeier.

Sie bricht heute auf.

In ihr neues Leben.

Hurra.

Der Papa und die Oma sind selbstverständlich auch dabei. Die Blicke, die ich ernte, sind an Abwertung gar nicht mehr zu steigern. Weil ich hier nicht auf den Boden kotzen möchte, dreh ich mich ab und mach mich auf den Heimweg.

Ich bin grad ein paar Schritte weg, da kommt die Susi hinterhergelaufen.

»Willst du mir denn nicht viel Glück wünschen, Franz?«, sagt sie zu mir.

»Nein, das will ich nicht! Ich will, dass du dir den anderen Arm auch noch brichst, verdammt. Dann werden wir ja einmal sehen, ob dir dein feiner Italiener den Arsch wischt!«

Sie steht direkt vor den Kletterrosen, die an der Rathauswand hinaufwachsen. Das rosarote Sommerkleid scheint wie gemacht für diesen Hintergrund. Ihre Haare hat sie hochgesteckt. Ein paar Strähnen flattern im Wind.

»Franz«, sagt sie ganz leise und legt die Hand auf meinen Arm.

»Viel Glück«, sag ich dann und steig in den Wagen.

Der ist jetzt sauber, da gibt's keine Frage. Ich lass den Motor an und fahr mit quietschenden Reifen haarscharf an ihr vorbei. Im Rückspiegel seh ich, wie sie sich über die

Augen wischt. Sie braucht jetzt gar nicht erst zu weinen. Schließlich hab ich ja nicht sie verlassen.

Am Abend bei unserer Runde kommen der Ludwig und ich wieder einmal rechtzeitig zum Stockentenrennen. Der Flötzinger und der Simmerl im Einsatz. Wirklich vorbildlich. Wir verabreden uns für später auf ein Bier beim Wolfi.

»Jetzt ist sie weg, die Susi«, sagt der Papa, wie ich zur Küche reinkomm.

»Da kann man nix machen«, sag ich.

»Jetzt nimmer«, sagt der Papa.

Ich steh vom Tisch auf, weil mir das jetzt zu blöd wird.

»Wo willst denn jetzt hin?«, fragt der Papa.

»Komasaufen«, sag ich.

»Du, nur dass du's gleich weißt. Morgen kommt die Sushi, gell. Weil morgen der Leopold nämlich einen mordswichtigen Bestsellerautor in seiner Buchhandlung hat. Der macht da eine Lesung. Und die Panida macht dafür ein Buffet. Ein thailändisches. Und drum bleibt die Kleine halt hier bei uns.«

»Und was geht mich das an?«, frag ich, obwohl ich die Antwort längst kenne.

»Ja, mei, weil die Sushi halt bei dir drüben schlafen möcht. Du weißt es doch selber, wie sie ist.«

»Ja, für so was bin ich dann auch wieder gut, gell. Aber sonst kann man den Franz ja gerne blöd anreden. Es ist ja eh bloß der Franz, der wird das schon verkraften.«

»Du wirst es schon verkraften«, sagt der Papa.

»Herrschaft, jetzt ist eine Ruh da herinnen! Ihr bringt's mich noch einmal ins Grab mit eurer ewigen Streiterei«, schreit uns dann die Oma her.

Ich geh hin und geb ihr ein Bussi wegen Beruhigung.

»Hau ab, du Idiot«, schreit sie jetzt aber und schüttelt mich ab. »Schau lieber, dass du die Susi wieder nach Haus bringst.«

Sie steht auf und schlurft durch die Küche Richtung Ausgang.

»Glaubst, für nix kannst die brauchen, die depperten Mannsleut«, knurrt sie noch auf ihrem Rückzug.

Wie ich zum Wolfi reinkomm, sind die

Stockenten bereits anwesend. Sie trinken eine Apfelschorle. Sonst ist noch niemand im Lokal.

»Servus, Wirt«, ruf ich schon von der Tür aus. »Jackie und AC, und zwar sofort!«

Der Wolfi versteht mich auf Anhieb. Und im Nullkommanix hab ich ein Limoglas voll Jack Daniel's und aus dem Lautsprecher tönt AC/DC vom Feinsten.

So ist es gut. In manchen Momenten des Lebens ist das die einzig taugliche Medizin.

Die Stockenten beharren noch ein Weilchen auf ihrer Gesundheit, geben sich dann aber doch geschlagen.

»Autos und Weiber«, sagt der Flötzinger irgendwann. »Sind das Wichtigste, das wo ein Mannsbild überhaupt braucht. Und es ist auch genau das, wo er sich am allermeisten drüber aufregt.«

Ein weiser Mann, der Flötzinger.

»Das kann dir sogar mit einem Ferrari passieren. Dass du glaubst, du hast da Wunder was, und dann stellst du fest, es ist doch bloß ein Blechhaufen, gell.«

»Wem sagst du das!«, muss ich ihm jetzt beipflichten.

»Ja, ein Blechhaufen. Zwar lecker verpackt. Aber Blech bleibt Blech«, sagt er weiter. Wobei er bei der Stelle »Blech bleibt Blech« schon mehrere Anläufe braucht. Und so reden wir eine Zeit lang völlig entspannt über Weiber und Autos. Und später dann spielen wir Luftgitarre. Der Wolfi auch. Der ist quasi der Meister aller Luftgitarrenspieler. Aber ich glaub, der übt immer ein bisschen heimlich, wenn halt so gar keine Gäste da sind.

Auf dem Heimweg kommt die Sprache dann auf die Susi. Und die zwei Klugscheißer haben tausendundeine Idee, wie ich sie zurückkriegen könnte.

Als würde ich das wollen. Gott bewahre.

Leider stimmt mich das alles nicht grad fröhlich, und ich möchte den beiden jetzt gern eins aufs Maul hauen. Da ich aber schon noch weiß, was sich gehört, schmeiß ich stattdessen die Fensterscheibe ein. Also die Fensterscheibe von der Susi ihrem Schlafzimmerfenster. Es klirrt wie verrückt und tausend kleine Scherben fliegen durch die Nacht.

Ein paar Schritte weiter läutet mein Telefon. Der Nachbar von der Susi ist dran. Er sagt, ich muss unbedingt sofort kommen. So ein Arsch hätte grade ein Fenster eingeworfen. Ich kümmere mich drum, sobald mein straffer Dienstplan es zulässt, sag ich und häng auf.

Dann muss ich den Flötzinger seiner Mary übergeben. Das ist nicht schön. Er kann nicht mehr auf zwei Beinen stehen und geht auf allen vieren ins Haus.

»Der schaut ja vielleicht aus«, sagt die Mary ein kleines bisschen vorwurfsvoll.

»Ja, mei, der verträgt ja auch rein gar nix mehr. Wenn er tagein und tagaus immer nur Apfelschorle säuft«, sag ich und dann geh ich auch selber heim.

Es ist ein hartes Erwachen am nächsten Tag. An Frühstück ist überhaupt nicht zu denken, wenn man mal davon ausgeht, dass Aspirin nicht als Frühstück durchgeht.

Die Oma weckt mich zum Mittagessen. Ein gespickter Rehrücken ist ein wunderbares Gericht, aber nur, wenn man sich nicht selbst grad wie einer fühlt. Ich bring nichts hinunter. Beim besten Willen nicht. Die beleidigte Leberwurst lässt mich noch nicht einmal mehr beim Abwasch helfen, was mich jetzt aber auch nicht direkt umbringt. So kann ich mich gleich wieder aufs Kanapee hauen. Den Nachmittag verbring ich im Dämmerschlaf.

Aufgeweckt werde ich dann durch das Telefon. Die Angie ist dran und weint mir in den Hörer. Dafür hab ich jetzt überhaupt keinen Nerv. Ich leg auf. Kurz darauf ruft der Birkenberger an. Er jammert mir in den Hörer. Von wegen jahrelanger Freundschaft und pipapo. Das hätt er sich lieber mal ein bisschen früher überlegen sollen. Dafür hab ich jetzt erst recht keinen Nerv. Ich leg auf.

Dann schalt ich das Telefon aus. Um Schlimmeres zu verhindern. Wer könnte jetzt noch anrufen? Der Papst? Dass ich den Weltfrieden wiederherstellen soll?

Kurz darauf kommt der Papa in den Saustall und hat die Sushi auf dem Arm. Sie ist frisch gewindelt und bereits gefüttert. Der Rest ist jetzt meine Aufgabe, sagt er. Dafür ist er aber auch schon mit dem Ludwig eine Runde gegangen, und das mit seinem lädierten Fuß. Es ist aber gut so. Weil auf langes Laufen an der frischen Luft bin ich heut eh nicht sonderlich scharf.

Auf dem Papa seinem Arm grantelt die Sushi. Das ist neu. Aber sie kann es schon wirklich sehr gut. Hat nicht mehr dieses mickrige Babygeschrei, sondern vielmehr schon ein astreines Brummen.

Wunderbar.

Wie sie mich jetzt sieht, fängt sie an zu lachen und der Papa ist Geschichte. Er schüttelt ganz ungläubig den Kopf.

Dann kommt die Oma ins Zimmer und schleppt eine Warmhaltebox an.

»Schau, ich hab dir ein paar Dampfnudeln gemacht, Bub. Genauso, wie du sie gern hast. Mit einer selbergemachten Vanillesoße. Die magst doch so, gell. Und essen musst was mit der blöden Sauferei. Ich glaub, das wird deinem Magen jetzt guttun«, sagt sie und richtet den Tisch an. Sie weiß halt einfach, was ihr Franz so braucht. Dann verabschieden sich die beiden zur Nacht und die Sushi und ich bleiben alleine zurück. Ich sing ihr ein bisschen was vor.

Sie lacht. Das ist schön. Es scheint ihr zu gefallen.

Zumindest eine Zeit lang. Weil dann dreht der Papa nämlich drüben die Beatles auf. Und da kann ich mit meinem heiseren Stimmchen, das mir der Jack gestern zugefügt hat, heute beim besten Willen nicht mithalten. ›Why don't we do it in the road‹ tönt es aus den Boxen. Trotz des Lärms reibt sich die Sushi bald die Augen. Und kurz darauf schläft sie schon ein.

Ich leg sie ganz vorsichtig auf das Kanapee und decke sie zu. Sie schaut aus wie ein Engel. Wie ein thailändischer halt. Bis auf die Nase natürlich.

Kapitel 24

Grad wie ich zum Essen anfang, geht die Tür auf und der Sieglechner steht im Zimmer. Das hat mir jetzt grade noch gefehlt. Als wären ein Kater und ein Kleinkind nicht bereits genug Besucher.

»Was willst du hier?«, frag ich recht unfreundlich, weil ich davon ausgeh, dass ihn nicht nur die Sehnsucht zu mir treibt.

»Was ich von dir will, das kann ich dir schon sagen, Eberhofer«, sagt er und lehnt sich an die Wand. »Ich werde dir den ganzen Hof abfackeln, wenn du uns nicht endlich zufrieden lässt.«

Ich fang an, meine Dampfnudeln zu essen, weil das die Langeweile unterstreicht, die ich jetzt gern ausstrahlen möchte. Sie sind wirklich göttlich. Außen fest, innen luftig und butterweich. Bei der Soße fehlen mir direkt die Worte. Die Oma weiß halt einen defekten Magen zu reparieren.

»Du kannst gerne abfackeln, was immer du möchtest, Bruno. Es wird mich aber nicht daran hindern, den Fall aufzuklären.«

»Du bist aber auf der falschen Fährte, verstehst du. Der Marcel hat damit rein gar nichts zu tun. Und die Angie …« Er stößt sich von der Wand ab und kommt zu mir rüber. Er stützt sich mit beiden Händen auf die Tischplatte und lehnt sich direkt über mich. »Die Angie nimmt sich das Leben, wenn du den Marcel für den Mord verantwortlich machst.«

Er steht jetzt direkt vor mir und schnauft mir ins Gesicht.

»Aber irgendjemanden muss ich halt verantwortlich machen. Und es gibt immerhin einen Augenzeugen. Du hast dich ja selber von der großartigen Aussicht auf dem Hochsitz überzeugen können, gell.«

»Herrgott, dann hat er sich eben geirrt, dein Augenzeuge.«

»Solang es aber keinen anderen Verdächtigen gibt, werde ich davon nicht ablassen. Keinen einzigen Millimeter, verstanden.«

»Herrschaft, Eberhofer, der Bub hätte doch keiner Fliege was zuleide tun können.«

»Man kann halt nicht reinschaun in die Leut, gell. Die schauen oft von außen ganz harmlos aus und innen sind sie die Ausgeburt der Hölle.«

Der Sieglechner schreitet durch den Saustall. Nervös bis zum Gehtnichtmehr. Und ich hab ein untrügliches Gespür für nervöse Menschen. Schon rein berufsbedingt.

»Vielleicht war es ja eine Gemeinschaftstat«, überleg ich dann so verbal. »So familienintern vielleicht.«

»Was meinst du damit?«, will er jetzt wissen und schreitet wieder zu mir herüber.

»Deine Fingerabdrücke haben wir nämlich auch gefunden, Bruno. Im Höpfl-Haus. Nicht nur die von deinem Sprössling.«

»Ja, das ist doch ganz einfach. Ich hab dir doch die Tür dort aufgesperrt. Schon vergessen? Danach hab ich mir die Hände gewaschen, weil die ja voller Schmieröl waren. Erinnerst du dich vielleicht bitteschön daran? Und überhaupt, wo hast du eigentlich meine Fingerabdrücke her, ha?«

»Sieglechner, jetzt mach dich doch nicht lächerlich! Und das mit dem Schmieröl, das war einfach eine Nummer von dir. Weil du schon damals haargenau gewusst hast, dass irgendwann einmal ein Verdacht auf dich fallen wird. Drum hast du lieber vorgebeugt, gell. Aber in meiner Anwesenheit warst du nur im Erdgeschoss, Bruno. Sonst nirgends. Deine Fingerabdrücke aber sind im ganzen Haus. Wie erklärst du dir das?«

Ich hab jetzt ziemlich Oberwasser. Das merk ich genau. Er läuft planlos durch den Saustall und schaut wie der Teufel. Dann aber setzt er sich aufs Kanapee.

Und er entdeckt die Sushi.

»Ja, was haben wir denn da?«, fragt er und auf einmal hat seine Stimme einen ganz komischen Tonfall. »Ein kleines Mandeläuglein. Das ist ja niedlich. Ist das deines?«

»Ich rate dir, nimm deine Pratzen da weg!«, sag ich, vielleicht eine Spur zu schrill.

Er horcht auf.

Er schaut mich an.

Dann schaut er die Sushi an. Er nimmt sie hoch. Sehr vorsichtig. Fast liebevoll. Sie liegt in seinem Arm und schläft dort ganz entspannt weiter.

»Vorsicht!«, warne ich ihn.

»Geh, Franz. Ich hab in meinem Leben

schon so viele, deutlich gefährlichere Sachen transportiert. Handgranaten, Sprengstoffe, Säuren aller erdenklichen Sorten. Für so was hab ich ein Händchen, glaub's mir. Meinst du wirklich, ich könnte ein Kleinkind nicht halten?«

Er streicht ihr ganz sanft über die Stirn.

Ich steh auf.

»Setz dich!«, fährt er mich an.

Ich tu, was er sagt.

»Ist es dein Kind?«

Ich schüttel den Kopf. Im Moment krieg ich keinen Ton über die Lippen.

»Es ist nicht deines?«, fragt er und seine Stimme ändert wieder die Klangfarbe. Es ist der blanke Hohn, der aus ihr spricht.

»Das ist ja ein Jammer, nicht wahr. Du hast die Verantwortung für ein Kind und kannst sie nicht tragen. Ein Jammer, wirklich.«

»Leg sie zurück!«

»Oh, es ist also ein Mädchen? Hat sie denn auch einen Namen?«

»Leg sie zurück!«

»Ich glaube, du verkennst die Situation gerade, mein Freund. Die Situation hat sich nämlich jetzt komplett geändert, kapiert?«

Mir wird schlecht.

Er steht auf und wandert umher. Die Sushi schläft auf seinem Arm. Es sind nur seine Beine, die sich bewegen. Oben herum ist er ganz ruhig.

Ich brauche meine Waffe, verdammt. Die aber hängt samt Halfter und Lederjacke an der Tür vorn am Haken. Keine Chance, da ranzukommen.

»Ah, was haben wir denn da Feines?«, fragt er dann und schaut auf meinen Teller. »Dampfnudeln? Wunderbar!« Er nimmt einen Löffel voll. Dann noch einen. Die Vanillesoße trieft ihm vom Kinn.

»Göttlich«, sagt er und blickt auf sein Bündel im Arm. »Wenn auch schon ein bisschen kalt. Schade.«

Dann setzt er sich wieder hin und lehnt sich zurück. Die Sushi schläft in seinen Armen ganz friedlich. Er wirkt entspannt. Er atmet tief ein und dann wieder aus.

»Dann werd ich dir die Geschichte jetzt einfach mal erzählen, mein Freund. Und zwar genau so, wie sie war. Wir haben ja Zeit, wir drei Hübschen. Oder hast du etwa noch was vor heut Nacht?«

Die Beatles spielen den Blues.

Die Sushi streckt sich und gähnt.

Und mir platzt gleich der Schädel.

»Er hat mir einfach nicht zugehört, der Bub«, sagt der Sieglechner weiter. »Er hat gesagt, ich soll mich aus seinem Leben raushalten. Er kann machen, was er will und auch mit wem. Wie hätt ich da weiterhin zuschauen sollen, ha? Also hat eben ein anderer Plan hermüssen. Und da … da kommt mir diese Sache mit dem Schlüsseldienst doch praktisch wie gerufen. Das hat mir nämlich jetzt einen Zutritt verschafft, verstehst? Einen Zutritt zu dem Haus von diesem miesen Rektor.«

»Warum hast du nicht einfach bei ihm geläutet und sie zur Rede gestellt?«

Der Bruno lacht auf.

»Ja, weil die zwei alles abgestritten hätten. Der Höpfl sowieso und der Marcel natürlich auch. Nein, nein, ich musste die beiden schon in flagranti erwischen.«

»Und das hast du dann auch getan?«

Mein Hals ist so rau, als hätte ich Rasierklingen gefrühstückt.

Der Kidnapper nickt.

»Ja, bei Gott, das hab ich. So was Widerliches kannst du dir überhaupt gar nicht vorstellen, Franz.«

Er streichelt der Sushi über den Bauch. Sie grunzt.

»Und was ist dann passiert?«

»Ich hab den Marcel hinausgeschmissen und hab mich dann um den Höpfl gekümmert.«

»Du hast ihn misshandelt?«

»Das kann man wohl sagen. So lange, bis er mir geschworen hat, die Finger von dem Buben zu lassen. Zuerst hat er mich ja noch ausgelacht. Diese Drecksau. Und er hat geprahlt, wie gut sich so ein kleiner Arsch bearbeiten lässt. Ich soll das doch auch mal ausprobieren. Vielleicht würd ich dann auch lockerer werden. Lauter so Zeug hat er gesagt, der Höpfl. Aber am Ende hat er nur noch gewinselt, das kannst du mir glauben.«

»Weiter.«

»Dann bin ich weg. Ich hab ja zur Arbeit müssen. An diesem Tag hab ich nämlich Dienst gehabt. Witzigerweise ist dann ausgerechnet dein Auftrag gekommen. Und wie du weißt, hab ich dir die Tür aufgesperrt.«

Er lacht.

»Wo war der Höpfl zu diesem Zeitpunkt?«

»In seinem Privatpuff unten im Keller.«

»Warum hat er sich denn nicht gemeldet? Er hätte doch leicht um Hilfe rufen können.«

»Das Zeug, das ich ihm verpasst hab, setzt dich für etliche Stunden außer Gefecht. Ist übrigens das Gleiche, das ich deinem Hund vorher verpasst hab. Er mag Würstchen, gell?«

»Dem Ludwig?«, meine Stimme versagt jetzt komplett ihren Dienst. Ich kann nur noch krächzen.

»Keine Angst, die Dosis ist sehr gering. Spätestens beim Frühstück ist er wieder der Alte.«

Das beruhigt mich. Ich kann wieder schlucken.

»Bereits am nächsten Tag ist der Bub aber schon wieder zu ihm hin. Da hat er ja noch nichts gewusst von den Vorfällen zwischen mir und seinem Freier. Ich bin ihm natürlich gefolgt. Und wenn der Höpfl sein Wort gehalten hätte … wenn er bloß sein verdammtes Wort gehalten hätte, dann wär der Marcel nach ein paar Minuten wieder aus dem Haus rausgekommen. Ist er aber nicht. Nicht nach fünf Minuten und nicht nach zehn. Und wie er nach zwanzig Minuten noch immer nicht da war, bin ich rein«, sagt er und schüttelt den Kopf. Dann wischt er sich mit der freien Hand über die Augen. »Sie hatten wohl gerade ihr Geschäft beendet. Ich hab jedenfalls noch mitgekriegt, wie sie die Kellertreppe hochgekommen sind. Und dann ... dann hat der Marcel sein Geld gekriegt. Und ein paar Reiseprospekte. Sie wollten gemeinsam verreisen. Ist ihnen hier wohl zu heiß geworden. Unglaublich!« Er lacht wieder auf. Heiser und höhnisch. Seine Hände zittern.

»Wo warst du zu diesem Zeitpunkt?«

»Zu diesem Zeitpunkt? Ha, ich hätte dich für schlauer gehalten«, sagt er dann und tippt mit den Füßen auf den Boden.

»Warte mal«, sag ich jetzt. »Du warst hinter dem Vorhang! Mein Gott, warum bin ich da nicht früher draufgekommen?«

Pause.

Wir starren beide eine Zeit lang so jeder vor sich her ins Leere.

»Aber wieso hast du dich denn hinter dem Vorhang versteckt? Du hättest doch die beiden ganz einfach drauf anreden können.«

»Da war aber nichts mehr zu reden, Franz. Und das, was ich mit dem Höpfl zu erledigen hatte, war ganz sicher nicht für die Augen von meinem Marcel bestimmt. Zum Glück ist er ja auch gleich weg. Und der Höpfl … der Höpfl ist nach oben gegangen. Um sich den Dreck abzuwaschen. Ich hab das Badewasser laufen hören. Ja, und dann bist sowieso schon du gekommen.«

Er lacht wieder.

»Wie hast du ihn umgebracht?«

»Ich hab ihm den Hals umgedreht, Franz. Mit einer Inbrunst, das kannst du dir gar nicht vorstellen. In meinem ganzen Leben hat mich noch nie etwas so glücklich gemacht.«

Er schaut auf die Uhr und dann auf den Zwerg Nase.

»Es ist spät, mein Freund. Wir müssen jetzt los«, sagt er ganz ruhig.

»Du gehst nirgendwohin!«

Er steht auf und noch immer hat er das Kind auf dem Arm. Es schläft selig.

»Jetzt ist es aber wieder gut mit der ganzen Harmonie, Eberhofer. Ich werde jetzt den Balg hier mitnehmen und dann die Angie abholen. Bis morgen früh sind wir über die französische Grenze. Dort hab ich viele Helfershelfer. Sobald wir in Sicherheit sind, und nur dann, erfährst du, wo du das Bündel abholen kannst.«

»Sag einmal, spinnst du jetzt?«, frag ich und tret ihm entgegen.

»Aus dem Weg jetzt! Denkst du vielleicht, ich mach Witze?«, schreit er mich an.

Die Sushi wacht auf. Sie beginnt zu wimmern. Ich fall gleich tot um. Dann aber geht alles ganz schnell.

Die Tür springt auf und der Birkenberger wirft sich auf den Boden. Dann schießt er sein gesamtes Magazin leer. Genau in die Haxen vom Sieglechner Bruno. Der schlägt gleich erbärmlich am Boden auf und reißt die Sushi mit sich in die Tiefe.

Wie ein Habicht stürz ich nach vorne und kann sie grade noch fassen.

Sie liegt in meinen Händen und lächelt mich an. Und in Sekundenschnelle schlummert sie ganz friedlich weiter, so, als wär überhaupt nix passiert.

»Du hättest mir doch am Telefon sagen können, dass du schon lieben Besuch hier hast.

Statt einfach nur aufzulegen«, sagt der Rudi grinsenderweise.

»Du siehst ja, ich bin dienstlich gesehen so dermaßen im Stress, dass für Privates überhaupt keine Zeit mehr übrig bleibt«, grins ich zurück.

»Ist das unser Mörder?«, will er jetzt wissen.

Ich nicke.

Der Sieglechner blutet wie ein Schwein.

»Wir sollten vielleicht einen Sanka holen«, schlägt der Rudi dann vor und greift nach dem Telefon.

Kapitel 25

Ich komme im Krankenwagen mit, der Birkenberger fährt im Streifenwagen hinterher. Das heißt, zuerst fährt er hinterher. Dann überholt er uns nämlich. Mit Blaulicht und Sirene. Und er drückt ordentlich aufs Gas. Irgendwie muss das ansteckend sein. Weil dann nämlich auch der Krankenwagenfahrer abzischt, dass alles nur so wackelt.

Der Sieglechner liegt auf der Trage wie ein verreckter Hund und ein Sanitäter schneidet ihm die Hose runter. Er hat eine Tätowierung am linken Bein. Also der Sieglechner, mein ich. Eine siebenflammige Granate, sagt er auf meine Nachfrage hin.

Eine siebenflammige Granate, also. Ja, genauso schauen seine Beine jetzt aus. Als hätt da eine siebenflammige Granate eingeschlagen.

Dann legt der Sani ungefähr eine Million Kompressen drauf. Es blutet nicht mehr so stark wie vorhin, der Schmerz aber muss noch beachtlich sein. Dem Bruno laufen die Tränen übers Gesicht.

»Sag dem Arschloch, ich verklage ihn auf Schmerzensgeld.«

»Das solltest du dir aber gut überlegen. Er ist dein Rettungssanitäter.«

»Den mein ich doch gar nicht. Den Schützen mein ich, der wo mich so zugerichtet hat.«

»Der Birkenberger? Das solltest du dir auch gut überlegen. Der hat nämlich eine Kindesentführung vereitelt. So was kommt immer gut an bei den Juristen.«

Er nickt. Dann greift er nach meiner Hand.

»Du, Franz«, sagt er jetzt mit krächzender Stimme.

»Ja?«, frag ich nach.

»Du, das mit der Kleinen vorhin, das war doch nicht mein Ernst. Nie im Leben … niemals hätt ich der Kleinen was antun können, weißt.«

»Aber du hättest sie mitgenommen.«

Er nickt ziemlich kraftlos.

»Ja, ich hätte sie mitgenommen. Aber ich hätte ihr nie nicht was angetan. In meinem ganzen Leben nicht. Das weißt du genau!«

Er schwitzt jetzt aus allen Poren. Trotzdem bring ich es nicht fertig, meine Hand zurückzufordern.

»Der Marcel, weißt du, der war mein Sohn. Und seit er auf der Welt war, hab ich noch nie was für ihn tun können. Weil ich immer nur davongelaufen bin. Vor der ganzen Verantwortung und so weiter. Und jetzt … jetzt wo ich mich endlich aufgerafft hab, der Vergangenheit gegenüberzutreten, dann kommt so was.«

»Was, so was?«

»Ja, das, was ich da halt alles gesehen hab. Es war einfach unerträglich für mich, Franz. Das musst du verstehen.«

Ich nicke, weil ich es wirklich verstehe.

»Und dann stirbt uns der Bub einfach weg.«

Er legt die Hand über die Augen und schluchzt. Ich drück ihm die andere.

»Es war eine Überdosis, Bruno. Da kann halt niemand was dafür.«

Er nickt. Und er schluchzt.

»Er hätte ihn nur zufriedenlassen brauchen, der Höpfl. Dann hätt ich ihm kein Haar gekrümmt. Ganz bestimmt nicht.«

»Wenn es der Höpfl nicht gewesen wär, dann hätt sich der Bub einen anderen gesucht. Er hat das Geld gebraucht und fertig. Im Grunde war es das falsche Opfer, Bruno. Die verdammten Dealer müsste man umlegen.«

»Die kommen als Nächstes!«

»Vorerst einmal nicht«, sag ich und dann treffen wir auch schon im Krankenhaus ein.

»Kannst du nach der Angie schauen? Bitte!«, fragt er noch mit flehenden Blicken.

»Ja, freilich. Was weiß sie darüber?«

»Nichts. Die Angie weiß überhaupt nichts. Sie war einfach nur froh, dass ich wieder da bin und fertig. Froh, dass wir jetzt vielleicht endlich mal eine richtige Familie werden.«

Ich glaub, ich hab noch nie einen Mann so dermaßen weinen sehen. Außer dem Leopold natürlich. Der macht aber auch immer ein mords Tamtam, wenn ihm eine von seinen Weibern abhaut. Aber er beruhigt sich dann immer verblüffend schnell wieder. Er rechnet kurz nach, wie viel ihn das Ganze wohl kostet, und wenn es sich einigermaßen in Grenzen hält, ist es auch wieder gut.

Wo waren wir stehen geblieben? Ah, ja genau, also der Sieglechner weint jetzt wie ein

Kleinkind und beruhigt sich gar nicht mehr. Ganz im Gegenteil.

Wie ihn dann endlich die Sanis wegbringen, bin ich wirklich ziemlich erleichtert. Man kommt ja direkt selber noch zu Depressionen bei so was.

Dann ruf ich erst mal den Staatsanwalt an. Er sagt, er schickt eine Wache vorbei. Wobei das natürlich schon eher lächerlich ist. Wo soll der Bruno denn auch hin, mit zwei durchlöcherten Beinen.

Wie wir heimkommen, sind die Oma und der Papa noch wach und die kleine Sushi schläft friedlich in der Küche. Der Ludwig liegt im Hof, die Zunge hängt ihm aus dem Maul und er sabbert auf den Kies. Seine Atmung aber ist völlig normal. Die Oma hat zwischenzeitlich im Saustall das ganze Blut aufgewischt. Und der Papa hat gesagt, er hat noch kein einziges Schwein geschlachtet, das so derart geblutet hat. Dann gibt's eine kleine Brotzeit zur Stärkung. Das tut uns gut.

Am nächsten Tag in der Früh geh ich gleich einmal mit dem Ludwig eine Runde, damit ich schauen kann, ob er noch richtig funktioniert. Alles einwandfrei.

Dann fahr ich zur Angie und nehm den Birkenberger mit. Wir wollen hernach eine kleine Stadtrunde drehen, wenn er schon mal da ist. Und solang kann er ja gut im Auto warten.

Die Angie kocht Kaffee und dann sitzen wir ein bisschen wortkarg am Küchentisch. Ich erzähl ihr nur das Nötigste von der letzten Nacht und sie weint ein bisschen. Aber im Grunde hat sie es eh schon gewusst. Sie hat von Anfang an befürchtet, dass der Bruno am Höpfl-Fall dranhängt. Keine einzige Minute hat sie dahinter den Marcel vermutet.

»Warum hast du mich letztens eigentlich angelogen, wie ich gefragt hab, ob der Bruno bei dir ist?«, möcht ich noch wissen.

»Ja, mei, es war mir halt irgendwie peinlich, weißt. Weil er uns so im Stich gelassen hat damals. Und dann … dann nehm ich ihn einfach wieder auf. Nach beinah zwanzig Jahren!«

Sie schnäuzt sich in ein Taschentuch.

Wir schweigen ein bisschen.

»Jetzt ist alles vorbei«, sagt sie ganz traurig am Schluss in der Diele.

»Oder es fängt alles neu an«, sag ich, weil ich sie halt ein bisschen trösten will. Sie lächelt ganz wenig und dann umarmt sie mich.

»Kommst du mal wieder auf einen Kaffee vorbei?«

»Darauf kannst du wetten«, sag ich noch so im Rausgehen.

»Mein Gott, hat das lang gedauert«, winselt der Birkenberger in seiner weibischen Art.

Ich war keine zehn Minuten weg.

»Wo willst du denn jetzt hin?«, frag ich und starte den Wagen.

»Ja, Mensch, zeig mir halt was von eurer wunderbaren Stadt, wenn ich schon mal da bin. Höchster Ziegelturm der Welt, hab ich gehört.«

»Backstein«, sag ich. »Backsteinturm.«

»Korinthenkacker!«, sagt der Rudi.

»Du kriegst übrigens eine handfeste Schmerzensgeldklage an den Hals.«

»Sag bloß? Von wem? Etwa von dem Kindesentführer gestern Nacht.«

»So ist es!«

Der Rudi überlegt. Schaut aus dem Fenster und überlegt. Ich lass ihn ein Weilchen. Dann sag ich: »Ich kann das natürlich regeln, wenn du willst. Gar keine Frage.«

»Und was genau möchtest du dafür?«

Seine Stimme hat irgendwie einen gelangweilten Tonfall. »Ach, lass mich raten. Die Spesen! Du willst die Spesen nicht bezahlen, hab ich recht?«

»Das hat damit überhaupt nichts zu tun.«

»Sag einmal, glaubst du eigentlich, dass ich blöd bin?«

»Die zahl ich dir sowieso nicht, deine verdammten Spesen. Niemals. Auf gar keinen Fall.«

Der Birkenberger lacht.

Nachdem ich ihm dann die wunderbare Altstadt, die wunderbare Neustadt und die wunderbare Burg Trausnitz gezeigt hab, hat er die Schnauze voll. Er kann keine historischen Steinhaufen mehr sehen, sagt er. Stattdessen will er was essen. Weil seine Auftragslage im Moment eher mäßig ist, kann er noch mal prima über Nacht bleiben. Und so machen wir dann eine kleine, feine Kneiptour durch das nächtliche Landshut.

Auf dem Heimweg kommt uns der Buengo entgegen. Sie haben heute ein Heimspiel gehabt, das offensichtlich gewonnen wurde. Es ist nämlich spät und der Buengo ist zu Fuß. Man kann ihn großartig sehen. Strahlend weiße Zähne, von einem Ohr zum andern.

Am nächsten Tag bin ich dann schon wieder in Landshut, dieses Mal mehr aus dienstlichen Gründen. Den Rudi im Schlepptau, fahr ich zuerst einmal zum Moratschek. Der sitzt in seinem Büro über den Akten und schaut auf, wie wir reinkommen.

»Ah, die Herren Eberhofer und wie war noch gleich …«

»Birkenberger«, sagt der Birkenberger.

»Genau«, sagt der Moratschek und deutet auf die freien Stühle ihm gegenüber.

Wir setzen uns hin.

»Ich hab sie schon gehört, die Geschichte. Da haben Sie ja ein gutes Näschen gehabt, Eberhofer. Eine brillante Intuition, quasi.« Er holt seinen Schnupftabak hervor und nimmt eine Prise. »Obwohl, das muss ich jetzt freilich schon sagen, es ja eigentlich nicht direkt Ihre Aufgabe war, in dem Fall zu ermitteln, gell.«

»Wenn ich meiner brillanten Intuition gleich nachgehen hätt können, dann würde der Höpfl heute sicher noch leben.«

»Sicher … was heißt jetzt da sicher? So eng darf man das gar nicht sehen, gell.«

»Nicht?«

»Nein! Und überhaupt. Was Sie schon alles ermittelt haben! Denken Sie bloß einmal an den Fall im Wald damals. Großer Gott. Hubschrauberstaffel, SEK und weiß der Geier. Alles nur wegen Ihren blöden Ermittlereien, Eberhofer.«

»Ja, schon. Aber im Grunde hab ich ja dieses Mal gar nicht ermittelt. Jedenfalls nicht so richtig. Es war mehr ein Zufall, dass mir der Sieglechner ins Netz gegangen ist. Ich kenn ihn halt von früher«, sag ich jetzt so, um aus der Nummer rauszukommen.

»Aha, da schau einer an. Sie kennen ihn also von früher. Wie ist er denn so, der Sieglechner? Was für ein Mensch, mein ich? Weil, wenn jemand einen Lehrer umbringt, kann er ja so schlecht gar nicht sein, gell?«

Der Moratschek grinst.

Dann erzähl ich ihm kurz die Geschichte und er nickt ununterbrochen.

»Interessanter Fall, gar keine Frage«, sagt er dann und steht auf. Er raschelt ein bisschen in der Schublade von seinem Aktenschrank rum und nimmt etwas heraus.

»Da«, sagt er dann und reicht mir eine Visitenkarte rüber. »Heribert Weber. Erstklassiger Anwalt für genau solche Fälle. Besuchen Sie den Sieglechner und geben Sie das an ihn weiter. Er wird ihn gut brauchen können, den Heribert.«

Ich nicke und bedank mich.

»Und Sie, Birkenberger«, wendet er sich dann an den Rudi und lehnt sich im Stuhl weit zurück, »haben ein ganzes Magazin leer gefeuert, nicht wahr. Hat's denn das gebraucht?«

»Ja, Sie sind ja gut, Richter. Der hat doch ein Kleinkind als Geisel gehabt. Was genau hätt ich da tun sollen, Ihrer werten Meinung nach?«

Ihrer werten Meinung nach! Der Birkenberger wieder!

»Ja, ja, ich weiß schon. Ein Glück, dass Sie gekommen sind, gell«, winkt der Moratschek ab. »Wer weiß, was da sonst noch alles passiert wär.«

»Da wär überhaupt nix passiert«, muss ich mich jetzt einmischen, auch wenn die Blicke vom Rudi mich gerade töten. »Der Sieglechner hätte der Kleinen nämlich kein Haar nicht gekrümmt.«

Der Moratschek schaukelt abwägend mit dem Kopf hin und her.

»Aber das hat der Rudi natürlich nicht wissen können«, sag ich weiter. »Er hat nur dem Sieglechner seine Bemerkung gehört und gesehen, wie er die Kleine in seinen Griffeln hat. Da hat er ja praktisch handeln müssen, gell.«

Jetzt nicken sie beide. Völlig einträchtiges Verständnis über den Handlungsablauf. Fabelhaft.

»Da wurde die menschliche Unzulänglichkeit ja quasi aus der gegebenen Situation heraus geboren«, sagt der Richter.

Besser hätt ich's auch nicht hingekriegt.

Dann schütteln wir uns die Hände und sind alle ganz furchtbar stolz aufeinander.

Auf dem Weg nach draußen treffen wir den Flötzinger. Er hat wieder einmal einen Auftraggeber verklagt, der seine Rechnung nicht bezahlen kann. Und hat den Prozess gewonnen. Wunderbare Sache. Aber er macht ein grantiges Gesicht.

»Und zwecks was schaust du dann so grantig, wenn du den Prozess gewonnen hast?«, muss ich ihn jetzt fragen.

»Ja, weil das wurst ist, verstehst mich? Völlig wurst sogar. Weil der nämlich sowieso kein Geld hat, der Gratler. Und weil da schon ungefähr fünfzehn Gläubiger vor mir anstehen. Da kriegt eher der Papst einen Tripper als ich mein Geld.«

Huihuihui. Da muss man ja direkt froh sein heutzutags, wenn man ein Beamter ist, gell. Sogar ein Polizeibeamter. Auch wenn man sich da praktisch aufarbeitet und ständig in großer Lebensgefahr schwebt. Aber das ist immer noch besser als ein Handwerker, der wo ewig seinem Geld hinterherrennen muss.

Anschließend fahren der Birkenberger und ich auf den Parkplatz hinter der Polizei und stellen den Wagen ab.

Der Karl freut sich, wie er mich sieht, und wird sogar ein bisschen rot. Ich mach die zwei bekannt miteinander.

»Mannomann«, sagt der Rudi. »Stopfer ist wirklich ein saublöder Name. Grad so bei den Weibern, gell?«

Der Karl gleicht einem Mohnblumenfeld.

»Ich bin der Karl«, sagt er dann leise.

»Und was macht die Liebe so, Karl?«, frag ich ihn jetzt und hau ihm aufmunternd auf die Schulter.

Er grinst etwas verlegen.

Dann geht er zu seinem Schreibtisch und bringt uns ein gerahmtes Foto mit. Drauf ist die Frau Höpfl. Wie sie leibt und lebt. Und wie sie lacht. Großartig. Wirklich. Ein Klasseweib. An ihr ist einfach alles ganz und gar großartig.

»Das ist jetzt aber schnell gegangen mit euch beiden«, sag ich zu ihm.

Er nickt.

»Kommst du hernach noch mit auf ein Bier?«, frag ich so.

Er schüttelt den Kopf.

»Nein, die Waldburga holt mich doch ab.«

Waldburga. Ja, gut, man kann eben nicht alles haben.

»Ach, Karl, wegen was ich eigentlich da bin. Der Höpfl-Mörder ist aufgeflogen. Es war tatsächlich der Sieglechner. Wir zwei haben den erledigt.«

Ich deute auf den Birkenberger und auf meine Wenigkeit. »Und nicht zuletzt natürlich du. Durch deine professionelle und uneigennützige Arbeit. Wirklich vorbildlich.«

Der Karl wird zur Abwechslung mal wieder rot. Er verträgt halt so rein gar nichts Emotionales. Und schon gar keine Beweihräucherungen.

Dann trennen sich unsere Wege. Der Karl bleibt im Büro, wo er auch hingehört, und der Birkenberger fährt nach München zurück. Wir bleiben in Verbindung, ganz klar. Auch wenn's vielleicht wieder über ein Jahr braucht, bis es dann so weit ist.

Wie ich heimkomm, mäht der Papa die Wiese. Er sitzt auf seinem Lieblingsspielzeug, einem Rasentraktor, und dreht gemütlich seine Runden. Früher hat er das ja immer mit der Sense gemacht. Aber nachdem er im letzten Sommer völlig tölpelhaft zwei seiner Zehen abgesenst hat, ist die Oma losgerannt. Ist losgerannt und hat ihm eben diesen Mäher gekauft. Hat quasi seine Dummheit auch noch belohnt. Aber gut. Mir kann es ja wurst sein. Es ist ja schließlich nicht mein Geld.

Ich geh in den Saustall und ruf einmal den Leichenfläderer an.

»Ah, der Eberhofer Franz aus Niederkaltenkirchen bei Landshut«, sagt der Günter und hat mich offenbar gleich erkannt. »Was gibt's Neues in der Provinz?«

»Du, der Höpfl-Fall ist geklärt«, sag ich und erzähl ihm schnell die Einzelheiten.

»Großartig, Sheriff. Dann war es wohl doch dein Aufgabengebiet?«

»Schaut ganz danach aus«, sag ich. Wir ratschen noch ein bisschen und legen dann auf.

Nach dem Abendessen geh ich mit dem Ludwig eine Runde und wir brauchen eins-zweiundzwanzig dafür. Weil wir nämlich am Haus von der Mooshammer Liesl vorbeikommen. Und ich kann kaum glauben, was ich da seh. Die Liesl und der Buengo spielen Federball. Ganz entspannt, direkt vorm Haus und offensichtlich und ebenso gut hörbar, haben sie einen Wahnsinnsspaß dabei. Wir bleiben ein bisschen am Zaun stehen und schauen zu.

»Gell, da schaust, Eberhofer«, lacht dann die Liesl ganz atemlos zu mir rüber. »Eine Alte und ein Schwarzer im gemischten Einzel. Ist das ebba nicht gut?«

»Das ist sogar doppelt gut«, schrei ich zurück und geh dann wieder weiter. Dreamteam, ganz klar.

Danach geht's zum Wolfi auf ein Bier. Das ist schön. Leider sind die Herren Flötzinger und Simmerl nicht anwesend, weil sie gerade wieder ihren Apfelschorlezyklus durchleben und heut mit ihren Frauen beim Wellnessen in Bad Griesbach sind. So erzählt es der Wolfi jedenfalls. Und er schenkt uns zwei Willis ein. Auf die Gesundheit, zum Wohl.

Kapitel 26

Ein paar Tage später besuch ich dann den Sieglechner. Ich geb ihm die Visitenkarte vom Heribert und den Tipp, dort so bald wie möglich anzurufen. Eine gute Verteidigung ist das A und O für einen jeden Mörder, sag ich. Er sieht das ganz genauso und bedankt sich dafür. Keine Ursache, sag ich. Viel mehr Ehrensache, vielleicht.

Gesundheitlich geht's so lala, sagt er. Er hat morgen seine vierte OP und bereits jetzt etliche Stahlträger in den Beinen. Ich richte ihm liebe Grüße vom Birkenberger aus und nix für ungut.

Der Sieglechner nickt. Vom Schmerzensgeld überhaupt keine Rede mehr. Sehr vernünftig.

Er raucht seine Zigarette zu Ende und dann schieb ich ihn zurück in sein Zimmer. Die Wache sitzt immer noch davor. Anordnung vom Staatsanwalt. Nur während den OPs dürfen sie ihren Platz verlassen, sagt der Kollege. Lächerlich.

Wie ich hernach in mein Büro geh, brauch ich zuerst einmal einen Kaffee. Der schmeckt zwar immer noch nicht, aber es wird langsam Zeit, dass ich mich daran gewöhne. Über der Kaffeemaschine an der Pinnwand hängt eine Ansichtskarte aus Italien. Die ist sicher von der Susi. Weil es aber weder mein Büro noch meine Pinnwand und schon gar nicht meine Karte ist, trau ich mich nicht, sie umzudrehen und zu lesen. Stattdessen sag ich zu der Ex-Kollegin von der Susi: »Schöne Karte.«

»Ja«, sagt sie und beißt in einen Apfel.

»Aus Italien?«

»Ja.«

»Von der Susi?«

»Ja.«

»Kann ich sie lesen?«

»Nein!«

Das ist doch unglaublich. Ich nehm meine Tasse und mach mich auf den Weg.

»Hast du denn noch keine bekommen?«, ruft sie mir hinterher. Ein Hoffnungsschimmer bringt mich zurück. Ich steh vor ihrem Schreibtisch und hechle sie an.

Sie zuckt mit den Schultern.

»Komisch«, sagt sie. »Wir haben hier mittlerweile alle eine bekommen. Jeder Einzelne von uns.«

Wunderbar. Herzlichen Dank. Möge sie an ihrem Apfel ersticken.

Die Abwesenheit der Gemeindeverwaltung in der Mittagspause nutze ich zu einem kleinen Streifzug durch die Büros. Ich finde sie alle. Jede einzelne Karte. Und lese sie auch. Im Grunde steht aber nichts Außergewöhnliches drauf. Was man halt so schreibt auf Postkarten. Hallo blabla, Wetter blabla, Essen blabla. Dann schreibt sie noch, dass ihr Italienisch jeden Tag besser wird und dass sie viel Arbeit hat, mitsamt ihrem kaputten Arm. Ja, das hätte sie sich halt vielleicht einmal eher überlegen müssen. Weil sagen wir einmal so, einen Haxen hat sie sich hier bei uns nämlich nicht ausgerissen, die Susi. Aber gut.

Nach dem Mittagessen läutet mein Telefon.

Die Kiosk-Traudl ist dran. Sie hat einen Diebstahl zu melden. Die Traudl hat seit ungefähr einhundert Jahren einen Zeitschriftenkiosk hier im Dorf und ist nach der Mooshammerin die größte Ratschn überhaupt. Oder vielleicht noch vor der Liesl sogar. Nein, sagen wir gleichrangig.

Wie ich hinkomm, steht sie schon da und hält einen Knirps fest. Also einen Buben, keinen Regenschirm.

»Ist das der Täter?«, frag ich und muss grinsen.

Die Traudl nickt.

»Was hat er denn geklaut, der Hosenscheißer? Einen Kaugummi?«

»Einen ›Spiegel‹. Na ja, diese Zeitschrift halt.«

»Er hat einen ›Spiegel‹ geklaut?«

Jetzt bin ich einigermaßen überrascht, muss ich sagen.

»Willst du nicht zuerst einmal seine Personalien aufnehmen?«, fragt die Traudl.

»Personalien? Ja gut«, sag ich.

»Kevin Rüdiger Wegleitner, Am Hasenanger drei a«, sagt der Bub.

»Drei a«, sag ich, weil mir jetzt momentan nix anderes einfällt. »Aha. Geburtsdatum?«

»Dreißigster Fünfter zweitausendeins. Sternzeichen Zwilling, Aszendent Krebs.«

»Aszendent Krebs. Soso. Und warum klaust du hier einen ›Spiegel‹?«

»Weil's den halt sonst nirgends gibt in dem Kaff.«

»Nein, ich mein, wieso klaust du überhaupt?«

»Zu wenig Taschengeld.«

»Das leuchtet ein.«

»Also, ich muss doch schon sehr bitten, Eberhofer«, mischt sich jetzt die Traudl ein. »Der Bub geht zum Klauen und du machst einen auf verständnisvoll. Da braucht man sich ja nicht wundern, wenn's mit unserer Jugend bergab geht.«

»Wenn unsere Jugend mehr ›Spiegel‹ lesen würde, dann tät's vielleicht erst gar nicht bergab gehen, gell. Da wird ständig geschrien, dass unsere Kinder verblöden, und wenn sie dann was dagegen machen, wird erst recht wieder geschrien.«

Sie schüttelt den Kopf.

»Was passiert jetzt mit ihm?«

»Das hängt ganz von dir ab, Traudl. Er ist jetzt acht. Wenn du eine Anzeige machst, kommt er vermutlich mit zwanzig aus dem Gefängnis.«

Sie macht keine Anzeige. Weil sie mir nämlich den Blödsinn glaubt. Vielleicht hätte sie auch einmal öfter den ›Spiegel‹ lesen sollen.

Ich zahl dem Buben das Heft und bring ihn dann heim.

»Du weißt aber schon, dass es in manchen Ländern die Todesstrafe gibt auf Diebstahl«, sag ich zu ihm noch so drohenderweise, bevor er aus dem Auto steigt.

»Nein«, sagt er dann. »Laut Kinderrechtskonvention kann mir gar nichts passieren. Noch nicht einmal wegen Mord oder so was. Und auf Diebstahl gibt's nirgendwo mehr die Todesstrafe. Auf der ganzen Welt nicht.«

Aha.

»Aha«, sag ich. »Ja, dann also, Servus.«

»Servus«, sagt er und grinst. »Cooles Auto«, hängt er noch dran. Dann steigt er aus und ich fahr los. Ich lass das Blaulicht ein bisschen rotieren. Er steht da und hat seine Zeitung unter den Arm geklemmt. Im Rückspiegel seh ich, wie er mir nachwinkt. Ein echt schlaues Kerlchen.

Dann kommt unvermeidbarerweise die Rückreisewelle und sie rollt auch durch Niederkaltenkirchen hindurch. Das heißt also, ich steh tagelang an der verfluchten Bundesstraße und muss mich um Staus, Umleitungen und Auffahrunfälle kümmern. Die Autofahrer sind gereizt und müde und der ganze Erholungseffekt ist praktisch schon völlig hinüber. Dazu kommen womöglich noch die ersten Hautkrebsanzeichen, und das tut halt ihrer Verfassung jetzt auch nicht grad gut. Auf den Rücksitzen streiten nasenbohrende Kinder und die Mütter versuchen, mit Robbie Williams aus dem Radio dem autointernen Chaos zu entkommen. Zweimal muss ich sogar zur Waffe greifen. Das kann man kaum glauben.

Also, das war ungefähr so: Die Oma und der Papa stehen nämlich auf einmal auch mitten im Stau. Sie wollen heut unbedingt zum Lidl, weil der die Nektarinen im Angebot hat. Und so machen sie sich, nichts Böses ahnend, einfach auf den Weg und stehen kurz drauf mitten im Stau. Völlig unschuldig zwischen all den Hunderten von Exurlaubern. Aber plötzlich entdeckt mich die Oma. Sie schreit zu mir rüber, dass ich was unternehmen soll. Und was macht man dann in so einer Situation? Man fährt natürlich mit dem

Streifenwagen hin und geleitet die Herrschaften auf dem Randstreifen entlang, an der Karawane vorbei. So weit logisch, oder? Auf einmal aber hängt sich hinter uns ein Wagen dran. Dann noch einer und noch einer. Also aussteigen und Waffe zücken. Bis alle wieder brav in der Reihe stehen. Ja, wo kämen wir denn da hin, wenn ein jeder grad fährt, wie's ihm beliebt.

Beim zweiten Mal war es ganz ähnlich. Dieses Mal war es der Simmerl. Der Simmerl mit Frischfleisch. Ja, soll vielleicht das gute Fleisch auf der Bundesstraße verderben? Bloß weil Heerscharen depperter Preußen und Holländer unsere schöne bayrische Landschaft verstopfen?

Irgendwann aber ist auch dieser Wahnsinn vorbei und es kehren wieder ruhigere Tage ins Land. Ich besuche den Sieglechner noch einmal. Er hat jetzt schon seine ganzen Operationen überstanden und die Beine sind an allen Ecken und Enden genagelt, geklammert und fixiert. Ich schieb ihn mit dem Rollstuhl ins Freie und dort kann er wunderbar rauchen. Der Heribert war auch schon da, sagt er. Das ist vielleicht ein Hund. Der hat eine ganz tolle Strategie entwickelt. Er hat nämlich die Lehrer und Schüler von der Realschule befragt, und im Grunde sagt ein jeder das Gleiche: Der Höpfl war ein Arschloch und keiner wird ihn vermissen. Und die hat er jetzt alle in den Zeugenstand geladen, der Heribert. Das ist gut für seine Verteidigung, sagt der Bruno. Also, eigentlich sagt es der Heribert, der Bruno erzählt es mir nur. Und jetzt schaut es wohl so aus, dass eben der Höpfl keinen großen Verlust für die Menschheit darstellt. Eher im Gegenteil. Womöglich kriegt der Bruno sogar noch einen Orden für seine heldenhafte Tat. Wer weiß.

Jedenfalls wird er in ein paar Tagen ins Gefängnis verlegt und dann haben die Kollegen vor seinem Zimmer auch endlich wieder was Interessanteres zu tun. Einer von ihnen hat sogar mit dem Stricken angefangen. Weil ihm beim Lesen immer die Augen wehtun, sagt er. Ja, da sieht man mal wieder, was unsereins so alles auf sich nimmt.

Wie ich heimkomm, liegt eine Karte auf dem Küchentisch.

Aus Italien.

Von der Susi.

Ich kann sie gleich gar nicht lesen, ich muss mir erst ein Bier aufmachen. Dann nehm ich einen großen Schluck, dann noch einen und noch einen. Dann les ich:

Mein lieber Franz,

Mein lieber Franz! Bei den anderen Karten hat sie nur Hallo geschrieben.

Ich hoffe sehr, du bist mir nicht mehr böse und du verstehst mich ein bisschen.

Böse? War ich ihr böse? Und was genau soll einer daran verstehen, wenn der andere holterdiepolter alles hinwirft und das Land verlässt. Die geliebte Heimat. Freunde und Familie. Um nach Italien zu gehen! Zu einem Typ, der ausschaut wie ein untergehender Fußballstern!

Ich denke oft an unsere schöne Zeit.

Ja, die hatten wir. Weiß Gott! Mit der Susi hab ich die beste Zeit meines Lebens gehabt. Oder verplempert. Das kann man jetzt sehen, wie man will.

Ganz liebe Grüße, Deine Susi

Ganz liebe Grüße! Ja, gibt's denn halb liebe Grüße auch? Was soll diese Karte? Warum schreibt sie mir so was? Warum schreibt sie mir überhaupt? Kann sie mich nicht einfach in Ruhe lassen?

»Die Susi hat geschrieben«, schreit mich die Oma an, grad wie sie zur Tür reinkommt. »Sie möchte, dass du sie verstehst.«

»Und sie denkt oft an eure schöne Zeit«, ruft jetzt der Papa vom Hausgang her.

Das war ja klar.

»Wie oft habt ihr die Karte gelesen?«, muss ich jetzt fragen.

»Ja, so drei-, viermal halt«, sagt der Papa. »Weil, du siehst es ja selber, so wahnsinnig viel steht da ja auch nicht drauf, gell. Das kann man sich schon ziemlich gut merken.«

Ich dreh mich ab.

»Beweg endlich deinen Arsch und hol sie zurück«, schreit mir die Oma hinterher.

Dann schnapp ich mir den Ludwig und wir drehen unsere Runde. Es regnet ein bisschen und die ersten Schwammerl wachsen im Wald.

Dann hab ich endlich Urlaub. Das ist schön. Weniger schön ist, dass gleich am ersten Tag die blöde Hochzeit vom Leopold ansteht. Seine dritte. Es hat irgendwie schon was richtig Traditionelles. Es sind auch immer die gleichen Gäste da. Weil er ja im Grunde auch so gar keine Freunde hat, hält sich die Anzahl eher in Grenzen. Mit dem Standesbeamten ist er inzwischen per Du. Mit seinem Scheidungsanwalt sowieso.

Wir haben auch immer die gleichen Klamotten an, auf seinen Hochzeiten. Der Papa und ich einen Anzug und die Oma ein Kostüm. Auf Beerdigungen und Hochzeiten, immer das Gleiche. Seit Jahren. So wird es zumindest aufgetragen.

Die Hochzeitsfotos sind quasi austauschbar. Eigentlich müsste er immer nur sein neues Weib fotografieren lassen, der Leopold. Und den Kopf dann über eins von den alten Bildern kleben. Aber nein, da lässt er sich nicht lumpen. Da wird in den Park gefahren und ein Film nach dem anderen durchgejagt.

Der Fotograf ist auch immer derselbe. Sollen wir die-und-die Aufnahme wieder machen, Herr Eberhofer? Die war doch beim letzten Mal auch so schön, sagt er ständig.

Es ist peinlich.

Wir stehen dann da wie ein paar Affen und grinsen in die Kamera. Zum dritten Mal, wie gesagt. Der Anwalt hat seine Gattin dabei und die schmeißt sich dermaßen in Pose. Grad als ging's um eine Misswahl oder so. Steht ständig im Zentrum des Geschehens, dass die arme Panida beinah wie ein Zaungast wirkt.

Erbärmlich.

Der Leopold sieht es auch. Aber er traut sich nichts zu sagen. Er kann sich's ja schlecht mit seinem Scheidungsanwalt verderben. Wo er den sicherlich bald mal wieder braucht.

Nach dem ganzen Geknipse geht es dann endlich in ein Lokal. Wenigstens das ist ein anderes wie bei den letzten Malen. Das Essen ist köstlich, da gibt's nix zum Meckern. Und zum Kaffee gibt's eine Hochzeitstorte, drei Etagen hoch. Für jede Ehe eine, denk ich mir so.

Dann bringt mir der Papa die Sushi, weil sie weint. Ich füttere sie mit der Torte und alles ist wunderbar. Sie sitzt auf meinem Schoß und genießt das süße Leben. Der Leopold eher nicht. Er sendet böse Blicke. Weil das Kind halt keinen Zucker braucht und aus. Er braucht ihn schon. Er frisst drei Stück Kuchen und haut ebenso viel Löffel Zucker in seinen Kaffee.

Hinterher kommt ein Alleinunterhalter mit einer Ziehharmonika und spielt auf. Eine Zeit lang sitzen wir alle ziemlich verklemmt um ihn herum. Keiner traut sich mehr zu reden oder zu lachen. Wir starren ihn einfach nur an.

Herr, erbarme dich unser!

Dann aber tanzt das Brautpaar endlich den Hochzeitswalzer. Die Panida sieht wunderbar aus. Wie ein Kommunionkind. Was die eigentlich an dem Leopold findet? Keine Ahnung. Obwohl ich gehört hab, dass die Thailänder sehr bescheidene Menschen sind. Genügsam bis zum Dorthinaus. Keinerlei Ansprüche. Ja, gut, wenn man freilich so nullkommanull Ansprüche stellt, ist man mit dem Leopold natürlich bestens bedient. Volle Punktzahl, würd ich sagen.

Dann gibt's Tanz für alle.

… Bella-Bella-Bella-Marie …

Und auf einmal fällt mir auf, dass ich als Einziger zurückbleib. Das Brautpaar tanzt, der Papa mit der Oma, wobei das Gehopse von einer Tauben und einem Fußkranken im

Grunde nicht wirklich als Tanz durchgeht. Aber gut. Der Anwalt und sein Showgirl tanzen ebenfalls, und zwei weitere Paare, von denen ich nicht einmal weiß, ob sie zu uns gehören. Sie waren zwar von Anfang an dabei, haben aber noch mit keinem ein Wort gewechselt. Ja. Nein, was ich eigentlich sagen will, alle tanzen, nur ich sitz hier ganz allein umeinander. Lonesome Cowboy, quasi. Wär schön, wenn die Susi jetzt da wär.

Der Zwerg Nase liegt mit dem Gesicht ganz bequem in der Torte. So kann ich wunderbar kurz telefonieren. Ich ruf einmal den Birkenberger an. Vielleicht hat der Zeit für ein Schwätzchen. Nein, sagt er, es ist jetzt im Moment eher ganz schlecht. Er hat da grad was mords Wichtiges am Haken. Erstklassiges Weib und pipapo. Aber er meldet sich ganz bestimmt mal in den nächsten Tagen. Na prima.

Dann eben den Stopfer Karl. Der hat immer Lust auf einen Ratsch. Du, Franz, sagt er, die Waldburga hat grad das Essen fertig und die Kerzen brennen schon. Ist jetzt eigentlich eher schlecht. Tut mir leid.

Die Kerzen brennen schon! Dass ich nicht

lache! Aber gut, wenn man Waldburga heißt, muss man wahrscheinlich mit allen Bandagen kämpfen.

Die Sushi ist jetzt eingeschlafen. Mitten in der Schwarzwälderkirsch. Ich tunk ein Taschentuch ins Mineralwasserglas und putz ihr die Wange. Rosa. Goldig. Dann leg ich sie vorsichtig in ihren Kinderwagen.

Decke drauf. Fertig.

Ich geh ein paar Schritte nach draußen.

Gute Luft.

Spätsommersonne funkelt durch glutrote Bäume. Altweibersommer.

Ich glaub, es wird langsam Zeit, mein Pferd zu satteln.

Dann schau ich rüber zum Parkplatz. Mein Wagen steht nicht mehr alleine dort. Vorher, wie ich ausgestiegen bin, waren wir weit und breit die Einzigen auf dieser Parkplatzseite. Jetzt steht also sogar mein Auto schon paarweise. Es ist ein italienisches Modell, das nun daneben steht.

Ein Fiat. Bravo. Die zwei stehen sehr nah beieinander. Ungewöhnlich nah, sozusagen. Wie ist der Fahrer da bloß ausgestiegen? Über die Beifahrerseite?

Ich gehe einmal außen herum. Ein schönes Paar, muss man schon sagen. Der Autoschlüssel scheppert zwischen meinen Fingern in der Hosentasche.

Ein herrlicher Tag heute.

Hochzeitswetter.

Ausflugswetter.

Wunderbar für längere Strecken.

Ich steig ein und lass den Motor an.

Mal schauen, wohin uns die Reise führt.

Irgendwohin südlich. Italien vielleicht.

Glossar

Batzerl	Stückchen, Bröckchen zumeist in einer wenig ansprechenden Form. Anders verhält es sich freilich bei einem Obatzten (siehe unten).
Dellen in den Haxerln	kann man übersetzen mit: Löcher in den Beinen. Es ist aber dringend davon abzuraten, weder den einen noch den anderen Ausdruck in Gegenwart einer Frau zu erwähnen. Erst recht nicht, wenn man anschließend Sex will.
Die Augen raushaun	Wenn jemand starrt wie ein Blöder, haut's ihm quasi die Augen raus. Dabei bekommt er in der Regel einen dümmlichen Gesichtsausdruck, im

ungünstigsten Fall bleibt ihm der Mund offen und die Kopfbewegungen verlangsamen sich drastisch oder verschwinden ganz.

Fexer — Ableger, in der Regel der Teil einer Pflanze, aus dem bei sachgemäßer Behandlung durchaus ein neues Gewächs der gleichen Art entsteht. Bei dem Fexer vom Leopold hoffe ich natürlich inständig, dass eine andere Art heranwächst.

Gschwerl — Gesindel

Hammermäßig — ist die Superlative von erstklassig, großartig oder einwandfrei

Höpfl-Schnecke — Wenn eine Frau den Beinamen »Schnecke« erhält, ist das durchaus liebevoll gemeint. Die hat man praktisch im Auge, die steht ganz oben auf der Liste, so was in der Art halt.

Jedenfalls heißt sie so VOR der Paarungszeit, im besten Fall noch ein Weilchen danach.

Kelly Family eine singende Großfamilie direkt von der Straße. Nach einem relativ kurzen Erfolg in den Neunzigern sind sie heute wieder auf derselben zurück. Was aber hier keine Rolle spielt. Einzig die Gemeinsamkeit der langen blonden Haare bis runter zum Arsch ist hier ausschlaggebend. Singen tut der Günter nicht. Nein, gar nicht.

Leichenfläderer Rechtsmediziner. Hört sich nach mords was an, ist aber in der Regel ein eher unappetitlicher Beruf.

Leopoldisierung Hier sind zwei Varianten möglich: Im Falle von der Sushi handelt es sich um eine bestehende Leopoldisierung, die aufgrund seiner Gene vorhanden ist und sich im Idealfall über die Jahre reduziert. Bei einer Leopoldisierung, wo allein durch die Anwesenheit des Namensgebers bei uns daheim entsteht, ist es andersrum. Die wird von Tag zu Tag größer und reduziert sich schlagartig durch seine Abreise.

Obatzter womit wir wieder bei den Batzerln wären. In diesem Fall aber sind es diverse Käsebatzerl, mit Gewürzen, Zwiebeln und Butter zu demselbigen verarbeitet und bei gewisser Begabung sowohl optisch als auch kulinarisch ein Vergnügen.

Rass trifft in erster Linie auf den Obatzten zu. Der muss nämlich leicht rass sein. Also eine bestimmte Würze haben, die einem Käse das gewisse Etwas verleiht, was man auch gut riechen kann. Weniger gut dagegen riecht es, wenn Körpergerüche ins Rasse abdriften, frag nicht.

Ratschn oder Dorfratschn sind weltweit verbreitet und, was die Einholung ortswichtiger Informationen angeht, sehr beliebt. Wohingegen das Verbreiten eigener Untugenden eher lästig ist, aber auch in den Zuständigkeitsbereich der Ratschn fällt. Meistens, aber nicht zwingend ist die Dorfratschn weiblich und älteren Semesters.

Schleimsau zusammengesetzt aus schleimig und Sau. Somit bedarf's keiner weiteren Erklärung.

Schmarrn Wenn jemand einen Schmarrn redet, verbreitet er Unsinn. Wenn jemand einen Schmarrn brät, dann nicht. Dann gibt's anschließend was ganz Feines zu essen. Mit selbstgemachtem Kompott von der Oma – direkt ein Traum.

Schnackler Schluckauf

Schniedl männliches Geschlechtsteil. Bevorzugt nimmt man diesen Begriff bei Buben her. Oder eben bei mäßig ausgeprägten Exemplaren dieser Spezies.

Sozialamtlätschn Hierbei handelt es sich um eine Randgruppe, die der Meinung ist, das bisschen Geld, was mangels Ausbildung verdient werden könnte (wenn man es schaffen würde, morgens aufzustehen, zu duschen und dann zur Arbeit zu fahren), kriegt man vom Sozialamt auch ohne Stress.

Zofenkammerl Ein Kammerl ist ein kleines Zimmer und ein Zofenkammerl eben das einer Zofe. Was ich aber im Fall Birkenberger damit sagen wollte: es gibt eben keine Hotelzimmer mehr. Selbst die Besenkammer ist an Pygmäen vermietet.

Aus dem Kochbuch von der Oma, anno 1937

Dampfnudeln

Man lässt 30 Gramm Butter zergehen und löst 20 Gramm Hefe in etwas lauwarmer Milch auf. Dann gibt man in eine warme Schüssel 250 Gramm gesiebtes Mehl, versprudelt 1/8 Liter lauwarmer Milch, 1 Ei, etwas Salz, 1 Löffel Zucker und die Butter, gibt die Hefe dazu und schlägt alles gut zusammen. Dazu nimmt man die Schüssel auf den Schoß und schlägt mit einem großen Kochlöffel so lange gegen den Teig, bis dieser Blasen bekommt und sich vom Löffel ganz abschält, wenn man ihn in die Höhe zieht. Dann deckt man die Schüssel mit einem gewärmten Tuch zu, stellt sie an einen warmen Ort und lässt den Teig gute zwei Stunden gehen. Danach sticht man walnussgroße Stücke mit einem Blechlöffel heraus, formt sie mit den Händen etwas rund und lässt sie auf dem mit Mehl bestäubten Nudelbrett wieder mit einem gewärmten Tuche zugedeckt nochmals eine Stunde gehen. Sodann lässt man in einem weiten Tiegel ein großes Stück Butter, so viel Wasser, dass der Boden leicht bedeckt ist, und etwas Zucker kochen, gibt die Dampfnudeln hinein, deckt sie fest mit dem passenden Deckel zu und windet ein feuchtes Tuch um den Deckel, damit ja kein Dampf herauskommt. Man lässt die Nudeln so lange auf dem Herd, bis man es prasseln hört, was beiläufig 1/4 Stunde dauert, dreht dabei den Tiegel öfters, macht ihn aber vorher nicht auf, da die Nudeln sonst fallen. Dann rückt man sie vom Feuer, deckt sie nach einigen Minuten auf, sticht sie mit einem Schäufelchen heraus und richtet sie mit dem Krüstchen nach oben erhaben an. Dazu reicht man Vanillesoße.

Genauso macht es die Oma. Das heißt, ganz genauso macht sie es nicht. Sie nimmt statt Wasser natürlich Milch, was den Geschmack noch deutlich steigert, sofern das überhaupt möglich ist. Wenn man aber stundenlang wie wild auf einen Teig eindrischt, soll es ja auch besonders gut schmecken, gell. Drum eben Milch. Freilich macht sie auch die Soße selber.

Und die ist zweifelsohne die Krönung des Ganzen. Das i-Tüpferl. Der Gipfel sozusagen. Ein Traum, ich schwör's. Wie: Rezept? Ach so! Na bitte:

Vanillesoße

1/4 Liter Milch wird mit einem Stück Vanilleschote und 50 bis 70 Gramm Zucker gut aufgekocht. In einen Topf gibt man 1 bis 2 Eidotter, versprudelt sie mit 1/2 Esslöffel Mehl und 1 Esslöffel Milch, gießt langsam dann die geseihte Milch auf und rührt sie auf dem Feuer, bis sie dicklich wird, aber nicht kocht.
Zu kalten Mehlspeisen lässt man die Soße erkalten und mischt dann einen Schlagrahm unter dieselbe.

Das mit dem »erkalten lassen« funktioniert bei uns leider nicht. Weil immer, wenn die Oma die Soße erkalten lassen will, dann riecht das der Franz in seinem Saustall drüben. Und dann muss er rüber. Muss rüber und sich die verdammte Vanillesoße einverleiben, koste es, was es wolle. Auch völlig ohne Mehlspeis. Einfach nur austrinken. Lauwarm. Direkt aus dem Tiegel. Süße Sünde. Oben drauf eine hauchdünne Haut.

Die Oma hat für so was kein Verständnis. Nullkommanull. Sie brüllt dann, dass der Tiegel vibriert. Jedes Mal wieder. Jedes Mal wieder.

Rehrücken (Ziemer)

Es ist gut, wenn das Fleisch 2 bis 3 Tage abliegt. In ein Essigtuch geschlagen, hält es sogar eine Woche.
Der Ziemer wird mit Salz, Pfeffer, Wacholderbeeren und Nelken eingerieben und gleichmäßig gespickt. Sodann gibt man in die Bratpfanne ein großes Stück Butter, lässt es heiß werden, übergießt den Ziemer sogleich damit und lässt ihn unter fleißigem Begießen im Rohre weichbraten. In die Soße gibt man öfters Suppe oder heißes Wasser nach; das Fleisch selbst jedoch beträufelt man mit Zitronensaft und übergießt es, wenn es etwas gebräunt ist, öfters mit saurem Rahm. In 1 bis 1 1/2 Stunden wird der Braten fertig sein. Beim Anrichten löst man das Fleisch knapp von dem Gerippe und schneidet es in schiefe Scheiben. Man reicht dazu gedünstete Kastanien, gebratene Kartoffeln, Dünstobst oder Salat.

Der Leopold sagt immer, er könnte sterben für den Rehrücken von der Oma. Tut er aber nicht. Egal, wie oft er ihn frisst. Mehr hab ich dazu nicht zu sagen.

Schweinshaxe

Die Schwarte in Rauten oder Würfel einschneiden. Es wird mit Pfeffer und Salz von allen Seiten gut eingerieben. Man schneidet Zwiebeln, gelbe Rüben und Sellerie in kleine Stücke. Das Fleisch und das Gemüse in einen Tiegel geben und mit wenig Wasser in die Bratröhre stellen. Immer wieder fleißig mit Wasser oder Bier übergießen, bis die Schwarte resch ist. Die Garzeit beträgt 2 bis 2 1/2 Stunden. Das Gemüse in der Soße durch ein Sieb drücken und in dieselbe zurückgeben. Als Beilage eignen sich Winterkartoffel-, Sommerkartoffel- oder Semmelknödel besonders fein, auch Sauerkraut oder Krautsalat.

Was mir den großartigen Genuss von Haxerln immer ein bisschen vermiest, ist der Ludwig. Weil der nämlich freilich die ganzen Knochen kriegt. Von der Oma, versteht sich. Jeden Abend einen. Und das kann dann je nach der

Anzahl der Haxen tagelang gehen. Je nachdem, wie viel Mitesser wir halt hatten. Und so läuft das ab: Der Franz geht nach der Ludwig-Runde in seinen Saustall und der Ludwig zur Oma. Dort liegt er dann ergeben zu ihren Füßen und wartet geduldig, bis sie sich gnädigst herablässt, ihm den verdammten Knochen zu geben. Den zerbeißt er dann in einer stundenlangen Zeremonie in winzigkleine Teile und weicht dabei nicht von ihrer Seite. Schaut dankbar zu ihr rauf und sie schaut huldvoll zu ihm runter. Erbärmlich. Ist der letzte Krümel endlich verzehrt, kommt er endlich heim. Schaut mich mit keinem Wimpernschlag an, dreht mir im Gegenteil das Heck zu und schleckt sich stundenlang übers Maul.

Kohlrabigemüse

Man schneidet die Kohlrabi länglich, viereckig oder in dünne Scheibchen, das zarte Grüne nudelartig, wäscht alles, dünstet zuerst das Gemüse in Butter oder Suppenfett weich und gibt später das Grünzeug hinterher. Mit etwas Fleischbrühe aufgießen. Ist der Kohlrabi eingedünstet, stäubt man etwas Mehl dazu, schmeckt mit Salz und Pfeffer ab und gibt etwas Schlagrahm unter das Gemüse.

Kohlrabigemüse ist eine feine Sache, wenn man hinterher Feierabend hat. Und keine Verabredung, besonders keine amouröse. Sonst ist es eher ungünstig. Das sollte man auf keinen Fall unterschätzen.

Danke

Das mit den Danksagungen ist ja so eine Sache. Wenn man nämlich mit Leuten zusammenarbeitet, mit denen man gerne zusammenarbeitet – was mir persönlich sehr wichtig ist, weil ich ein absoluter Harmoniefreak bin –, das ist dann ein Segen. Bringt aber natürlich auch Nachteile mit sich, denn man bedankt sich immer wieder bei denselben. Aber halt unvermeidbar. Drum:

Danke, Bianca Dombrowa vom dtv. Auf viele neue gemeinsame Projekte!

Danke dem ganzen dtv-Team, ihr seid einfach großartig. Und ich glaub, ihr mögt mich auch. Dreamteam quasi.

Was auch gleich Stichwort für meine Agentur ist. Danke, copywrite. Georg Simader wird immer mehr von meinem Agenten zu meinem Freund. Obwohl ungeduldig und eigensinnig. Aber eben auch geduldig, beschützend und fürsorglich.

Vanessa Gutenkunst, was soll ich sagen? Ich liebe dich einfach.

Danke meiner Familie, besonders Robert, Patrick und Daniel. Und ja, ich werde wieder kochen und bügeln, sobald ich Zeit dazu habe.

Danke, Franz Eberhofer. Weil ich meine Geschichten natürlich nicht ganz alleine schreibe. Der Franz ist täglich mein Begleiter. Er und die Seinen sind mittlerweile zu meiner Zweitfamilie geworden und mir fest ans Herz gewachsen. Ich hoffe, es folgen noch einige gemeinsame Fälle.

Und was mir fast am meisten bedeutet:

Danke an die vielen Leser von ›Winterkartoffelknödel‹ und ›Dampfnudelblues‹. Ich hätte nie mit so einem Interesse gerechnet. Die vielen begeisterten Besucher meiner Lesungen, diese herrlichen Rezensionen und aufmunternden Worte, weiterzuschreiben. Euch gilt mein größter Dank. Ihr seid meine Motivation und meine Inspiration.

Vergelts Gott!
Eure Rita